퇴마하는 톱스타 12 완결

2023년 12월 8일 초판 1쇄 인쇄
2023년 12월 13일 초판 1쇄 발행

지은이 이상한하루
발행인 강준규

기획 이기헌 왕소현 임동관 박경무 강민구 조익현
책임편집 김홍식
마케팅지원 이원선

발행처 (주)로크미디어
출판등록 2003년 3월 24일
주소 서울시 마포구 마포대로 45 일진빌딩 6층
Tel (02)3273-5135 **Fax** (02)3273-5134
홈페이지 rokmedia.com **E-mail** rokmedia@empas.com

© 이상한하루, 2023

값 9,000원

ISBN 979-11-408-1638-5 (12권)
ISBN 979-11-408-0693-5 04810 (세트)

ROK
MEDIA
로크미디어

퇴마하는 톱스타

이상한하루 현대 판타지 장편소설

12
완결

CONTENTS

<안개의 집>

　현장의 상황이 정리되자 태수는 강 신부에게 연락한 후 설아와 함께 희망복지원으로 향했다.

　원혼을 퇴마하는 동안 태수 역시 강 신부와 현준이 많이 보고 싶었던 것이다.

　복지원에 도착하자 강 신부와 현준 그리고 한미옥 수녀님과, 이젠 제법 친밀한 복지원 아이들이 태수와 설아를 반갑게 맞이했다.

　특히 복지원의 살림을 도맡아 하는 한미옥 수녀님은 설아를 보자마자 영혼이 맑은 아이라며 딸처럼 예뻐했다.

　태수와 설아가 온다는 소리에 강 신부와 현준은 설레는 마음으로 저녁도 먹지 않고 기다렸다. 넷은 복지원 뒤뜰 야외

테이블에서 함께 식사했다.

강 신부가 흐뭇한 표정으로 말했다.

"이제야 집 나갔던 가족들이 모두 한자리에 모인 기분이 드네."

현준도 들뜬 표정이었다. 이전에는 강 신부와 태수밖에 없어서 심심했는데, 이젠 비슷한 또래의 예쁜 누나가 생겨서 연신 싱글벙글이었다.

"저도 설아 누나가 오니까 정말 가족이 생긴 것 같다는 생각이 들었어요. 영능력자 가족요."

설아가 식사를 하다 말고 눈시울을 붉히자 현준이 놀라서 말했다.

"어? 제가 말을 잘못 했나 봐요. 누나 울지 말아요."

설아가 눈물을 훔치며 말했다.

"아냐, 가족이란 말이 너무 듣기 좋아서 그래. 사실은 나도 신부님하고 태수 오빠 그리고 현준이 네가 진짜 내 가족처럼 느껴진단 말야."

정말로 그랬다.

설아는 지금까지 가족의 포근함을 느껴 본 적이 없다. 그래서 지금 이 순간이 너무도 행복하고 따스하게 느껴지는 것이다.

가족도 그냥 가족이 아니다. 평생 자신은 남들과 다르다는 위화감으로 외로움에 시달려야 했는데, 이곳에서는 전혀 그런 기분이 들지 않았다.

다들 영능력을 가지고 있어서 비슷한 경험을 하며 살아왔기에, 굳이 말하지 않아도 서로의 마음을 이해하고 통하는 부분이 있었기 때문이다.

설아는 자연스럽게 지금까지 아무한테도 얘기하지 못한 자신의 불행했던 개인사를 처음으로 털어놓았다.

설아는 어린 시절 아버지를 잃었고 엄마는 설아가 초등학교 때 집을 나갔다.

설아는 학교에서도 친구가 거의 없었다. 시각장애인이지만 영력을 사용하면 앞을 볼 수가 있기에 아이들은 설아를 이상한 아이라거나 거짓말쟁이라고 여겼기 때문이다.

설아는 자연스럽게 사람보다 영혼들하고 더 잘 어울렸다. 게다가 영혼은 영력을 사용하지 않아도 볼 수가 있었기에 더더욱 그러했다.

설아의 엄마는 그런 설아를 싫어했다. 심지어 사람하고는 어울리지 못한 채 귀신하고 지내는 딸을 무서워하기까지 했다.

결국 설아의 엄마는 설아를 이모 집에 맡기고 집을 나갔다.

하지만 이모 집에서도 설아를 오래 맡아 주지 않았고 다시 고모 집으로 옮겨야만 했다.

설아는 고모 집에서 갖은 구박을 받으며 지금까지 살고 있었다.

고모는 설아를 곰팡이가 피는 지하 창고를 개조한 방에 살게 했지만 설아는 그런 고모에게 늘 감사하며 살았다.

고모마저 없었다면 시각장애인이면서 귀신하고 노는 걸 좋아하는 자신을 누가 거둬 줄까 생각하면서 고마운 마음을 가졌다.

설아는 어딜 가도 눈에 띌 정도로 예쁜 외모를 가진 아이였다.

당연히 학교 때부터 못된 마음을 가지고 접근하는 남자들이 많았지만 설아는 전혀 걱정할 필요가 없었다.

설아의 곁에는 항상 설아와 함께 동고동락하는 귀신이 있었기 때문이다. 설아가 이모라고 부르는 30대 중반의 인숙이라는 처녀 귀신이었다.

인숙은 설아가 초등학교 때부터 가족처럼 함께 붙어 다니면서 진짜 이모처럼 설아를 보살펴 줬다. 아마 인숙이 없었다면 지금까지 살아 있을 수 없었을지도 모른다.

인숙은 귀기가 강하지는 않았지만 못된 사람을 혼내 줄 정도의 힘은 충분히 가지고 있었다.

설아는 인숙이 자신을 어떻게 도와줬는지와 인숙 때문에 생긴 웃지 못할 일들을 재미있게 들려줬다.

태수와 강 신부 그리고 현준은 설아의 얘기를 들으면서 때로는 아파하고 때로는 함께 웃으며 진짜 가족처럼 마음을 나

넜다.

다들 같은 영능력을 가졌기에 귀신과 지내면서 겪은 설아의 감정은 물론이고 선입견을 가지고 경계하며 바라보는 남들의 시선이 어떤 것인지 충분히 공감할 수 있었다.

설아도 영능력 얘기는 물론이고 귀신 얘기까지 이렇게 허물없이 할 수 있는 동료 같은 가족이 생겼다는 사실이 꿈만 같았다.'

설아가 눈치를 살피며 물었다.

"혹시 이곳으로 이모 오라고 해도 돼요?"

강 신부가 물었다.

"인숙이라는 영이 네가 여기 있는 걸 알아?"

"모르지만 제가 텔레파시로 부르면 금방 달려오거든요."

다들 설아의 텔레파시 능력에 대해서는 신기하게 생각했다.

태수가 말했다.

"그래, 불러 봐. 어떤 영인지 나도 궁금하네."

설아가 히죽 웃고는 인숙에게 텔레파시를 날렸다.

잠시 후 공기가 흔들리며 흐릿한 영체가 모습을 드러냈다.

나이는 30대 중반에 몸이 퉁퉁하고 정이 많아 보이는 영이었다.

인숙의 영이 태수와 일행을 둘러보다가 설아에게 다가가서 속삭였다.

-누구야?

설아가 히죽 웃으며 대답했다.

-앞으로 내 가족이 될 분들이야. 이모 얘기도 해서 다들 알고 계셔.

인숙의 영이 눈을 동그랗게 뜨며 말했다.

-내 얘기를 했다고? 내가 귀신이란 얘기도 했어?

그러자 태수가 웃으면서 말했다.

"네. 영혼이라는 얘기도 했어요."

인숙이 놀라서 반문했다.

-지금…… 내가 보여? 아니, 가만……?

인숙이 태수를 가만히 보다가 비명처럼 말했다.

-이 사람 혹시…… 영혼남 장태수 아냐?

설아가 대답했다.

-맞아, 이모.

설아가 싱글거리며 웃고 있는 현준을 가리키며 물었다.

-쟤는 누군지 모르겠어?

인숙의 영이 손으로 입을 가리더니 역시 놀란 목소리로 말했다.

-세상에, 보조 퇴마사 현준이…… 그리고 이분은 파문당한 신부님…… 헉, 그리고 보니 이분들이 다들…….

설아가 대답했다.

-맞아. 이모. 〈영혼을 찾아서〉에 나오는 그 퇴마사분들이

야.

설아와 인숙의 영혼은 〈영혼을 찾아서〉의 열렬한 애청자였다. 둘은 하늘이 무너지는 한이 있어도 〈영혼을 찾아서〉 본방은 반드시 사수를 했던 것이다.

일행과 인사를 나눈 인숙이 빈자리에 앉아서 마치 팬이 연예인을 만난 것 같은 분위기로 흥분해서 수다를 떨었다. 할 수만 있다면 사인이라도 받을 기세였다.

인숙의 영이 감격한 목소리로 말했다.

–이렇게 앉아서 사람들과 수다를 떨어 보는 게 얼마 만인지 기억도 나지 않네요. 세상에, 이렇게 있으니까 내가 다시 사람이 된 것 같아요.

그야말로 그 순간은 사람도, 영혼도 구분이 없는 그런 시간이었다.

"설아도 거처를 이곳으로 옮기는 게 어떻겠니?"

강 신부가 권유하자 현준이 기다렸다는 듯 얼른 말했다.

"누나, 그렇게 해. 여기 진짜 좋단 말야."

설아도 행복한 표정으로 말했다.

"만약 그 소리 안 하시면 어떡하나 마음이 조마조마했어요."

다들 웃음을 터뜨렸고 강 신부도 웃으면서 말했다.

"우리가 이렇게 모이게 된 것도 다 주님의 뜻이다."

신호철의 〈안개의 집〉 대본 리딩 현장.

〈안개의 집〉은 순 제작비 7억의 저예산 영화인 데다 사건의 대부분이 전원주택에서 일어나는 하우스 호러라서 출연진이 많지가 않았다. 덕분에 대본 리딩을 네오픽쳐스 회의실에서 진행을 했고 시간도 얼마 걸리지 않았다.

대본 리딩이 끝나고 감독인 신호철은 촬영 준비 때문에 어쩔 수 없이 태수가 주연배우인 차승훈과 하정음 그리고 원혼 역할을 맡은 연극배우 김혜선, 위브라더스 황태식 팀장과 함께 술자리를 겸한 저녁 식사를 했다.

이전까지 배우나 감독으로 배우들을 대하다가 제작사 대표 자격으로 자리를 하려니까 다소 어색했지만 작품에 대한 얘기로 들어가면서 분위기가 금방 풀어졌다.

극 중 정욱의 아내인 윤진 역할에는 주로 드라마에서 연기력을 인정받은 하정음이 맡았고 가장 무서운 원혼 역할은 연극배우 김혜선이 맡았다.

하정음도 신호철이 원해서 캐스팅한 배우였다.

하정음은 드라마에서 주연으로 많은 역할을 했지만 영화에는 많이 출연하지 않았다.

차승훈이 부부로 함께 호흡을 맞출 하정음에게 물었다.

"난 정음이 네가 윤진 역을 맡았다고 해서 깜짝 놀랐어.

너 원래 드라마 주로 했잖아."

"맞아요. 사실 제가 보기하고는 다르게 멘탈이 약해서 드라마에서 제가 연기하는 모습 볼 때도 마음이 조마조마해서 잘 못 봐요. 근데 영화는 스크린도 크고 관객들도 엄청 집중해서 보니까 겁이 나더라고요. 근데 이번 작품은 공포 영화라니까 더더욱 자신이 없어서 처음엔 못 하겠다고 했어요."

태수가 고개를 끄덕이면서 말했다.

"그래서 답이 늦었군요."

"네, 맞아요. 제가 대표님한테 못 하겠다고 하는 바람에……."

그러자 차승훈이 다시 너스레를 떨었다.

"난 또 나 싫어서 못하겠다고 한 줄 알았지, 하하."

하정음이 손을 내저으면서 말했다.

"그건 말도 안 되고요. 제가 선배님 얼마나 좋아하는데. 이번에 출연 결정하는데 선배님하고 부부라고 해서 선택한 이유도 커요."

"하하, 진짜? 사실 난 감독님한테 이 얘기 꼭 물어보고 싶더라고. 왜 하필이면 나하고 정음이를 캐스팅할 생각을 했는지. 둘이 부부로 어울리나?"

태수가 대답했다.

"감독님 얘기로는 어울리지 않아서 더더욱 케미가 궁금했다고 하던데요."

태수의 말에 다들 웃음이 터졌다.

하정음이 말했다.

"아무튼 저희 소속사 대표님이 일단 시나리오부터 읽어 보고 얘기하자고 하면서, 장태수 감독님이 시나리오를 썼다는 거예요. 그래서 제가 영혼남 장태수? 하니까 그렇다고 하는데 갑자기 없던 관심이 확 생기더라고요."

차승훈이 고개를 설레설레 흔들면서 말했다.

"요즘 내 주위에도 태수앓이 하는 여자 연예인 많더라, 하하."

태수가 민망한 듯 머리를 긁적이며 말했다.

"제가 쓴 게 아니라 신호철 감독님이 쓴 초고에 살짝 숟가락만 얹은 거예요."

하정음이 말을 이어 갔다.

"제가 장태수 감독님이 시나리오를 함께 썼다는 얘기 듣고 무조건 읽어 보겠다고 하고 읽는데, 진짜 오프닝부터 훅 하고 몰입이 됐어요. 그래서 바로 출연하겠다고 했죠."

하정음이 여담처럼 말했다.

"저 정말 대표님 팬이거든요. 이번에 대표님이 연출한 〈아내의 남자〉도 너무 너무 재밌게 봤어요."

옆에 있던 차승훈도 엄지를 치켜세우고는 특유의 입담과 번뜩이는 유머로 하정음의 말을 거들었다.

"정음아, 내가 이번 작품에 출연한 이유가 뭔지 알아? 이번 작품 잘해서 대표님 눈에 들려고 그러는 거야. 그래야만 대표님이 다음 작품에 나한테도 기회를 주시지 않겠냐? 하하."

차승훈이라면 태수도 마다할 이유가 없다. 다만 다음에 생각하는 넷플릭트 드라마의 캐릭터가 차승훈하고 맞지 않아서 당장은 함께할 수 없을 것 같지만.

이번 영화에서 태수가 가장 눈여겨본 배우는 원혼 역할을 맡은 김혜선이었다. 김혜선은 오디션을 통해 선발했는데 태수가 적극적으로 추천을 했다.

태수는 그동안 공포 단편을 하면서 원혼 역할의 배우는 기성 배우가 하면 신선한 느낌도 없고 공포 효과도 떨어진다는 걸 깨달았다.

때문에 가능하면 관객에게 얼굴이 알려지지 않은 신인 배우나 연기를 잘하는 연극배우를 캐스팅하는 게 좋겠다고 조언했고, 신호철도 두말없이 조언을 받아들였다.

김혜선은 연극계에서 10년 이상 활발히 활동한 배우지만 오랜 무명 생활로 이번에 영화에 도전하는 것이 처음이라고 했다.

보통 영화나 드라마에 출연하는 배우들은 연기의 폭이 어느 정도 정해져 있는데, 오디션에서 보여 준 김혜선의 원혼 연기는 그런 한계를 가볍게 뛰어넘었다.

여배우임에도 자신이 망가지는 걸 전혀 개의치 않고 오직 공포에만 모든 초점을 맞춰서 보여 준 표정이나 몸짓 연기는 오디션 현장의 모든 사람을 공포에 떨게 하고도 남음이 있었다.

제작사 대표로서 태수가 해야 할 역할은 배우들이 감독을 믿고 연기에만 몰입할 수 있도록 신뢰를 주는 것이었다.

신호철이 신인 감독인 데다 필모에 딱히 주목할 만한 연출작이 없다는 사실 때문에 배우들 입장에선 불안감이 생길 수밖에 없다.

사실 불안한 마음은 위브라스의 투자 팀도 마찬가지였다.

태수가 적극적으로 제작에 관여할 것이라는 보장이 없었다면 이렇게 빠르게 투자를 결정하지 않았을 것이다.

내내 얘기를 듣기만 하던 투자 3팀의 황태식 팀장이 물었다. 그는 〈모텔 파라다이스〉가 투자받을 때도 시나리오의 완성도를 앞세워서 투자를 강력한 지지했던 사람이다.

"대표님도 현장에 나오실 거죠?"

"그럼요, 당연히 나가야죠."

태수가 나온다는 소리에 배우들도 알게 모르게 안심을 하는 표정들이었다. 황태식 팀장은 그래도 못내 불안한 듯 확실하게 못을 박았다.

"특히 크랭크인하는 첫날에는 무조건 나오셔야 합니다."

"무조건 나갈 테니 걱정하지 마세요."

신인 감독의 경우에는 크랭크인 하는 첫날이 가장 설레고 긴장이 된다. 많은 신인 감독들이 첫날 실수를 가장 많이 하고 첫날 촬영한 장면을 마음에 들어 하지 않는 경우가 많은 것도 그 때문이다.

더구나 〈안개의 집〉의 경우 첫날 촬영할 씬이 영화의 하이라이트 장면 중 하나인 정욱의 교통사고 장면이라서, 말은 못 해도 제작사 대표 입장인 태수는 여간 걱정이 되지 않았다.

마음 같아서는 스케줄을 바꾸라고 말하고 싶지만 그런 촬영 스케줄까지 제작사 대표가 일일이 참견을 하면 신인 감독이 더더욱 위축이 될 수 있기 때문에 아무런 말도 하지 않았다.

~~~

신호철이 감독 데뷔를 하는 첫 촬영날 현장에는 팽팽한 긴장감이 감돌았다. 첫날엔 감독은 물론이고 배우들도 긴장을 하고 스태프들도 긴장을 하기 마련이다.

기성 감독이라면 그런 분위기를 알고 일부러 긴장을 풀어주려는 노력을 하겠지만 신인 감독인 호철의 경우에는 그런 걸 신경 쓸 겨를조차 없어 보였다.

지금 호철은 오직 촬영할 장면에 대한 콘티와 현장 상황에 대한 여러 가지 변수에 대한 생각을 하는 것만으로도 머릿속이 복잡할 테니까.

배우들도 서로 말이 없었고 스태프들도 경직된 표정으로 촬영 준비를 했다.

다들 아직 서로에 대해 모르는 상태에서 영화라는 복잡한 예술 장르의 합을 맞춰 가야 하기 때문에 예민해질 수밖에 없는 것이다.

이런 분위기는 보통 촬영 4, 5일 차 정도는 돼야 긴장이 풀어지고 현장 분위기도 자연스러워진다. 그때부터는 촬영장에서 배우들이 장난도 치고 간간히 웃음소리도 들을 수가 있다.

그렇다고 태수가 분위기를 풀겠다고 나설 수도 없다. 가만히 있어도 감독에게 가야 할 시선이 자꾸만 태수에게 맞춰지기 때문이다.

현장에선 감독이 절대적인 권력을 가지고 있고 또 그걸 존중해 줘야만 영화가 산으로 가지 않는다.

어두컴컴한 국도에 인공 안개가 뿌려지고 차승훈이 몰고 갈 산타페가 준비됐다.

첫 촬영은 극중 정욱이 모는 산타페가 안개 속에서 갑자기 튀어나오는 경선을 차로 치게 되는 사고 장면이다.

물론 경선의 역할은 스턴트맨이 하겠지만, 첫날부터 난이도 높은 사고 장면을 찍어야만 하니 걱정이 될 수밖에 없다.

마침내 모든 준비가 끝나고 스탠바이.

태수는 표정만 봐도 지금 신호철이 얼마나 긴장을 하고 있는지 알 수가 있었다.

～

　태수는 이번 영화의 연출부와 제작부 스태프를 미스터리 클럽 동생들이 아닌 전문 스태프를 붙여 줬다.

　미스터리클럽 동생들은 전문 스태프에 비하면 촬영 현장에서 아직 부족한 부분이 많이 있었다.

　태수가 그동안 동생들을 스태프로 고용한 건 경력을 쌓을 수 있도록 기회를 주기 위해서였다. 태수의 경우엔 동생들이 부족한 부분이 있어도 충분히 보완할 수 있는 능력이 있었기에 문제가 없었다.

　하지만 신호철은 아니었다. 오히려 감독의 부족한 부분을 스태프들이 채워 줘야만 했다. 물론 다른 사람들은 태수의 그런 세심한 배려를 알지 못했다.

　"자, 슛 들어갑니다!"

　산타페에 타고 있는 차승훈도 긴장한 표정으로 슛 사인을 기다렸다.

　사고 현장과 차승훈이 출발하는 국도의 거리가 제법 떨어져 있어서 신호철은 무전기를 들고 지시를 내렸다.

　태수도 자신이 연출할 때보다 더 긴장된 기분으로 현장을 지켜봤다.

"카메라 롤!"

"씬 5-1!"

신호철이 살짝 떨리는 음성으로 감독으로서 자신의 첫 숏 사인을 냈다.

"레디…… 액션!"

숏 사인에 맞춰서 차승훈이 모는 산타페가 출발했다.

차승훈이 맡은 정욱은 과거 베스트셀러를 출간한 소설가지만 몇 년째 신작을 내는 족족 초판도 팔리지 않을 정도로 소위 말하는 '폭망'했다.

이젠 원고를 보내면 출판사에서 이런저런 수정을 요구해서 자존심이 상할 정도다.

정욱은 출판사가 마련한 작가 모임에서 술을 마시다가 아내 윤진의 전화를 받는다. 내일 양평 전원주택으로 이사를 할 예정인데 날씨가 추워져서 보일러가 터질 것 같다고 살펴봐 달라는 것.

마침 작가 모임에서 자존심이 상한 정욱은 핑계를 대고 먼저 자리에서 일어난다. 앞의 술자리 장면은 순서를 바꿔서 나중에 촬영할 예정이다.

정욱이 산타페를 몰고 양평 전원주택으로 향하면서 첫 촬영이 시작됐다.

자정이 넘은 국도는 지나다니는 차가 거의 없이 텅 비어 있었고 전방에 짙은 안개가 껴 있다.

영상 속에서 차승훈이 산타페를 몰고 출발했다. 원혼인 경선과 체형이 거의 비슷한 남자 스턴트맨이 여자 분장을 하고 대기했다.

운전을 하며 자존심이 상한 정욱이 짜증스럽게 중얼거린다.

"속물 같은 것들, 책만 많이 팔리면 좋은 글이냐? 소설 같지도 않은 글을 써 놓고는!"

짙은 안개가 껴 있는 어두컴컴한 국도는 뭐가 나타나도 이상하지 않을 것 같은 분위기다.

정욱이 차창 앞으로 몸을 바싹 끌어당기며 중얼거린다.

"아이 씨, 무슨 안개가 이렇게 심해?"

그때 출판사 편집장한테 카톡이 온다.

어? 작가님 언제 가셨어요?

정욱이 카톡을 보며 혀를 찬다.

"책 잘 팔리는 작가 옆에 붙어서 기분 맞추느라 내가 언제 갔는지도 몰랐다 이거지?"

정욱이 카톡을 보는 동안 산타페가 비틀거린다.

"그래도 답장은 해 줘야지."

정욱이 팔꿈치로 핸들을 고정하며 카톡을 보낸다.

죄송요. 일이 있어서 먼저…….

정욱이 거기까지 카톡을 쳤을 때 정면 차창으로 희끗한 뭔가가 휙 달려든다.

"으악!"

둔탁한 뭔가가 쿵 하고 산타페에 부딪치고 정욱, 급하게 브레이크를 밟는다.

끼익~!

산타페에 부딪친 뭔가가 안개 너머로 날아가서는 국도 위로 털썩 떨어진다. 저예산 영화인 만큼 부딪치는 장면만 기술적으로 찍고 나머지 장면은 커버리지 샷으로 보완할 계획.

태수를 비롯해서 신호철이 가장 걱정하던 장면인 충돌 장면이 별다른 사고 없이 무사히 진행되자 다들 안도하는 분위기였다.

첫 씬이 무사히 촬영을 마치자 현장 분위기도 좋아졌다. 스태프들도 긴장감이 풀린 듯했고 배우들도 한숨 돌린 표정이었다.

하지만 신호철은 여전히 확신이 서지 않는지 슬쩍 태수의 눈치를 살폈다.

태수는 그런 신호철의 마음을 누구보다 잘 알고 있기에 용기를 주려고 엄지를 치켜올렸다. 그러자 굳어 있던 신호철의 표정에도 비로소 여유가 생겼다.

지금부터는 이 영화의 하이라이트라고 할 수 있는 공포 장면들을 찍어야만 한다.

숏 사인을 외치는 신호철의 목소리에 이전보다 한층 자신감이 붙어 있었다.

"레디…… 액션!"

카메라가 사고를 낸 정욱의 표정을 클로즈업으로 잡았다.

두려움이 가득한 정욱의 얼굴이 카메라에 하나 가득 잡혔다.

전방 국도는 안개만 자욱할 뿐 미지의 세상처럼 아무것도 보이지 않는다.

차승훈은 혼란과 두려움으로 출렁이는 정욱의 심리를 적절한 긴장을 유지하며 과장되지 않은 연기로 표현했다. 이 장면에서 자칫 오버하면 정작 감정을 터뜨려야 할 지점에서 맥이 빠지게 된다.

자신의 차에 부딪친 게 뭔지 모르지만 충돌 직전 순간적으로 시야에 들어왔던 뭔가가 기억에 떠올랐다. 영화에서는 그 순간의 상황이 인서트로 들어갈 예정이다.

밝은 라이트 불빛과 함께 달려오는 차를 향해 고개를 돌리는 경선의 놀라는 얼굴 장면.

"으흑."

정욱이 양손으로 얼굴을 감쌌다가 천천히 앞을 바라본다.

자욱한 안개 너머에 뭐가 있을지 확인하기가 두려운 표정이다.

정욱이 너무 무서워서 그대로 달아나기 위해 급히 핸들을
꺾어서 중앙선을 넘다가 다시 급하게 브레이크를 밟는다.

끼이익~!

정욱이 자신을 자책하며 이마를 핸들에 쿵쿵 박는데 적막
한 어둠 속에서 경적이 엄청 큰소리로 '빵~! 빵~!' 하고 울
린다.

놀란 정욱이 화들짝 고개를 들고 주변을 살핀다. 다행히
새벽의 외진 국도에는 다니는 차량도 인적도 보이질 않는다.

두려움에 사로잡힌 정욱이 결국 차에서 내리더니 안개를
향해 걸어간다. 영화에서 안개는 단순한 자연 현상이 아닌
정욱을 공포의 시간으로 이끄는 메타포라고 할 수가 있다.

그사이에 경선 역할은 스턴트맨에서 김혜선으로 바뀌었
다.

한 치 앞도 잘 보이지 않는 자욱한 안개는 주변에서 뭐가
튀어나올지 모르는 묘한 공포를 안겨 준다.

바닥을 보며 천천히 걸어가던 정욱의 걸음이 느려지다가
제자리에 멈춰 선다.

안개 사이로 누군가의 맨발이 보였던 것이다.

국도 위에 힘없이 늘어져 있는 맨발을 따라서 시야를 천천
히 옮겨 가는 정욱.

치마가 올라간 다리가 보이고 허리가 보이고 상체가 보인

후 마지막으로 30대 후반 정도로 보이는 경선의 얼굴이 보인다.

머리에서 검붉은 피가 흘러나오고 있는 경선은 눈을 부릅뜬 채 정욱을 올려다보고 있다. 분명 죽어서 눈을 부릅뜨고 있는 것 같은데 묘하게 정욱을 바라보고 있는 것 같은 느낌이 드는 것이다.

김혜선은 그런 섬뜩한 경선의 모습을 눈빛 연기만으로 전달했다.

신음과 함께 그 자리에 주저앉는 정욱.

정욱, 그대로 돌아서서 도망을 치려다가 힘겹게 다시 돌아선다.

정욱이 주위를 둘러보고는 조심스럽게 다가가서 경선의 옆에 주저앉는다. 부들부들 떨리는 손으로 경선의 어깨를 잡고 흔들며 대사를 한다.

"저, 저기요…… 이봐요……."

하지만 미동도 없는 경선.

정욱이 다시 절망하는 순간 경선의 동공이 꿈틀하고 움직인다.

"으악!"

정욱이 다시 뒤로 주저앉고 가만히 보면 힘겹게 정욱을 바라보는 경선의 눈동자가 보인다.

표정도 없고 소리도 내지 못하지만 경선은 눈동자를 움직여서 살아 있다는 신호를 보여 준다.

김혜선이 이 장면을 위해 눈에 핏발이 설 정도로 연습을 했다는 소리에 새삼 캐스팅을 잘했다는 생각이 들었다.

이 장면의 눈빛 연기로 만들어 내는 공포가 얼마나 중요한지 알고 있다는 얘기니까.

시나리오에서 경선의 복수를 정당화하기 위해 태수가 제안한 장치가 두 가지 있는데, 그중 한 가지가 바로 이 장면이었다.

처음 호철의 시나리오에서는 경선이 죽어 있었다.

태수는 경선이 살아 있다는 설정이 훨씬 공포 효과가 좋고 경선의 복수에도 정당성을 부여할 수 있다고 생각했다.

비록 작은 아이디어지만 공포 영화의 경우 단 한 장면의 공포 효과가 영화 전체의 평가를 바꿔 놓는다는 점을 생각하면 충분히 의미 있는 장면이었다.

실제로 배우나 투자 팀에서도 수정된 시나리오의 이 장면을 대단히 좋아했다.

단, 경선이 살아 있다는 설정에서 조심해야 할 지점이 있다.

눈빛만 살아 있어서 지금 병원으로 옮겨도 어차피 죽을 것이라는 사실을 정욱과 관객이 똑같이 공감할 수 있어야만 한다는 것이다.

그래야만 정욱의 행동을 관객이 조금이라도 납득할 수 있는 여지가 생기기 때문이다.

즉 관객도 자신 또한 저런 상황에 처한다면 한순간의 잘못된 판단으로 정욱처럼 저렇게 행동할 수도 있겠다는 최소한의 공감이 필요한 것이다.

근데 만약 경선을 충분히 살릴 수 있는데 그렇게 하지 않는다면 정욱의 도덕성에 순수성이 사라지게 된다. 그렇게 되면 관객은 정욱에게 감정 이입하기가 어렵고 그만큼 몰입이 어려워서 공포 효과도 줄어들게 된다.

정욱은 자신을 쫓아오는 경선의 눈빛이 너무 무섭다. 게다가 경선의 머리에서 흘러나와 국도 위로 퍼지는 검붉은 피의 양도 너무나 많다. 사람 몸에서 저렇게 많은 피가 흘러나온다는 사실이 놀라울 정도다.

어찌할 바를 몰라 고민하는 정욱.

그런 정욱의 모습에서 인서트 영상이 끼어든다.

화가인 아내 윤진의 화사한 모습과 초등 3학년인 딸 혜미의 회상 장면이다.

주방에서 단란한 가족의 식사 장면이 그려지고 윤진이 말한다.

"나 다음 주에 전시회 있는 거 알지? 당신, 박상혁 작가하고 김민우 작가님 데리고 꼭 와야 해?"

옆에 있던 혜미도 거든다.

"엄마, 나도 가도 돼?"

"넌 와도 재미 하나도 없을 텐데?"

"아냐, 난 엄마 그림 보는 거 좋단 말야."

그러자 정욱이 행복한 듯 말한다.

"아무래도 우리 딸은 천재 화가가 될 모양이네."

행복하게 웃는 가족들의 모습에서 현실로 돌아온 정욱.

머리를 감싸며 어떻게 할지 몰라 고민하는데 회상 장면 한 가지가 더 끼어든다.

전원주택 뒤쪽 텃밭에 커다란 구덩이가 몇 개 파여 있다.

부동산 중개업자가 정욱에게 이전에 살던 주인이 여기에 커다란 독을 묻고 김치와 장을 담아 뒀었는데 독을 파내면서 구덩이가 생겼다고 설명한다.

현실로 돌아오면 정욱의 표정이 순간 냉철하게 변해 있다.

여전히 창백한 눈빛으로 자신을 바라보는 경선.

정욱은 경선이 죽었는지 확인하기 위해 손을 들어서 눈앞에서 왔다 갔다 한다. 미동도 하지 않는 경선을 보며 죽었다고 생각하는 순간 경선이 눈을 깜빡인다.

"헉."

정욱이 그런 경선을 노려보다가 결심한 듯 말한다.

"누군지 모르지만 정말 미안해요. 어쩔 수가 없네요. 지금 병원으로 데려가도 당신은 어차피…… 살 수가 없어요. 용서해 주세요."

정욱이 흐느끼다가 결심한 듯 손등으로 눈물을 훔치고는 자리에서 벌떡 일어나 뒤돌아서서 산타페를 향해 걸어간다.

다시 산타페로 돌아온 정욱이 차를 몰고 천천히 안개 속으로 들어간다. 라이트 불빛에 쓰러져 있는 경선이 보이면 그 앞에서 아슬아슬하게 멈추는 산타페.

정욱, 심호흡을 하고 차에서 내려서 뒤로 돌아간다.

트렁크 문을 열면 구석에 돗자리가 보인다. 돗자리를 펴서 바닥에 까는데 알록달록한 무늬가 딱 봐도 딸 혜미의 돗자리다.

돗자리를 깔고는 쓰러져 있는 경선을 향해 다가간다.

정욱이 경선을 내려다보며 심호흡을 하고는 쪼그리고 앉아 양손으로 경선을 끌어안듯이 들어 올린다.

애써 시선을 외면하지만 품에 안긴 경선의 눈빛은 계속 정욱을 향하고 있다. 피가 흐르는 경선을 산타페 뒤 공간 돗자리 위에 눕힌 후 트렁크 문을 닫고 서둘러 운전석으로 돌아가는 정욱.

혹시 몰라서 다시 한번 주위를 살펴보지만 다른 차량이나 인적은 없다.

정욱이 산타페를 출발시킨다. 산타페가 안개 속을 빠르게 질주한다.

정욱은 백미러로 계속 뒤쪽 트렁크 부분을 보면서 운전을 한다. 뭔지 모르지만 괜히 등 뒤가 서늘해지는 것 같은 기분이 들었던 것이다.

운전을 하다가 다시 백미러를 힐끗 보던 정욱이 침음과 함께 브레이크를 밟고 급정거를 한다.

끼이이익~!

맨 뒷좌석 위로 경선의 팔 하나가 올라와 있는 게 백미러로 보였던 것이다.

백미러로 경선의 팔을 노려보다가 기어를 넣고 다시 액셀을 밟는다. 뒷좌석 위로 올라온 팔이 움찔움찔 움직이기 시작한다.

나중에 영화가 개봉해서 상영을 하면 관객들은 마치 죽었던 사람이 팔을 움직이면서 언제든 되살아나서 정욱을 공격할 것 같은 공포를 느끼게 될 것이다.

정욱도 두려운 마음에 산타페의 속도를 더 올리면 산타페가 위태롭게 질주를 하면서 불안감이 더욱 고조된다.

국도에서 비포장도로로 꺾어 들어가는 산타페.

쿵쿵거리며 칠흑 같은 어둠의 비포장도로를 달리면서 다시 백미러를 보면 팔이 사라지고 없다.

어둠에 잠긴 전원주택 마당으로 소리 없이 들어오는 산타페.

눈앞의 전원주택은 정욱과 윤진이 서울의 아파트를 처분

하고 전원생활을 하려고 이번에 구입한 집이다. 정욱의 전원주택 맞은편에는 역시 2층의 전원주택이 자리하고 있다.

극중 정욱도 영화의 결말에 가서야 알게 되지만 맞은편 전원주택이 바로 죽은 경선의 집이다. 말하자면 경선은 국도에서 정욱의 차에 치여 자신의 집으로 돌아온 셈이다.

정욱은 조용히 시동과 라이트를 끄고 차에 있던 작은 손전등을 들고 내린다. 혹시라도 맞은편 전원주택에서 누군가 밖을 내다보지 않을까 주의하면서.

정욱이 트렁크의 뒷문을 열고 돗자리 위에 누워 있는 경선의 얼굴에 손전등을 비춘다.

동공이 미동도 하지 않는 경선.

정욱이 손전등을 입에 물고 돗자리를 잡아당기면 경선의 시신이 바닥에 쿵하고 떨어진다. 정욱이 경선의 시신을 뒷마당 텃밭으로 돗자리째 질질 끌고 간다.

돗자리가 바닥에 끌리는 소리가 생각보다 크게 들린다.

맞은편 전원주택에서 그런 정욱을 누가 훔쳐보는 것 같은 시선이 카메라를 통해 느껴지지만 정욱은 알지 못한다.

정욱이 경선의 시신을 끌고 가서 미리 파 놓은 구덩이에 집어넣는다.

정욱이 손전등으로 구덩이 속 경선의 시신을 가만히 보다가 흙을 덮으려는 순간 요란하게 휴대폰 벨소리가 들려온다.

　-전화 받아~ 전화 받아~ 전화 받아~

"헉!"

놀란 정욱이 경선의 옷을 뒤지면 점퍼 속에 휴대폰이 들어 있다. 휴대폰을 꺼내는데 갑자기 경선이 눈을 번쩍 뜨면서 정욱의 머리를 끌어안는다.

"으악!"

정욱이 경선을 밀어내려고 하지만 필사적으로 매달리는 경선. 경선 뭔가 말을 하려고 하지만 정욱, 경선을 떼어 내려고 소리친다.

"미안하다고, 미안하다고 했잖아요!"

그사이에 점점 더 크고 긴박하게 울리는 전화 벨소리.

적막한 어둠 속에서 벨소리가 엄청 크게 들린다.

–전화 받아~ 전화 받아~ 전화 받아~

이성을 잃은 정욱이 휴대폰으로 경선의 얼굴을 마구 내려친다. 마침내 경선의 손이 축 늘어지고 뒤늦게 경선의 휴대폰을 보면 액정에 '남편'이라는 글자가 떠 있다.

정욱이 휴대폰 전원을 끄려다가 실패하고 결국 배터리를 잡아 뺀다.

마침내 다시 적막이 찾아들면 정욱이 숨을 헐떡이며 조심스럽게 주위를 둘러본다. 다행히 별다른 이상은 느껴지지 않는다.

안도하며 구덩이를 보던 정욱이 신음을 지르며 뒤로 물러난다. 휴대폰으로 맞아서 얼굴이 엉망으로 망가진 경선이 눈을 뜨고 정욱을 보고 있었던 것이다.

정욱이 부들부들 떨며 양손으로 옆에 쌓여 있는 흙을 미친
듯이 구덩이에 밀어 넣기 시작한다.

<성혼탐정> 전원주택

　경선을 텃밭에 파묻은 정욱이 숨을 헐떡이며 전원주택 문을 열고 들어가서는 옷을 모두 벗는다. 불도 켜지 못한 채 어둠 속에서 옷을 벗는 정욱의 모습이 처절해 보인다.

　정욱이 작은 손전등을 들고 알몸으로 욕실로 들어간다.

　어둠 속에서 손전등을 들고 욕실에서 물을 틀면 찬물이 쏟아진다.

　"으헉."

　몸을 웅크린 채 온수를 틀지만 물탱크에 문제가 생겨 찬물만 나오는 샤워기.

　정욱이 욕실 벽을 주먹으로 치면서 짐승처럼 으르렁거린다.

결국 어쩔 수 없이 찬물을 틀어서 몸을 씻는 정욱. 찬물이 몸에 닿자 저절로 침음이 흘러나오고 정욱의 몸에서 김이 피어오른다.

어둠 속에서 몸을 씻다가 결국 바닥에 주저앉아 흐느끼기 시작하는 정욱.

나중에 영화에서는 화면이 바뀌고 카메라가 전원주택의 전경을 잡고 있다가 줌아웃으로 천천히 뒤로 빠지면 욕실에서 울부짖는 정욱의 울음소리가 겹쳐진다.

카메라가 점점 더 뒤로 빠지면 맞은편 전원주택, 즉 경선의 집도 프레임 안으로 들어와 두 전원주택이 한 화면에 비춰진다.

마지막 인서트 장면을 끝으로 첫날 예정된 촬영이 모두 끝났다.

"컷!"

"오케이!"

신호철의 경쾌한 컷 소리와 함께 여기저기서 '수고하셨습니다'라는 밝은 소리가 들려온다. 다들 촬영이 만족스럽게 이루어졌다고 느끼기 때문이다.

영화가 시작하면서 초반에 관객을 몰입시켜야만 하는 중요한 장면인데, 태수가 봐도 공포와 긴장감이 충분히 잘 표현됐다는 생각이 들었다.

카메라 앵글과 연출의 호흡에서 태수 자신의 작품이라고

해도 믿을 정도로 신호철은 태수의 색깔을 그대로 가져왔다. 아마 작품을 계속 만들다 보면 금방 신호철 자신만의 색깔을 찾을 수 있으리란 생각이 들었다.

어느 정도 예상은 했지만 신호철은 이번 작품을 위해 얼마나 많은 고심과 연구를 했는지를 첫날 촬영으로 잘 보여 줬다.

이런 정도의 수준이라면 앞으로 이어질 촬영도 크게 걱정하지 않아도 될 것 같았다.

차승훈은 욕실 씬을 위해 비록 어둠 속이었지만 알몸 노출을 과감히 수행했고, 운명의 덫에 걸린 정욱의 절망과 공포를 완벽한 연기로 표현했다.

태수도 신호철에게 다가가서 축하의 말을 건네줬다. 신호철에겐 어느 누구의 칭찬보다 태수의 응원이 힘이 됐다.

모든 스태프와 배우 들이 철수 준비를 할 때 태수는 정욱의 전원주택 건너편에 있는 경선네 집 전원주택 창문을 가만히 올려다봤다.

조금 전 차승훈이 경선의 시체를 텃밭으로 끌고 가는 연기를 할 때 경선네 집 2층 창문가에서 강한 귀기를 느꼈던 것이다.

태수가 전원주택을 올려다보며 프로듀서 김한민에게 물었다.

"혹시 건너편 전원주택으로 들어간 사람 없었죠?"

김한민이 단호하게 말했다.

"그럼요. 경선네 집은 내일모레 촬영 일정이 잡혀 있어서 현재 문이 잠겨 있습니다. 지금 그 집은 비어 있습니다."

"그래요?"

태수가 다시 집을 올려다보다가 물었다.

"저 집은 어떻게 섭외한 거예요?"

"일단 감독님이 서로 마주 보면서 나란히 서 있는 전원주택을 원하셨는데, 그게 찾기가 쉽지 않더라고요. 비슷한 집이 있어도 집주인들이 빌려주려고 하질 않고. 원래는 그런 구조의 주택이면 집 두 채를 세트로 지어서 촬영하는 게 편하긴 한데 워낙 저예산이라서……."

태수도 처음 시나리오를 봤을 때 전원주택을 구하는 게 가장 어려운 문제겠다는 생각을 했다. 근데 오늘 전원주택 두 채를 보고 어떻게 이렇게 시나리오와 똑같을 수가 있을까 신기해하던 참이었다.

"솔직히 그것 때문에 고민이 많았는데 촬영 임박해서 여기 이 두 집을 찾은 거예요. 정욱의 전원주택은 주인을 만나서 장소 사용료를 내고 사용하기로 했고, 맞은편 전원주택은 공인중개사에 문의하니까 마침 1년째 집이 비어 있다고 하더라고요. 집을 구입해서 들어온 주인이 무슨 이유인지 일주일도 안 돼서 집을 헐값에 내놨는데 아직까지도 나가질 않았대요. 그래서 어렵게 주인한테 연락해서 섭외를 했죠. 근데 왜 그러세요, 대표님?"

"아…… 아무것도 아니에요."

태수가 고민에 잠겨 있다가 물었다.

"혹시 집주인이 다른 별말은 하지 않던가요?"

"아…… 맞다. 그러고 보니까 이상한 말을 하긴 했어요. 공포 영화 촬영장에는 귀신이 자주 나타난다고 하던데 혹시 그런 일이 일어나더라도 절대 밖에 소문을 내지 말아 달라고 했어요. 당시엔 몰랐는데 지나고 나서 생각하니까 느낌이 싸해지는 거예요. 마치 집주인이 귀신이 나올 거라고 확신을 하는 것 같은 느낌이 들었거든요."

태수는 주인이 왜 그런 말을 했을지 짐작이 갔다. 집주인도 알고 있는 것이다, 집 안에 영적인 존재가 있다는 걸.

태수가 2층 창문을 올려다보다가 말했다.

"혹시 경선네 집 전원주택 열쇠 있으면 좀 주실래요?"

"아, 예, 여기 있습니다."

"전 집 좀 살펴보고 갈 테니까 스태프들 챙겨서 먼저 올라가세요."

"예, 알겠습니다."

태수는 프로듀서와 감독, 스태프들이 모두 떠난 후 마지막으로 혼자 남아서 경선네 집 전원주택을 올려다보며 주문을 읊었다.

'귀기탐색.'

화르르르륵.

공기가 흔들리며 허공에 경선네 집 전원주택의 내부 투시도가 떠올랐다.

투시도를 지켜보던 태수가 중얼거렸다.

"역시."

예상대로 2층 창가에 붉은 점이 머물러 있는 모습이 보였다. 아마 지금도 어떤 영혼이 창가에서 태수를 지켜보고 있는 모양이었다.

창가의 붉은 점 외에도 붉은 점 여러 개가 집 안을 돌아다니고 있었다.

말하자면 경선네 전원주택은 귀신들이 우글거리는 진짜 귀신의 집이었던 셈이다. 만약 아무런 조치를 취하지 않고 촬영에 들어갔다면 촬영 중에 분명 사고가 생겼을 것이다.

이전 집주인이 이사를 오자마자 왜 기겁을 하고 집을 헐값에 내놨는지 알 것 같았다. 다행히 하나를 제외하고 나머지 붉은 점들의 크기는 그렇게 크지 않아서 아주 위험한 상황 같진 않았다.

태수는 전원주택 안으로 들어가 볼까 하다가 마음을 바꿨다.

어제 김영아 작가가 전화를 해서 이번 주 〈영혼탐정〉 코너의 아이템이 마땅치가 않다며 혹시 좋은 아이템 없냐고 툴툴거리던 일이 떠올랐던 것이다.

태수는 차라리 이번 주 〈영혼탐정〉 코너 아이템을 경선네 전원주택으로 선정해서 그 집의 미스터리를 푸는 쪽으로 하면 좋겠다는 생각을 했다.

그리고 그렇게 하려면 먼저 신호철과 통화를 해야만 했다.

태수는 곧바로 신호철에게 전화를 걸었다.

"어, 형. 다름이 아니라 여기 경선네 전원주택에 귀신이 사는 것 같아."

—뭐? 귀, 귀신?

공포 영화는 좋아해도 귀신이라면 기겁을 하는 신호철이라서 목소리가 가파르게 올라갔다.

"하하, 그렇다고 너무 걱정하진 마. 형이 촬영할 때는 내가 다 퇴마를 해 놓을 테니까. 근데 촬영 스케줄을 좀 바꿔야 할 것 같아. 아무래도 〈영혼탐정〉 코너 녹화를 하면서 퇴마를 해야 할 것 같거든."

—진짜? 와, 그거 대박 아이디어네.

"뭐가?"

—뭐긴 뭐야? 그렇게 되면 우리 영화도 자연스럽게 홍보가 될 거 아냐. 원래 공포 영화 촬영 현장에서는 일부러 그런 괴담을 만들어서 홍보에 이용하는데, 진짜 귀신이 있는 집에서 공포 영화를 촬영하게 됐으니 자연스럽게 홍보가 되겠지.

"아, 그러네?"

—대표가 그렇게 머리가 안 돌아가면 안 되지. 아무튼 귀신 있는 줄 모

르고 촬영했으면 큰일 날 뻔했다. 나 진짜 기절한다고. 잘 좀 부탁한다.

"알았어, 형. 걱정하지 마."

파인미디어 사무실.

태수와 권창훈 피디, 김영아 작가, 전소민 기자, 길재중 도사까지 모여서 경선네 전원주택 촬영에 대한 기획 회의를 했다.

VJ들은 스태프들이 회의하는 모습까지 모두 카메라에 담았다. 회의하는 모습도 〈영혼탐정〉 코너에 삽입될 예정이니까.

먼저 권 피디가 태수의 얘기를 듣고 전소민 기자와 함께 전원주택에 가서 미리 취재해 온 영상을 회의실 전면에 달려 있는 모니터에 재생했다.

〈영혼탐정〉은 생방송이 아닌 녹화방송이어서 전소민 기자가 취재하는 모습도 다큐 형식으로 VJ들이 쫓아다니며 모두 촬영을 했다. 그 영상을 권 피디가 편집했고.

영상에는 전소민 기자가 공인중개사 사무실을 돌아다니며 경선네 집에 대해 물어보는 장면들이 담겼다. 하지만 가는 곳마다 공인중개사들은 약속이나 한 것처럼 그 집에 대해 얘기하기를 꺼려 하면서 손을 내저었다.

전소민 기자가 영상을 보며 말했다.

"제가 그 집에 대해서 취재를 하려고 공인중개사에 가서 물어보는데 다들 쉬쉬하는 거예요. 아무도 그 집에 대해서 솔직하게 얘기를 하지 않고. 그래서 어쩔 수 없이 집주인을 만나서 상황을 얘기했죠."

화면에 전소민과 모자이크 처리된 50대 중반으로 보이는 남자가 대화를 나누는 장면이 나왔다.

"갑자기 집을 내놓은 이유가 뭔가요?"

"그냥 나름대로 사정이 있어서 내놨는데 왜 그러시죠?"

전소민이 조심스럽게 물었다.

"혹시 37번지 전원주택에 살 때 이상한 일 없었나요?"

집주인의 목소리에 경계심이 느껴졌다.

"이상한…… 일이라뇨?"

전소민이 결심한 듯 말했다.

"그냥 솔직하게 얘기할게요. 저희는 〈영혼을 찾아서〉라는 프로그램 제작진이에요. 저희 프로그램 알고 계시죠?"

〈영혼을 찾아서〉라는 말에 집주인의 목소리가 확연하게 달라졌다.

"〈영혼을 찾아서〉? 그럼 장태수가 나와서 귀신을 퇴마하는 그 프로그램 말인가요?"

"네, 맞아요. 이번에 영화 촬영하는 장소로 집을 빌려주셨죠?"

"그걸 어떻게?"

"그 영화를 제작하는 제작사 대표가 장태수 대표거든요."

"그게 정말입니까?"

"그럼요. 며칠 전에 장태수 대표가 영화 촬영할 때 37번지에 귀신이 있는 것 같다고 저희한테 연락을 했어요. 그래서 저희가 이번 주 〈영혼탐정〉 코너의 아이템으로 그 집을 선정하려고 뵙자고 한 거예요."

집주인이 갑자기 적극적인 반응을 보이기 시작했다.

"그럼 귀신이 있다면 퇴마도 해 주는 겁니까?"

"당연하죠. 그래서 프로그램을 하는 거니까."

"오…… 세상에, 이제야 좀 마음을 놓겠네. 자, 잠깐만 기다려 보십시오."

집주인이 벌떡 일어나서 방 안으로 들어가더니 두툼한 서류 봉투를 들고 나왔다. 남자가 서류를 보여 주며 말했다.

"이게 37번지 등기부등본입니다."

남자가 페이지를 넘겨가며 설명을 했다.

"여기 보세요. 그 집에 이사 온 사람들은 대부분 이사를 오자마자 금방 집을 팔고 급하게 떠났습니다. 그 이유가 뭐겠습니까? 방금 말씀하신 것처럼 그 집에 귀신이 있었기 때문이에요. 근데 계약 전에 아무도 나한테 그 얘기를 해 주지 않은 거예요. 제발 장태수 씨한테 그 집에 있는 귀신 좀 쫓아 달라고 해 주세요, 부탁입니다."

전소민이 물었다.

"당연히 그렇게 할 거예요. 근데 구체적으로 그 집에서 무슨 일이 있었나요?"

집주인이 당시의 공포가 떠오르는 듯 양손으로 마른세수를 하고는 말을 이어 나갔다.

"이사 들어간 첫날부터 이상한 일이 한두 가지가 아니었어요. 첫날은 어디서 이상한 냄새가 난다거나 놓아 둔 물건이 다른 곳에 옮겨져 있고…… 밤새도록 누가 우는 소리가 들리는 식이었습니다. 근데 다음 날부터는 그 강도가 점점 강해지더니 나중에는 물건이 막 날아다니기 시작했어요. 정말 그대로 계속 있다가는 무슨 일이 일어날 것만 같아서 결국 집을 팔고 떠나기로 한 겁니다."

영상을 보던 길재중이 자신을 촬영하는 카메라를 의식하며 심각하게 말했다.

"물건이 마구 날아다녔다면 전형적인 폴터가이스트 현상인데, 그 현상까지 나타나는 거 보니까 꽤 강한 악귀가 상주하는 것 같네."

권 피디가 태수를 바라보며 물었다.

"태수 씨 생각은 어때요?"

"제 생각에는 아주 사악한 악귀는 아닌 것 같고 뭔가 말 못 할 사연이 있는 영들 같아요."

사연이 있다는 소리에 모든 참석자들의 이목이 태수에게

집중됐다.

김영아가 물었다. 평소에는 태수에게 반말을 하지만 지금은 촬영 중이라서 존대를 했다.

"그렇게 생각하는 이유라도 있는 거예요?"

"집주인이 말하길 첫날에 이상한 일들이 생기고 그다음부터 점점 해코지하는 강도가 강해졌다고 했잖아요. 그 말은 곧 저 집에 사는 영들이 저 가족들한테 해코지를 할 마음이 없었다는 거죠. 해코지를 하려면 첫날부터 했을 텐데, 강도를 서서히 높여 나간 건 저 가족들이 스스로 집을 떠나길 바랐던 것 같아요."

태수의 말에 전소민이 고개를 끄덕이며 말했다.

"충분히 일리가 있네요. 그렇게 말하니까 저 집의 사연이 더더욱 궁금해지는데요?"

태수가 물었다.

"참, 전 기자님…… 저 집에서 살인 사건이나 자살 사건 같은 게 일어난 적은 없었나요?"

"최근 20년 사이에는 없었던 것 같은데 그 이전은 미처 조사를 못 했어요. 지금의 전원주택은 22년 전에 기존에 있던 집을 리모델링해서 새롭게 지었대요."

경선네 전원주택.

이번 〈흉가탐방〉 코너에서는 VJ들과 함께 태수와 길재중,

전소민 세 사람이 집 안으로 들어가기로 합의를 봤다. 집 안의 영들이 그렇게 위험하지 않을 것 같다는 태수의 의견을 참고한 조치였다.

전원주택 앞에서 진행을 맡은 전소민이 멘트를 했다. 방송에서는 앞에 전원주택 집주인의 인터뷰 다음에 지금의 영상이 이어질 예정이었다.

"자, 방금 집주인이 얘기를 한 것처럼 저희는 지금부터 귀신이 나온다는 아름다운 전원주택으로 진입을 할 예정입니다. 게다가 이 집은 얼마 전 촬영에 들어간 공포 영화 〈안개의 집〉에서도 귀신이 사는 집으로 등장할 예정이라고 하네요. 만약 악귀가 있다는 걸 모르고 촬영을 했다면 자칫 사고가 일어날 수도 있는 아찔한 상황이었습니다. 자, 그럼 오늘도 장태수 군과 함께 귀신의 집으로 들어가 보도록 하겠습니다. 아참, 그리고 이 촬영은 집주인에게 허락을 받고 이루어진다는 사실을 알려 드립니다."

태수가 열쇠로 전원주택의 문을 열고 안으로 들어갔다. 오랫동안 사람이 살지 않아서 그런지 실내의 탁한 공기가 그대로 느껴졌다.

'귀기탐색.'

화르르르륵.

태수가 주문을 읊자 허공에 지도가 떠올랐다.

그제 봤던 것처럼 붉은 점은 모두 네 개였다. 하나는 꽤 큰

점이었고 나머지 세 개는 크기가 작았다. 근데 가장 큰 붉은 점의 크기가 이전에 봤을 때보다 훨씬 커진 것 같았다.

지금 정도의 크기라면 꽤 강한 악귀라도 해도 될 정도의 수준이었다.

하지만 태수는 붉은 점의 크기 그 자체보다 크기가 변한다는 사실이 더 신경이 쓰였다. 붉은 점의 크기가 변한다는 건 악귀가 자신을 숨길 수 있는 능력이 있다는 말이고, 그 말은 곧 악귀의 힘을 짐작하기가 어렵다는 소리니까.

따라서 안전하다고 생각하고 VJ들과 함께 집 안에 들어온 자신의 판단이 틀렸을 수도 있는 상황이었다.

붉은 점 하나가 1층 주방 쪽에 있었다.

태수가 낮은 목소리로 말했다.

"주방에 영이 한 명 있습니다."

태수의 멘트가 끝나자마자 주방의 붉은 점이 돌아서더니 태수를 향해 걸어오기 시작했다.

태수가 긴장하며 중얼거렸다.

"지금 붉은 점 하나가 저희를 향해 빠르게 다가오고 있습니다."

붉은 점이 다가오고 있다는 태수의 소리에 길재중이 자신의 부적을 꺼내 들며 말했다.

"어디야, 어디?"

태수가 팔을 들어 붉은 점이 다가오는 방향을 가리키며 말했다.

"저쪽이에요. 도사님은 별도의 얘기가 있을 때까지는 부적을 사용하지 마세요, 아직은 영들이 우리에게 호의적인지 적대적인지 알 수가 없으니까."

"알았어, 걱정하지 마."

길재중이 부적을 감추는 걸 보며 태수가 주문을 읊었다.

'설호검.'

화르르르륵.

다가오는 붉은 점의 크기가 크지는 않지만 무슨 일이 벌어질지 모르기에 경계 태세를 갖추는 게 안전했다. 손안에 항마의 기운이 서리며 노란 설호검이 쥐어졌다.

태수가 길재중을 돌아보고 말했다.

"도사님한테도 안명부를 붙여 드릴 테니 지금 상황에 대해서 시청자들에게 중계를 좀 해 주세요."

길재중이 기다렸다는 듯 고개를 끄덕였다.

"오케이, 태수 군은 영한테만 정신을 집중하라고. 방송은 나한테 맡기고."

태수가 주문을 읊었다.

'안명부.'

화르르르륵.

허공에 안명부 두 장이 동시에 나타났다. 팔을 뻗어서 그중 한 장의 부적을 움켜쥔 후 자신의 눈에 기운을 심었고, 나머지 한 장의 안명부는 길재중의 이마에 심어 줬다.

시야가 푸르스름해지더니 빠르게 다가오는 붉은 점의 정체가 드러났다. 다가오는 영은 30대 후반 정도로 보이는 여자의 영이었다.

길재중도 영을 보며 중얼거렸다.

"세상에, 무슨 영체가 저렇게 또렷하지? 살아 있는 사람이라고 해도 믿겠네."

사람이 영을 못 보는 것처럼 영들도 사람의 모습을 볼 때 흐릿하게 보이고 목소리도 확실하게 들리질 않는다.

다만 태수처럼 영능력을 가진 사람은 예외다. 몸 안에 영혼들과 마찬가지로 귀기를 가지고 있기 때문이다.

길재중이 현재의 상황을 카메라를 보며 시청자들에게 작은 소리로 설명했다. 그렇잖아도 어떻게든 자신의 방송 분량을 뽑고 싶었던 터라 최선을 다해 실감 나게 지금의 상황을 설명했다.

"지금 30대 젊은 여자의 영이 저희들에게 다가오고 있습니다. 영체가 굉장히 또렷해서 영혼의 표정까지도 생생하게 보일 정도입니다. 근데 표정을 보니까…… 잔뜩 화가 난 얼굴이네요. 만약 무슨 일이 생기면 제가 가진 이 부적으로 퇴치를 해야만 할 것 같습니다."

그러면서 길재중이 자신이 가지고 있던 부적을 카메라 앞에 대고 흔들어 보였다.

퇴마하는 톱스타

태수는 설호검을 움켜잡고 여자의 영을 기다렸다. 여자가 가까이 다가오자 길재중도 긴장한 기색으로 부적을 움켜잡았다.

태수의 앞으로 바싹 다가선 여자가 귀기를 실은 음성으로 다짜고짜 소리를 빽 질렀다.

─당신들 뭐야? 내 집에서 나가! 나가라고! 아아아악!

"으헉!"

예기치 않은 귀곡성에 태수를 제외한 길재중과 나머지 스태프들이 다들 귀를 틀어막으며 몸을 움츠렸다.

길재중이 귀가 아픈 와중에도 방금 여자가 귀곡성으로 소리를 질러서 다들 오싹한 한기와 함께 온몸에 전기가 통하는 것 같은 전율과 고통을 느꼈다고 시청자들에게 상황을 설명했다.

여자가 힘들어하는 스태프들을 둘러보며 만족스러운 표정을 짓다가 태수를 돌아보고는 놀라서 침음을 흘렸다.

─뭐야, 너는 왜 아무렇지도 않아?

여자가 이번에는 옆으로 돌아와서 태수의 귀에 대고 소리를 빽 질렀다.

─경을 치기 싫으면 내 집에서 나가라고! 으아아악!

하지만 이번에도 다른 스태프들만 반응을 보일 뿐 태수는 미동도 하지 않았다.

당황한 여자의 영이 의아하게 태수를 보다가 흠칫 뒤로 물러났다.

　─당신…… 혹시 내가 보이는 거야?

　아무래도 여자는 태수에 대한 정보가 전혀 없는 모양이었다.

　길재중이 설명했다.

　"지금 여자의 영혼이 우리 태수 군을 보고 놀란 모양입니다. 태수 군이 자신을 보기도 하고 귀곡성에도 끄떡하지 않으니까. 이제부터 무슨 일이 벌어질지 지켜보도록 하겠습니다."

　태수가 여자의 질문에 한 박자 늦게 대답했다.

　"네, 보여요. 당신 얼굴의 점까지 아주 똑똑히 보여요."

　눈이 휘둥그레진 여자가 경계하는 눈빛으로 태수를 보고 말했다.

　─내, 내가 보인다니 잘됐네. 그동안 우리 집에 들어온 사람들은 무슨 일인지 날 보지 못하더라고. 됐어, 그럼. 내 목소리도 잘 듣는 것 같고, 지금 당장 이 사람들 데리고 우리 집에서 나가 줬으면 좋겠어. 왜 허락도 받지 않고 함부로 남의 집에 들어오냐고.

　이번에는 태수가 의아하게 여자를 바라봤다. 여자는 마치 자신이 사람인 것처럼 말을 하고 있었던 것이다.

　'혹시 이 여자는 자신이 영혼이라는 걸 모르는 건가?'

　태수가 여자의 생각을 좀 더 확실하게 알아보기 위해 찔러 보는 것처럼 말했다.

"여긴 그쪽 집이 아니라 다른 사람 집이에요. 이미 집주인이 몇 번씩 바뀌었어요."

여자가 어이가 없다는 표정으로 말했다.

—말도 안 돼. 우리 가족들이 이 집에서 몇 년째 살고 있는지 알아? 자그마치 7년이야, 7년. 근데 누가 우리 집의 주인이라는 거야?

길재중이 기다렸다는 듯 얼른 카메라를 돌아보고 설명을 했다.

"와, 지금 이 상황을 어떻게 전해야 할지 모르겠는데, 지금 여자의 영혼이 태수 군한테 자신이 이 집에서 7년째 살고 있다면서 저희들보고 당장 자기네 집에서 나가라고 소리를 지르고 있네요. 제 말이 이해가 되십니까?"

길재중의 얘기에 전소민도 신기한 듯 정말이냐고 반문을 할 정도였다.

태수가 말했다.

"전 기자님, 등기부등본 복사한 거 혹시 가지고 오셨어요?"

"네, 잠깐만요."

전소민이 가방을 뒤져서 서류를 꺼내 태수에게 건네줬다.

길재중의 설명이 이어졌다.

"영혼한테 등기부등본까지 보여 주면서 설득하는 일이 생기다니. 정말 살다 보니 별일이 다 생기네요. 나 참."

태수가 전소민이 등기부등본 복사한 서류를 여자에게 보여 주며 설명을 했다.

다른 사람이 보기에는 태수가 허공에 대고 혼잣말을 하는 것처럼 보였지만 길재중의 자세한 설명 덕분에 지금 무슨 일이 벌어지는지는 충분히 이해할 수가 있었다.

"여기 보세요. 주인이 계속 바뀌었잖아요."

태수의 말에 등기부등본 복사본을 살펴보던 여자가 고개를 흔들었다.

─내가 이럴 줄 알았다니까. 이거 다 가짜잖아. 이 카메라들도 모두 가짜지?

"이게 왜 가짜예요? 여기 서류에 도장 찍힌 거 보세요."

그러자 여자가 갑자기 소리를 빽 질렀다.

─내가 바본 줄 알아? 여기 봐 봐, 가장 최근에 바뀐 집주인이 2017년에 등기를 했다고 되어 있잖아. 이런데도 가짜가 아니라고?

이번엔 태수가 의아한 표정으로 물었다.

"그게 왜요?"

여자가 갑자기 깔깔 웃으며 말했다.

─지금은 1994년이야, 1994년. 사람을 속이려면 제대로 속여야지. 우리 가족이 이 집에서 지금 7년째 살고 있는데 왜 자꾸 남의 집이라고 우기냐고. 여기 봐 봐.

여자가 거실의 텅 빈 벽면을 가리키며 말했다.

퇴마하는
톱스타

—여기 우리 가족사진 보이지? 그리고 여기도…….

여자가 반대편 거실을 가리키며 말했다.

—여기 책장에 꽂혀 있는 책들은 모두 우리 남편이 사서 모아 놓은 책들이라고. 이런 것들이 어떻게 남의 것일 수가 있어? 여기 봐 봐, 이 책은 우리 남편이 쓴 책이야. 우리 남편이 소설가야. 봐 봐, 조영훈. 맞잖아.

여자는 자신에게만 보이는 뭔가가 있는지 끊임없이 태수에게 설명을 했다.

태수는 김영아에게 조영훈이란 소설가가 있었는지 자료를 찾아봐 달라고 부탁했다. 길재중은 태수가 왜 그런 요구를 했는지 카메라를 돌아보며 열심히 보충 설명을 했다.

거실 구석구석을 돌아다니며 끊임없이 뭔가를 설명하는 여자에게 태수가 말했다.

"알겠습니다. 일단 알겠으니까 잠깐 멈추세요."

여자의 영혼이 얌전하게 제자리에 멈춰 섰다.

태수는 현재 여자가 어떤 상태에 놓여 있는지 어렴풋이 알 수 있을 것 같았다. 여자는 자신이 영혼이라는 사실을 모르고 있는 게 틀림없었다.

간혹 급사로 죽은 영혼들 중에서 죽음의 순간을 기억하지 못하고 자신이 여전히 살아 있다고 여기는 영혼들이 있다.

태수는 여자를 향해 조용히 팔을 내밀어서 주문을 읊었다.

이런 영혼의 경우 퇴마를 하거나 억지로 제령을 할 필요가 없이 말로 설득해서 천도를 시키는 게 가장 현명한 방법이다.

그렇게 하려면 먼저 여자에 대해 좀 더 알아야만 한다.

'사이코메트리.'

화르르르륵.

공기가 흔들리고 허공에 여자의 잔류사념이 떠올랐다. 여자의 잔류사념을 보면 그동안 여자의 영혼이 이 집에서 누구와 뭘 하며 지내 왔고 무슨 생각을 하고 있는지 알 수가 있다.

사념은 여자가 아침에 눈을 뜨면서 시작됐다.

여자는 안방 침대에서 자다가 눈을 떴다. 침대 옆자리는 누군가 잠을 잔 흔적만 있다. 여자가 자신의 옆자리를 더듬다가 아무도 없다는 걸 확인하고 몸을 일으켰다.

현재 경선의 집에는 가구가 아무것도 없다. 따라서 여자가 사는 공간은 지금 현재의 전원주택과 전혀 다른 모습이었다.

이유는 간단했다.

지금이 1994년이라고 했으니까 여자는 1994년 과거의 시공간 속에서 살고 있는 것이다. 그리고 그 시공간 안에서는 이 집이 여자의 집이었을 것이다.

전소민이 조사해 온 바에 의하면 이 집은 22년 전에 오래된 집을 리모델링했다고 한다. 그렇다면 여자는 리모델링되기 이전의 집주인이라고 할 수가 있다.

무슨 연유인지는 모르지만 그사이에 갑작스럽게 죽음을

맞았을 테고.

문득 얼마 전 자신이 연출했던 〈가족〉이라는 영화가 떠올랐다.

그 영화에서도 지박령인 두 부부가 자신들이 죽은 걸 모르고 매일 아침 똑같이 눈을 뜨고 똑같은 삶을 무한 반복하면서 그 집에 찾아오는 사람을 죽이는 악귀로 변했다.

아무래도 여자의 삶도 그런 게 아닐까 짐작이 됐다.

태수는 흥미로운 심정으로 계속 사념을 들여다봤다.

사념 속에서 여자는 몸을 일으켜서 거실로 나왔다. 여자의 사념 속 거실 벽면에 여자가 말한 가족사진이 달려 있었고 벽면 한쪽에는 책이 빽빽하게 꽂혀 있는 커다란 책장이 보였다.

태수는 시선을 움직여서 벽면에 매달려 있는 가족사진을 자세히 바라봤다.

여자의 영혼 옆으로 중학생 정도로 보이는 아들과 초등 5, 6학년 정도로 보이는 딸의 모습이 사진 속에서 환하게 웃고 있었다.

누가 봐도 무척 단란해 보이는 가족의 모습이었다. 이런 단란한 가족에게 왜 갑자기 비극이 닥쳤을지 안타까우면서도 궁금했다.

한 가지 이상한 점은 액자 속 가족사진 중에서 유독 아빠의 사진만 흐릿해서 제대로 보이질 않는다는 점이었다.

사념 속 여자가 주방으로 들어가더니 여느 주부처럼 아침 식사를 준비했다. 식사를 준비하는 과정만 봐도 여자가 얼마나 정갈하고 가정에 애착이 많은지 알 수가 있었다.

　　태수가 의도하자 영상 속 시간이 빠르게 흘러갔다.

　　식사 준비를 마친 여자가 2층을 향해 소리쳤다.

　　"미라야, 선우야, 방학이라고 늦잠 자면 안 돼. 어서 일어나!"

　　여자의 외침에 아이 둘이 눈을 비비며 계단을 내려왔다. 사진 속에 있던 아들과 딸이었다. 여자는 1층으로 내려온 아들과 딸을 번갈아 끌어안고 이마에 입을 맞췄다.

　　투명한 영체를 봐서는 사념 속 아들과 딸도 사람이 아닌 영혼이었다. 여자와 아이들은 살아 있을 때와 똑같은 생활을 반복하고 있는 것이다.

　　여자가 두 아이의 손을 잡고 식탁으로 이끌며 말했다.

　　"어서 가서 아침 먹어."

　　아들과 딸이 식탁에 앉아 아침을 먹는 모습을 보며 행복한 미소를 짓던 여자가 2층 계단을 올라갔다. 여자가 2층 구석에 있는 방의 앞으로 다가갔다.

　　사념을 훔쳐보는 태수의 미간이 좁혀졌다.

　　사념 속임에도 불구하고 방문 사이로 흘러나오는 검은 귀기의 모습이 확연하게 보였던 것이다.

　　여자가 방문 앞에서 노크를 했다.

"미경 아빠, 아직도 글 써요?"

안에서 아무런 대답이 없자 여자가 방문 손잡이를 돌렸다. 하지만 방문은 안에서 잠겨 있었다.

"미라 아빠, 내려와서 아침 먹어요. 문 좀 열어 봐요."

여자가 방문 앞에 서 있자 이내 문이 열렸다.

방문이 열리자 어두컴컴한 방 안에서 상당한 양의 검은 귀기가 흘러나왔다. 귀기 탐색 때 크기가 변하던 붉은 점의 정체가 지금 방 안에 있는 존재라는 걸 알 수가 있었다.

여자의 영혼이 방 안으로 들어섰다.

방 안에는 책상과 의자 그리고 작은 책장이 아기자기하게 자리를 차지하고 있었다. 책상 위에는 노트북과 스탠드가 있었는데 그 앞에 남자가 등을 보인 채 의자에 앉아 있었다.

역시 투명한 영체로 봐서는 남자도 영혼이었다. 그것도 악귀일 가능성이 높은 영혼.

방은 이 집의 가장이자 소설가인 조영훈이라는 남자의 서재인 모양이었다.

돌아앉은 조영훈의 온몸에서 검은 귀기가 뿜어져 나오고 있었지만 여자는 그걸 전혀 모르는 것 같았다. 아니면 알면서도 남자의 영혼에게 사로잡혀서 내색을 못 하는 것인지도 모르고.

남자는 정면에 있는 창문에도 두꺼운 커튼을 치고 스탠드만 켜 놓아서 방 안이 무척 어두웠다.

여자가 남자에게 다가가 뒤에서 목을 끌어안으며 속삭였다.

"내려와서 아침 먹어요."

"……생각 없어."

"당신 어제 저녁도 안 먹었어요."

"하나도 배고프지 않아."

"밥을 먹지 않는데 어떻게 배가 고프지 않아요? 어서 내려와서 같이 식사해요."

말을 하던 여자의 몸이 움찔하고 파르르 떨었다. 남자의 몸에서 흘러나온 귀기가 여자의 영체를 휘감았기 때문이다.

남자가 짜증스럽게 말했다.

"싫다고 했잖아, 싫다고!"

여자가 흠칫 뒤로 물러나며 말했다.

"알았어요. 그럼 방해하지 않을게요. 밥은 나중에 먹어요."

여자가 마치 귀기에 의해 조종을 받는 것 같은 부자연스러운 동작으로 돌아서서 방을 나왔다.

사념은 거기서 끝이 났다.

화르르르륵.

현실로 돌아온 태수가 뚫어지게 바라보자 여자가 당황한 눈빛으로 물었다.

─왜, 왜 그래요?

태수가 여자에게 조심스럽게 말했다.

"제 얘기 잘 들으세요. 당신은 사람이 아니라…… 영혼입니다."

태수의 말에 여자의 표정이 기묘하게 일그러졌다.

─지금…… 뭐라는 거야? 당신 아까부터 계속 이상한 소리를 하는데…….

태수가 여자의 목을 향해 팔을 확 뻗었다.

─아악!

여자가 비명을 질렀고 태수의 팔이 여자의 목을 그대로 뚫고 지나갔다. 자신의 목을 통과해서 지나간 태수의 팔을 바라보는 여자의 동공이 점점 팽창했다.

"이제 알겠어요?"

태수의 물음에 여자가 고개를 설레설레 흔들었다.

─아냐.

태수가 말했다.

"당신은 사람이 아니라 영혼이에요. 그리고 당신은 지금까지 이 집에 이사 온 사람들을 겁을 줘서 내쫓았어요. 사람들이 당신 모습을 보지 못했던 이유도 당신이 영혼이었기 때문에……."

여자가 양손으로 귀를 막으며 소리를 질렀다.

─아냐, 아니야! 아니라고!

그때 2층에서 또 다른 영혼들이 달려 나왔다.

─엄마, 무슨 일이야? 왜 그래?

태수가 위를 올려다보니 사념 속에서 봤던 딸과 아들의 영혼이 2층 난간에 서 있었다.

여자가 두 아이의 영혼을 올려다보며 소리쳤다.

─너희들은 밖에 나오지 말고 어서 방으로 들어가. 어서!

이윽고 태수를 돌아보는 여자의 표정이 이전과 다르게 서늘하게 변해 있었다. 아마도 아이들이 등장하자 예민해진 모양이었다.

여자의 영체를 감싸고 있는 귀기의 밀도가 눈에 띌 정도로 높아지고 있었다. 뭔가를 하려고 귀력을 높이고 있다는 증거였다. 대단한 귀기는 아니지만 보통 사람들에겐 충분히 위협이 될 수 있는 정도였다.

길재중이 긴장된 음성으로 말했다.

"태수 군, 주방 쪽에……."

여자가 귀력을 높일 때부터 태수는 이미 귀기가 주방으로 움직인다는 걸 알고 있었다.

"알고 있어요, 도사님."

길재중과 태수의 말에 놀란 VJ들이 주방으로 카메라를 돌렸다. 주방에 있던 칼들이 허공에 둥둥 떠오르고 있었다. 아마도 촬영을 위한 소품으로 준비해 놓은 칼들인 모양이었다.

태수는 묘한 기분을 느꼈다.

시나리오에서도 저 칼들이 원귀에 의해서 허공으로 떠오르는 장면이 있는데, 진짜 영혼이 먼저 사용할 줄 누가 알았겠는가.

영화인들이 봤다면 틀림없이 영화가 대박 날 징조라고 법석을 피웠을 것이다.

여자가 태수를 노려보며 말했다.

─좋은 말로 할 때 내 집에서 당장 나가. 행복하게 살고 있는 우리 가족을 더 이상 건드리지 말라고!

"당신 가족은 행복하게 살고 있는 게 아닙니다. 당신과 가족들은 오래전에 저승으로 들어갔어야 할 영혼들인데 이승에 남아서 계속 죄를 짓고 있는 겁니다. 자칫하면 아이들까지 모두 악귀가 돼서 고통받을 수가 있어요."

여자가 위에서 지켜보는 아이들 들으라는 듯 큰 소리로 외쳤다.

─우린 영혼이 아니야, 우린 사람이야! 그리고 죄를 짓지도 않았어!

그 말은 곧 여자도 자신들이 어떤 존재인지 알고 있다는 소리였다.

단지 그걸 인정하고 싶지 않을 뿐.

여자는 귀력을 더욱 높여서 주방의 칼들이 태수를 향해 날아가도록 만들었다.

다행히 칼들이 날아오는 속도가 태수를 해치려는 목적보

다는 위협하려는 의도가 더 강해 보였다.

태수가 주문을 읊었다.

'제압부.'

화르르르륵.

허공에 노란 제압부가 떠올랐고 태수가 손짓을 하자 주방으로 날아가 '펑' 하고 폭사하며 항마의 기운을 뿌렸다. 순간 허공에 떠 있던 칼들이 힘없이 바닥으로 후드득 떨어졌다.

─아악!

여자의 영이 머리를 움켜잡으며 비명을 질렀다.

보통 영혼이 물리력을 사용하려면 귀기를 사용해서 집중력을 발휘해야 한다.

그 과정에서 물리력을 사용하려는 도구와 영의 의식이 연결될 수밖에 없고, 도구에 항마력이 작용하면 영혼도 타격을 입는 것이다.

여자의 영이 비명을 지르며 웅크리자 거실 한가운데 검은 귀기가 뭉치는 모습이 보였다.

길재중이 거실 중앙에 뭉치는 귀기를 발견하고는 그 사실을 주위에 알리며 VJ들에게 뒤로 물러나도록 주의를 줬다.

촬영 시작 전 태수가 길재중에게 혹시라도 위험한 상황이 생기면 알아서 스태프들을 대피시켜 달라고 부탁을 했기 때문이다.

그때 김영아가 길재중에게 조영훈 작가에 대해 조사한 내용을 쪽지로 급하게 건넸고, 길재중은 그걸 다시 태수에게 건넨 후 얼른 뒤로 물러섰다.

그 때문에 VJ들은 거리가 떨어진 원거리 샷으로만 촬영을 할 수밖에 없었다.

태수는 눈앞에 귀기의 덩어리가 생겨나는 동안 서둘러 쪽지를 읽었다.

쪽지에는 다음과 같은 내용이 적혀 있었다.

조영훈은 1987년 모 일간지 신춘문예에 당선되며 등단했다. 초창기 촉망받는 신인 작가로 여러 문예지에 단편들이 수록되어 문단의 기대를 한 몸에 받았다. 이어서 발표한 첫 장편 《어두운 터널》이 베스트셀러에 올랐지만 이후 표절 논란에 휩싸였고 이후에 나온 신작은 전혀 주목을 받지 못했다. 이후 조영훈은 절필을 선언한 후 일체의 집필을 하지 않았다. 조영훈은 지방으로 집을 옮긴 후 경제고에 시달리다가 우울증 치료까지 받았다. 10년 가까이 두문불출한 조영훈은 1996년 우연히 집에 들른 지인에 의해 양평 자신의 주택에서 가족들과 함께 시신으로 발견되었다. 경찰은 조영훈이 우울증과 경제적인 어려움을 비관하여 자신의 가족을 살해한 후 자신도 스스로 목숨을 끊은 것으로 결론지었다.

전혀 예상치 못한 충격적인 내용이었다.

아무리 경제적으로 어렵고 우울증이 심했다고 하더라도 집안의 가장이 가족을 살해하고 스스로 목숨을 끊었다니.

조영훈이 가족들을 어떻게 살해했는지 더 많은 정보가 필요했다.

태수가 손을 뻗어서 주문을 읊었다.

'사이코메트리.'

화르르르륵.

공기가 흔들리며 소설가 조영훈의 잔류사념이 허공에 떠올랐다.

조영훈이 혼자 거실에서 술을 마시고는 서늘한 눈빛으로 일어나더니 안방으로 들어간다. 안방 침대에는 잠든 아내 미경의 모습이 보인다.

조영훈이 베개를 들더니 잠든 아내의 얼굴을 짓누른다. 버둥거리는 아내에게 조영훈이 흐느껴 울며 말한다.

"미안해, 여보. 정말 미안해. 나…… 계속 살아갈 자신이 없어. 그렇다고 당신과 아이들을 그냥 두고 떠나기도 싫어. 우리는…… 우리는 함께 가는 거야, 가족이니까!"

버둥거리던 미경의 팔이 축 늘어지자 흐느끼던 조영훈이 그 베개를 들고 방을 걸어 나간다.

조영훈이 아들과 딸의 방을 차례로 방문해서 역시 같은 방법으로 질식을 시킨다. 조영훈은 자식들을 질식시키면서 사랑한다고 말하며 흐느낀다.

가족을 모두 살해한 후 조영훈은 수면제 수십 알을 입에
넣은 후 벌컥벌컥 술을 마신다.

화르르르륵.

태수가 환영에서 빠져나와 현실로 돌아왔다. 환영이라는
걸 알면서도 조영훈이 아내와 아이들을 살해하는 장면을 지
켜보는 게 너무 힘들었다.

가족사진에 유독 조영훈에게만 귀기가 서려 있던 이유를
이제야 알 것 같았다.

몸통 없이 허공에 둥둥 떠 있는 조영훈의 얼굴이 태수의
눈앞에 모습을 드러냈다. 조영훈의 얼굴 주위로 검은 귀기들
이 꿈틀거리며 움직이고 있었다.

조영훈의 영이 음산한 목소리로 말했다.

—여보…… 애들아…… 이 아빠의 품으로 들어와라.

조영훈의 말이 끝나자마자 아내인 신미경과 조미라, 조선
우 남매 영혼의 형체가 흐릿해지더니 조영훈의 귀기에 하나
의 덩어리로 합쳐졌다.

태수는 비로소 귀기탐색 때 붉은 점 하나의 크기가 계속
변한 이유를 알 것 같았다.

조영훈이 태수와 스태프들을 보며 으르렁거렸다.

—어서 내 집에서 나가!

"여긴 당신 집이 아냐. 그리고 가족은 당신의 소유물이 아니야. 잘못은 당신이 했는데 왜 죄 없는 가족들을 희생시킨 거야?"

－아가리 닥쳐! 네 까짓 게 뭘 알아? 집사람과 아이들은 내가 데려가지 않았으면 지금쯤 죽음보다 비참한 삶을 살고 있을 거야. 이 세상이 약자들에게 얼마나 가혹한 곳인지 알아? 그럴 바엔 차라리 영혼이라도 이렇게 함께 있는 게 훨씬 나아. 이제 아내와 아이들은 내가 지킬 거야.

가족을 살해하고도 자신의 행동을 정당화하는 뻔뻔한 조영훈의 태도에 태수는 분노를 느끼며 말했다.

"착각하지 마. 당신은 아내와 아이들을 지키지 않았어, 오히려 살해했지."

－아가리 닥치라고 했지?

조영훈의 영체에서 검은 귀기가 뿜어지더니 여러 갈래의 날카로운 가시처럼 변해서 태수를 향해 뻗어 왔다.

휘리리리릭~!

태수도 수인을 맺고 주문을 읊었다.

"오대존명왕 수호진."

태수를 중심으로 다섯 장의 부적이 허공에 떠올랐다. 부동명왕부가 태수의 가슴 앞쪽에 둥둥 떠 있었고, 나머지 네 장의 부적이 동서남북으로 태수를 에워쌌다.

오대존명왕 수호진은 오대존명왕 퇴마진과 부적의 종류는

같지만 부적의 방향이 반대다.

　퇴마진은 악귀를 가둬서 제령하기 위해 부적들이 안쪽을 향하는 데 반해, 수호진은 시전자를 보호하기 위해 부적의 방향이 바깥으로 향해서 악귀가 접근하지 못하도록 막는 역할을 한다.

　태수를 향해 다가오던 가시 그림자가 오대존명왕 부적이 뿜어내는 항마력을 뒤집어쓰고는 고통스러운 괴성을 지르며 뒤로 물러났다.

　-키아아아악!

　근데 그 비명 소리에 나머지 가족들의 목소리가 섞여 있었다. 귀기가 하나로 합쳐지면서 조영훈이 받는 고통은 곧 나머지 가족들에게도 고스란히 전해지기 때문이다.

　태수가 조영훈을 곧바로 제령시키지 않은 것도 바로 가족들 때문이었다.

　오대존명왕부의 항마력에 타격을 입은 조영훈이 더 이상은 쉽게 달려들 생각을 하지 못한 채 식식거리며 태수를 노려봤다.

　"지금이라도 참회하고 벌을 받아. 아직도 기회는 있어."

　-웃기지 마, 너만 아니면 우리 가족은 앞으로도 행복하게 잘살 수 있어.

　"아니. 부인과 아이들 얼굴을 제대로 보기나 했어? 그들의 얼굴에선 행복한 표정을 조금도 찾아볼 수가 없었어. 그저 매일 똑같은 하루를 무한히 반복해서 살고 있을 뿐이야. 그 저 함께만 한다고 사랑인 줄 알아? 당신이 사랑이라고 믿는 감정은 집착이고 소유욕이야. 그리고 앞으로는 부인과 아이 들도 악귀로 변해 갈 거야. 정말 가족을 사랑한다면 부인과 아이들을 풀어 줘.”

조영훈이 고개를 흔들었다.

—아니, 절대로 그렇게는 못 해. 난 가족 없이는 견딜 수가 없어. 우린 영원히 함께 있어야만 해. 죽어서도 살아서도.

가족이란 이름이 이렇게 끔찍하게 들리는 경우도 많지 않 을 것 같았다.

조영훈은 맹목적인 집착과 강박에 사로잡혀 있었다.

조영훈의 영체를 감싸고 있는 귀기의 밀도가 올라갔고 강 한 귀력이 느껴졌다. 거실에 있는 여러 물건들이 허공으로 떠오르더니 태수를 향해 빠르게 날아왔다.

하지만 그런 물건들은 오대존명왕 수호진의 보호를 받고 있는 태수의 털끝 하나 건드리지 못했다.

태수 역시 조영훈을 제령할 수가 없었다. 조영훈을 제령하 면 그의 안에 있는 가족들까지 제령이 되기 때문이다.

태수가 조영훈의 귀기를 바라보며 소리쳤다.

“신미경 씨! 내 말 잘 들어요. 당신의 남편은 잘못된 신념 으로 당신과 아이들을 살해한 살인마예요. 기억을 더듬어 봐 요, 당신들이 어떻게 죽었는지. 만약 지금 남편한테서 벗어

나지 못한다면 당신과 아이들은 잠시 후 고통 속에서 소멸될 겁니다. 이제 그만 미련을 버리고 남편한테서 벗어나요. 그것만이 당신과 아이들을 구하는 길입니다."

태수가 숨을 죽이고 기다렸지만 신미경과 아이들의 영혼은 별다른 움직임이 없었다. 지금은 마음만 먹는다면 충분히 조영훈한테서 벗어날 수 있을 텐데.

조영훈이 거 보란 듯이 비웃으며 말했다.

─넌 몰라. 아내와 아이들은 날 필요로 해, 내가 자신들을 보호해 주길 원한다고!

그때 조영훈의 입을 통해 신미경의 목소리가 흘러나왔다.

─아니, 우린 당신의 보호를 필요로 하지 않아. 이제 기억이 났어. 이유가 뭐든 당신은 우릴 죽였어. 당신 멋대로 우릴 죽였다고! 그리고 그동안 너무 많은 세월을 이 집에서 아이들과 함께 고통 속에 보낸 것 같아. 이제 더 이상 당신과 함께하지 않을 거야.

조영훈이 놀라서 소리쳤다.

─지금 무슨 소리 하는 거야? 설마…….

조영훈의 소리가 끝나기도 전에 귀기 덩어리가 흔들리더니 검은 안개처럼 생긴 세 갈래의 귀기가 조영훈한테서 분리되어 빠져나왔다.

신미경의 영혼과 조선우, 조미라 남매의 영혼이 조영훈한테서 멀어지더니 태수의 뒤쪽으로 와서 숨었다.

당황한 조영훈이 미련을 버리지 못하고 소리쳤다.

—지금 뭐 하는 거야? 어서 이리 와! 여보, 내가 당신 남편이야. 미라야, 선우야, 아빠야. 내가 너희들의 아빠라고.

하지만 태수의 뒤쪽으로 숨은 세 사람은 약속이라도 한 것처럼 고개를 흔들었다.

신미경이 말했다.

—이제 기억이 났어요, 그동안 우리가 어떻게 지내 왔는지. 매일 지루한 똑같은 하루를 새로운 날이라고 착각하며 반복해서 살았던 거예요. 그러면서도 당신과 난 하루 종일 대화 한마디 나누지 않았잖아요. 그 말은 지난 20년이 넘는 시간 동안 우리가 대화를 하지 않았다는 얘기예요. 그게 무슨 가족이에요? 그건 함께 있어도 함께 있는 게 아니에요. 당신은 당신 감정만 생각했지 나와 아이들 생각은 조금도 하지 않았던 거예요.

서늘한 신미경의 말에 조영훈이 울부짖었다.

—아니야, 아니라고!

조영훈의 영체에서 귀기가 솟구쳐 올랐다.

태수가 말했다.

"조영훈 씨, 아직도 기회는 있습니다. 지금이라도 참회하고 저승에 가서 벌을 받으세요."

—넌 입 좀 닥치라고 했지!

조영훈이 분노에 휩싸이며 흩어져 있던 귀기가 하나로 뭉치더니 점점 가늘고 단단해졌고, 급기야는 얼굴마저도 귀기로 변해 날카로운 칼처럼 변해서 태수에게 달려들었다.

-크아아아악!

태수는 스스로 수호진을 깨트리고는 동시에 설호검을 불러냈다.

"해제. 설호검!"

화르르르륵.

태수가 설호검으로 달려드는 조영훈의 귀기를 후려쳤다.

촤악!

설호검과 조영훈의 귀기가 충돌하며 주변으로 귀기가 흩뿌려졌다.

귀기가 비명을 지르며 구석으로 날아가더니 숨을 헐떡거리며 조영훈의 얼굴이 모습을 드러냈다. 조영훈의 귀기는 항마검인 설호검의 상대가 되지 않았다.

태수가 일부러 수호진을 깨트린 건 조영훈의 영혼을 안쪽으로 유인하기 위함이었다.

태수가 주문을 읊었다.

"오대존명왕부 퇴마진."

순간 부적들이 빠르게 움직이더니 숨을 헐떡이며 제자리에 머물러 있는 조영훈의 영을 퇴마진의 안에 가뒀다.

조영훈은 항마의 기운이 뿜어지는 부적들 때문에 어디로도 가지 못한 채 안에서만 버둥거렸다.

"조영훈 씨, 마지막 기회입니다. 선택하세요. 죄에 대한 벌을 받고 환생해서 새로운 삶을 살지 아니면 지금 제령당해서 이 자리에서 소멸될지."

—으으으, 싫어, 난 더 이상 살기 싫어, 세상에 미련도 없고. 그러니까 차라리 날 소멸시켜 줘.

그때 조영훈의 딸 조미라의 영혼이 말했다.

—아빠, 그러지 마. 그냥 잘못을 뉘우치고 다시 좋은 사람이 되어 살아가겠다고 말해.

이어서 아들인 조선우의 영혼도 흐느끼며 말했다.

—내가 아빠하고 같이 벌 받으러 가 줄게. 아빠가 우리 어릴 때 항상 말했잖아, 죄를 지었으면 그에 맞는 대가를 치러야만 한다고.

아내인 신미경의 영혼도 마지막으로 말했다.

—예전엔 포기했지만 이젠 포기하지 말아요. 아무리 힘들어도 다시 시작해요. 소멸되면 영원히 사라지는 거잖아요. 우리도 영원히 만날 수가 없게 되고.

알 수 없는 분노에 휩싸여 단단하게 뭉쳐 있던 조영훈의 귀기가 서서히 풀어졌다.

조영훈이 흐느끼며 말했다.

—나도 내가 왜 이렇게 됐는지 모르겠어. 당신과 아이들을 세상 누구보다 사랑했는데…… 흐흑.

조영훈이 태수를 돌아보고 말했다.

-좋습니다, 어떤 벌이라도 달게 받겠습니다. 아내와 아이들만이라도 좋은 곳으로 갈 수 있도록 해 주십시오.

태수는 퇴마진을 거둔 후 조영훈과 가족들이 마음을 나눌 수 있도록 따로 시간을 줬다.

마침내 헤어져야 할 시간이 다가왔고 태수는 가족들의 이름과 생년월일을 한 사람씩 호명하며 천도의식을 지냈다.

"금강경부 조미라. 1982년 6월 6일생."

화르르르륵.

딸인 조미라의 생년월일이 새겨진 금강경부가 노란 기운을 뿜어내며 허공으로 떠올랐다. 이어서 아들 조선우, 엄마 신미경의 이름과 생년월일이 새겨진 부적들이 연이어 허공에 떠올랐다.

세 장의 노란 부적들이 허공에 둥둥 떠 있었다.

조영훈은 가족들과 함께할 수가 없어서 따로 업장을 소멸시킨 후에 천도를 시켜야만 한다.

조영훈은 가족들의 천도 부적이 허공에 떠 있는 모습을 보며 쉼 없이 눈물을 흘렸다.

조영훈의 죄가 무거워서 가족들은 지금 이 순간이 지나면 앞으로 수백 년이 지난 후생에도 만남을 기약하기 어려울 것이다.

태수는 금강경과 법화경의 게송을 암송한 후 봉송을 위한 마지막 주문을 외웠다.

"화탕풍요천지괴…… 요요장재백운간……."

세 장의 부적이 노란 불길에 타올랐고 하늘에서 눈부신 빛이 쏟아져 세 사람의 영체를 감쌌다.

세 사람의 영체가 환한 빛 속으로 스르르 스며들며 사라졌다.

그 모습을 지켜보던 조영훈의 울음소리가 더욱 커졌다.

태수는 조영훈이 울음을 그칠 때까지 기다렸다가 마지막으로 조영훈의 업장을 소멸시켜 준 후 천도시켰다.

물론 태수가 업장을 소멸시켜 줬다고 저승의 명부에서 벌을 받지 않는 건 아니다.

태수가 업장을 소멸시키는 이유는 단지 영혼을 정화하고 영체를 가볍게 만들어서 하늘로 올려 보내기 위함이었다.

<안개의 집> 크랭크업

전원주택에 있던 영혼들을 천도시킨 덕분인지 영화 〈안개의 집〉은 별다른 사고 없이 예정된 스케줄대로 빠르게 진행이 됐다.

태수는 촬영 현장에 매일 가진 못했지만 중요한 촬영이 있을 때나 다른 스케줄이 없을 때는 꼬박꼬박 방문했다.

정욱은 교통사고로 경선을 치었고, 아직 숨이 붙어 있는 경선을 다음 날 이사 들어오기로 한 전원주택 뒤쪽 텃밭에 묻었다.

다음 날 정욱의 가족인 아내 윤진과 초등 3학년 딸 혜미는 전원주택으로 이사를 들어온다. 문제는 자신이 텃밭에 묻은 경선의 집이 자신의 집 바로 건너편 전원주택이라는 것.

그런 사실을 모른 채 정욱과 아내 윤진은 맞은편 집에 새로 이사를 왔다고 인사를 하러 간다.

이 씬은 교통사고 장면 다음으로, 영화 〈안개의 집〉에서 긴장감을 불러일으켜야만 하는 중요한 장면이었다.

신호철은 정욱 역의 차승훈, 윤진 역의 하정음, 경선 역의 김혜선, 경선의 남편인 박기운 역할의 김희순을 불러 놓고 이번 씬에 대한 상의를 했다.

특히 이 씬에서는 정욱과 박기운의 연기가 중요했다. 둘이 얼마나 배역에 몰입해서 팽팽한 기 싸움을 벌이느냐에 따라 영화 전체의 긴장감이 달라진다.

경선의 남편 박기운 역할을 맡은 김희순은 그동안 카리스마 넘치는 조연 역할을 주로 맡으면서 관객에게 친숙한 배우다. 시나리오에서 박기운은 어둡고 미스터리한 인물이라 캐스팅할 때 고심을 많이 했던 배역이다.

신호철이 여러 배우들을 놓고 고심할 때 차승훈이 박기운 역할에 김희순이 잘 어울릴 것 같다고 추천을 했다.

신호철은 물론이고 태수도 김희순의 얼굴을 떠올리는 순간 박기운 역할에 그보다 잘 어울리는 배우는 없다는 걸 깨달았다. 다행히 김희순도 차승훈이 추천했다는 소리에 두말 않고 출연을 결정했다.

첫날 긴장하던 모습과 달리 신호철은 이제 감독이라는 자리에 잘 어울리는 안정적인 모습으로 현장을 이끌었다. 태수가 중간에 계속 응원을 해 준 덕분에 자신감도 많이 되찾은 모습이고.

감독과 상의를 마친 배우들이 각자의 위치에 서자 촬영이 시작됐다.

"카메라 롤!"

"씬 14-1"

"레디 액션!"

신호철의 숏 사인에 맞춰서 떡을 든 정욱과 윤진이 건너편 전원주택 앞에서 초인종을 누른다.

잠시 후 문이 열리며 고개를 내미는 박기운. 죽은 경선의 남편이다.

어딘지 모르게 군은 박기운의 표정에 윤진이 살갑게 인사를 했다.

"안녕하세요, 며칠 전에 건넛집으로 이사 온 사람인데 인사 좀 드리려고요."

박기운이 힐끗 정욱을 보면 정욱도 가볍게 인사를 하고.

박기운이 말한다.

"안으로 들어오시죠."

박기운이 퉁명스럽게 말하고 집 안으로 먼저 들어가면 윤진이 어깨를 으쓱하며 저 사람 좀 이상하다는 제스처를 해 보인다.

두 사람, 박기운의 집 안으로 들어선다.

태수가 영혼들을 퇴마할 때만 해도 거실이 텅 비어 있었는데 어느새 미술 팀에서 집 안에 적절하게 가구와 소품을 배치해 놓았다.

　정욱과 윤진이 거실 소파에 앉아서 집 안을 둘러본다. 윤진이 벽에 걸려 있는 박기운의 가족사진을 보며 말한다.

　"이 집은 딸이 하난가? 딸이 우리 혜미랑 비슷한 나이 같은데…… 다리가 아픈가 봐. 휠체어를 타고 있어."

　가족사진에는 박기운과 그의 아내 그리고 딸 미진의 모습이 보인다. 윤진의 말대로 미진은 다리가 좋지 않은지 사진 속에서 휠체어에 앉아 있었다.

　윤진이 일어나서 가족사진을 보고 있으면 정욱도 다가가서 가족사진을 보는데 그 사진 속에 경선이 찍혀 있다.

　경선의 얼굴을 보는 순간 정욱의 얼굴에 당황하는 표정이 떠오른다. 비로소 이 집이 자신이 사고로 죽인 경선의 집이란 걸 깨달은 것이다.

　그때 박기운의 목소리가 들려온다.

　"저희 집사람하고 딸입니다."

　어쩔 줄 몰라 하는 정욱과 달리 윤진은 테이블에 차를 갖다 놓는 박기운에게 살갑게 말을 건넨다.

　"따님이 저희 애랑 나이가 비슷한 것 같아요. 몇 학년이에요?"

　"초등 3학년입니다만."

윤진이 양손으로 입을 가리며 말한다.

"어머, 우리 혜미도 초등 3학년인데. 너무 잘됐다."

윤진이 굳은 표정의 정욱을 돌아보며 반갑게 말한다.

"그지? 우리 혜미랑 이집 애랑 둘이 친구 하면 될 것 같아. 따님 이름이 뭐예요?"

박기운이 한 박자 느리게 대답한다.

"미진입니다."

"미진이. 이름 예쁘네요."

윤진이 집 안을 둘러보면서 묻는다.

"근데 사모님하고 미진이는 어딜 간 모양이죠?"

순간 차를 마시던 정욱이 사레가 걸리며 기침을 한다. 박기운이 그런 정욱을 가만히 노려보는 것처럼 바라보다가 대답한다.

"저희 집사람하고 미진이는 잠시 어딜 좀 갔습니다."

대답을 하면서 박기운의 시선은 계속 정욱을 보고 있다. 정욱에겐 박기운의 시선이 마치 '난 네가 한 일을 다 알고 있다'는 것처럼 느껴진다.

윤진이 손뼉을 치면서 말한다.

"미진이 오면 저희 애랑 같이 놀면 너무 좋을 것 같아요. 저희가 좋아서 이사를 오긴 했는데 아이한테 친구가 없어서 걱정했거든요. 그래도 괜찮죠?"

"저희 애가 다리가 아파서……."

박기운이 말끝을 흐리며 정욱을 쳐다보는데 본 영화에서는 그 순간에 인서트 영상이 끼어들 예정이다.

인서트 영상은 사고가 나던 날 정욱이 전원주택으로 차를 몰고 와서 경선의 시체를 내려서 텃밭으로 끌고 가던 장면이다.

정욱이 경선의 시체를 끌고 가다가 문득 고개를 들고 건너편 전원주택을 보는데 희끗한 뭔가가 창가에서 사라진 것 같은 느낌이 든다.

회상 장면에서 윤진의 목소리가 끼어든다.

"어머, 당신 더워? 왜 이렇게 땀을 많이 흘려?"

정욱이 정신을 차리고 보면 이마에 식은땀이 흐르고 있고 박기운이 그런 정욱을 묘한 시선으로 바라보고 있다.

당황한 정욱이 땀을 닦으려고 팔을 움직이다가 앞에 놓인 커피 잔을 건드려서 커피가 쏟아진다.

"헉."

윤진이 놀라서 말한다.

"어머, 죄송해요. 당신 오늘따라 왜 그래?"

박기운이 자리에서 일어나려고 하면 윤진이 재빨리 말한다.

"아니에요, 제가 치울게요. 주방에 행주 있죠?"

윤진이 얼른 주방으로 달려가고 어색하게 단둘이 남은 정욱과 박기운.

어떻게 보면 이번 작품에서 박기운의 캐릭터가 감정을 잡기 가장 어려운 인물이다.

박기운의 가장 중요한 역할은 영화가 후반으로 달려갈 때까지 미스터리적인 긴장감을 유지하는 것이다. 즉 김희순은 영화의 후반까지 관객들이 자신이 정욱이 한 일을 알고 있는지 모르는지 헷갈리도록 모호한 연기를 하는 게 중요했다.

김희순은 그런 박기운의 심리를 연기하기 위해 대화도 퉁명스럽고 표정의 변화도 거의 없이 속을 알 수 없는 태도를 유지하는 연기를 했다.

그런 김희순의 태도는 실제로 영화적 긴장감을 끌어올리는 데 대단히 효과적으로 작용했다.

덕분에 김희순이 차승훈을 살짝 노려만 봐도 정욱의 캐릭터에 감정이입해 있는 관객들은 긴장과 숨이 막히는 것 같은 스릴을 느낄 수밖에 없다.

정욱이 자신을 응시하는 박기운의 눈빛을 견디지 못하고 살짝 떠보는 것처럼 질문을 던진다.

"부인은 어디 멀리 가셨나요?"

"글쎄요."

"예?"

"저도 잘 모르겠네요."

박기운이 대답을 하면서 살짝 미소를 짓는다. 결코 미소가 떠오를 장면이 아니라서 정욱에게 그 미소는 마치 '난 네가 한 일을 다 알고 있다.'는 압박으로 느껴진다.

정욱의 눈빛이 파르르 떨린다. 박기운이 미소를 짓는 건 김희순의 아이디어였고, 덕분에 둘의 긴장감이 한층 높아질 수가 있었다.

두 사람의 눈빛이 불꽃을 튀기며 허공에서 마주칠 때 아내 윤진이 행주를 들고 와서 끼어든다. 비로소 떨어지는 두 사람의 눈빛.

정욱이 말한다.

"아참, 혜미 엄마. 나 원고 좀 보낼 게 있는데 그만 나가자."

"원고? 무슨 원고? 당신 요즘 글 안 쓰잖아."

"어제부터 쓰기 시작했어. 나가자."

정욱이 먼저 일어나 도망치듯 빠져나가면 당황한 윤진이 박기운에게 인사를 하고 급하게 뒤따라 나간다.

창가로 가서 그런 두 사람의 뒷모습을 지켜보는 박기운의 얼굴 클로즈업에서.

"컷! 오케이!"

신호철의 힘찬 외침에 비로소 차승훈과 김희순의 얼굴에 약속이라도 한 듯 만족한 미소가 떠올랐다. 차승훈이 신호철을 돌아보고는 말했다.

"감독님, 이번 영화 감이 괜찮은데요? 잘될 것 같아요."

"정말요? 하하, 선배님 말씀처럼 정말 잘됐으면 좋겠네요."

태수도 차승훈과 비슷한 생각이었다.

처음 시나리오를 봤을 때만 해도 다소 늘어지는 부분도 있었고 캐릭터도 정리가 덜 된 느낌이었다.

하지만 태수가 시나리오의 부족한 부분을 수정하고 차승훈과 김희순이라는 두 배우의 연기력이 나머지 부분을 메우면서 영화가 흔히 하는 말로 점점 더 쫀쫀해진 것이다.

시나리오가 탄탄해지자 배우들도 인물에 몰입하면서 자연스럽게 긴장감이 고조됐다.

현장에 나와서 지켜보던 위브라더스 투자 팀의 황태식 팀장 역시 비슷한 마음이었다.

솔직히 위브라더스에서 이 영화에 투자를 한 건 장태수라는 믿을 만한 제작자와 차승훈이라는 배우, 비교적 탄탄한 시나리오 때문이라고 해도 과언이 아니었다.

감독인 신호철의 필모는 장편 상업 영화를 연출할 수준이 아니었다.

덕분에 〈안개의 집〉을 바라보는 투자 팀 내부의 분위기는 흥행에 대한 기대를 하기보다는 손익분기만 넘기자는 정도였다.

근데 촬영이 진행되면서 그 생각이 조금씩 변했다. 기존 한국 공포 영화와 달리 군더더기 없이 빠르게 진행되는 이야기에 공포 효과도 생각보다 좋았고 연출력도 꽤 괜찮았다.

황태식 팀장이 태수에게 다가가서 살짝 들뜬 목소리로 말했다.

"생각보다 신호철 감독 연출력이 괜찮아 보이네요. 잠시도 늘어지지 않게 긴장감을 유지시키는 방식이 대표님 작품을 보는 것 같은데요?"

영화계에 보면 '누구누구의 사단'이란 말을 많이 쓴다.

태수는 자신이 뛰어난 공포 영화감독으로 성공하는 것도 좋지만 공포 영화 하면 '장태수 사단'이라는 말이 먼저 떠올랐으면 좋겠다고 늘 꿈을 꿨다.

태수의 롤 모델은 항상 공포 영화만으로 세계적인 감독 반열에 오른 제임스 완 감독이었으니까.

제임스 완 감독 역시 자신이 연출도 하지만 좋은 시나리오가 있으면 주위의 동료나 재능이 있는 신임 감독에게 연출을 맡기고 자신은 제작으로 뒷받침을 한다.

애나벨 시리즈나 라이트 아웃 같은 공포 영화들이 그렇게 제임스 완이 제작자의 입장에서 만든 영화들이었다.

태수도 학창 시절부터 친구가 없었던 탓에 사람들과 함께 작업하는 게 좋았다.

자신이 가진 많은 영화적 아이디어를 다른 감독에게 나눠 줘서 그들이 성장하고 기뻐하는 모습을 보면 자신이 인정받는 것 못지않게 행복한 기분이 들었다.

영화가 제대로 된 방향으로 가고 있다면 현장의 분위기는 당연히 좋아진다.

〈안개의 집〉도 촬영을 시작한 지 어느새 2주가 넘어서면서 중반을 향해 달려갔다. 이야기가 뒤로 갈수록 공포의 강도도 세지고 이야기의 비밀이 하나씩 밝혀지기 시작하면서 관객들의 몰입도도 높아지게 될 것이다.

영화에서 또 다른 중요한 공포 장면을 촬영하는 날.

감독이나 배우들도 그 사실을 알고 있기에 어느 때보다 예민한 감각을 유지하고 있었다.

"카메라 롤!"

"씬 42-1!"

"레디…… 액션!"

유난히 안개가 자욱하게 끼는 날.

마주 보는 두 채의 전원주택이 안갯속에 파묻힌 것처럼 보인다.

정욱이 2층 서재에서 글을 쓰고 있는데 초인종이 울리는 소리가 들려오고 윤진이 '누구세요?' 하면서 달려 나가는 기척이 들려온다.

이어서 들려오는 윤진의 반가운 목소리.

"안녕하세요? 그렇잖아도 인사를 갔었는데 마침 집에 안 계신다고 해서……."

정욱, 이상한 예감에 서재에서 나와 몰래 아래층을 내려다

보면 윤진과 대화를 나누는 여자의 뒷모습이 보인다. 언뜻 보면 경선과 비슷해 보이는 뒷모습.

"잠시만 앉아 계세요."

윤진이 차를 가지러 주방으로 가면 여자 혼자 소파에 앉는다. 정욱은 여자를 자세히 보려고 하지만 뒷모습이라서 알 수가 없다.

그때 여자가 고개를 돌려서 위를 올려다본다. 얼굴이 망가진 경선의 얼굴이다.

"으헉!"

정욱이 공포에 사로잡혀서 얼른 모퉁이로 숨어서 부들부들 떨고 있으면 '삐거덕~'거리는 소리가 들려온다. 정욱이 모퉁이로 살짝 고개를 내밀면 2층 계단을 올라오는 경선이 보인다.

경선이 계단을 밟을 때마다 삐거덕거리는 소리가 들려온다.

점점 더 크게 들려오는 '삐거덕~' 소리.

공포에 사로잡힌 정욱이 비틀거리면서 얼른 서재로 들어가서는 문을 잠근다.

정욱, 숨을 죽이고 서재의 문을 바라보면 경선이 방문 앞에 와서 서는 기척이 느껴진다.

정욱이 손으로 자신의 입을 틀어막으며 숨을 삼킨다.

경선이 방문의 손잡이를 잡고 돌리지만 문이 열리지 않는다.

문밖에서 가늘게 들려오는 흐느낌.

정욱, 공포로 부들부들 떠는데 책상 위 노트북의 자판이
저절로 쳐진다. 정욱, 놀라서 노트북 화면을 보면 화면에 글
자가 새겨진다.

우리 미진이…… 어디 있어? 미진이…… 내놔. 미진이 내놓으라
고!!!!!!!!!

정욱이 혼란스럽게 화면을 보는데 아래층에서 윤진의 목
소리가 들려온다.

"어디 계세요? 미진 엄마!"

잠시 후 방문 앞에서 스윽 사라지는 경선.

아래층에서 윤진의 목소리가 들려온다.

"2층에 계셨어요? 거긴 애 아빠 서재가 있는데…… 참, 저
희 애 아빠도 인사시켜 드릴게요. 혜미 아빠! 혜미 아빠!"

정욱이 구석에 웅크린 채 몸을 떤다.

윤진이 '삐그덕~'거리며 계단을 올라오다가 돌아서서 묻
는다.

"왜요, 가시게요? …… 네? 미진이가요? 어머…… 애가
없어졌어요? 어떡해…… 네, 제가 보면 바로 연락드릴게요."

이어서 경선이 현관문을 열고 나가는 소리가 들려온다.

그제야 마음을 졸이고 있던 정욱이 머리를 감싸며 그 자리에 주저앉아 흐느낀다.

"컷, 오케이!"

영화는 죽은 경선이 어떻게 된 일인지 정욱의 집을 계속 찾아오고 정욱의 가족 주변을 맴돌면서 정욱의 공포를 점점 증폭시킨다.

급기야 정욱은 자신이 경선을 파묻은 텃밭으로 가서 땅을 파헤치고 시신을 확인까지 한다.

영화 〈안개의 집〉이 보여 주는 공포의 근원은 원혼이 아닌 정욱의 죄의식이다.

경선의 원혼이 정욱의 집을 들락거리며 정욱의 아내 윤진을 만나는 장면들은 모두 정욱의 죄의식이 만들어 낸 환상이다.

영화의 그런 지점을 정확하게 분석한 차승훈은 정욱의 공포를 직접적으로 표현하기보다는 죄의식으로 괴로워하는 부분에 초점을 맞춰서 연기를 했다. 정욱의 심리에 관객이 충분히 공감하면서 몰입한다면 공포는 저절로 살아날 것이라고 판단한 것이다.

영화는 촬영을 시작한 지 한 달이 조금 지나서 마지막 비밀이 밝혀지는 후반부의 촬영이 진행됐다.

경선의 남편 박기운은 정욱이 범인이라는 걸 몰랐지만 정욱의 죄의식은 박기운이 모든 걸 알고 있다고 착각해서 결국 그를 살해하게 만든다.

박기운의 집으로 찾아가서 박기운을 살해한 정욱은 즉시 윤진과 혜미를 차에 태워서 전원주택을 떠난다.

마침내 모든 비밀이 밝혀지고 영화가 마무리되는 엔딩 장면의 촬영이 시작됐다. 엔딩 장면은 영화가 시작되던 안개 낀 국도에서 똑같이 진행됐다.

"카메라 롤!"

"레디…… 액션!"

정욱은 아직도 영문을 모르는 아내 윤진과 혜미를 산타페 차량에 태우고 국도를 달린다. 어디로 가야 할지 자신도 알지 못하지만 일단 전원주택을 떠나야겠다는 일념으로 국도를 달리고 있는 것이다.

처음 자신이 전원주택에 들어오다가 사고가 났던 그날처럼 국도 위에는 안개가 자욱하다. 하지만 그 안개 역시 정욱에게만 보이는 정욱의 죄의식이 만들어 낸 환상이다.

산타페를 몰면서 안개가 심하다고 투덜거리는 정욱의 말에 안개가 어디에 있냐고 묻는 아내 윤진의 대사에서 그런 지점들이 드러난다.

산타페를 몰고 가면서 정욱에게 한 가지 의문이 떠오른다. 경선과 박기운의 딸 미진의 행방이다.

경선의 원혼은 왜 계속 자신에게 미진을 찾아내라고 위협을 했던 것인지 정욱은 아직도 이해가 가지 않았다.

정욱이 의문을 떠올리는 순간 눈앞에서 '빠앙~' 하고 커다란 경적음이 들려오고 윤진과 혜미가 비명을 지른다.

눈앞으로 덮쳐 오는 거대한 트럭의 불빛.

정욱의 산타페가 중앙선을 넘어섰던 것이다. 이 사고 또한 정욱의 운전 부주의 때문인지, 환상이 일부러 중앙선을 넘게 만든 것인지 영화는 모호하게 처리했다.

트럭과 부딪치며 충격을 받은 정욱이 느린 화면으로 움직이는데 사고를 낸 과거의 장면이 환상처럼 눈앞에 보인다.

정욱이 모는 산타페가 안개 낀 국도를 달려오는데 경선이 국도를 건너고 있다. 근데 경선이 혼자가 아니다. 경선은 휠체어를 밀면서 국도를 건너고 있고 그 휠체어에는 경선이 찾아내라고 하던 미진이 앉아 있다.

두 사람을 정욱의 산타페가 덮친다.

산타페의 차체가 높아서 사고 순간에 경선만 보이고 휠체어에 앉은 미진의 모습은 보이질 않는다. 산타페에 부딪친 휠체어와 미진이 도로 밖 저수지로 튕겨 나가고 경선은 도로 위로 떨어진다.

카메라는 도로 위에서 머리에 피를 흘리는 경선이 힘겹게 '우리 미진이…….'라고 중얼거리는 입모양에서 앵글을 저수지 쪽으로 옮겨 간다.

카메라가 부서진 휠체어와 함께 저수지에 몸이 반쯤 잠겨서 수풀 사이에서 죽은 미진의 모습을 비춘다.

　미진의 몸이 점점 저수지로 가라앉는다.

　카메라가 바퀴만 무심하게 돌아가는 부서진 휠체어를 비춘다. 그 장면에서 박기운이 정욱에게 하던 대사가 겹쳐지며 영화의 엔딩 크레딧이 떠오른다.

　-저희 미진이가 밤늦게 친구 집에 놀러가고 싶다고 떼를 쓰는 바람에 집사람이 데려다주고 온다고 나갔는데, 아직까지 오질 않네요. 혹시 우리 미진이 어디 있는지 아세요?

시사회와 저승의 피리

〈안개의 집〉 언론 시사회.

투자사인 위브라더스는 〈안개의 집〉 개봉일을 12월 초로 잡았다. 12월 크리스마스와 방학 시즌에 비하면 비수기이긴 하지만, 저예산 영화라서 블록버스터나 국내 대작 영화들과의 맞대결을 피하기 위한 배급 팀의 전략이었다.

덕분에 언론 시사회에는 기대 이상으로 많은 취재진이 몰려들었다.

동시에 개봉하는 영화들 중에 딱히 주목할 만한 작품이 없었던 데다 제작자로서 태수가 만든 첫 번째 영화라는 점이 호기심을 끈 것이다.

퀭한 눈에 다크서클이 잔뜩 생긴 신호철을 보며 태수가 말했다.

"형, 어제 잠 못 잤구나."

"자려고 해도 잠이 안 오더라고. 촬영할 때만 해도 영화가 잘 나왔다고 생각했는데, 막상 시사회 되니까 부족한 것만 눈에 들어오고 미치겠다 진짜. 어때? 네가 보기에 정말 괜찮은 것 같아? 그냥 나 위로하는 말 말고."

태수가 웃으면서 말했다.

"형, 이번 영화 잘될 거야. 나만 믿어."

큰소리는 쳤지만 긴장되기는 태수도 마찬가지였다.

영화는 잘 만들었다고 무조건 흥행이 되는 건 아니다. 잘 만든 영화가 흥행에 실패하고 못 만든 영화가 의외의 흥행을 하는 경우도 수없이 많기 때문이다.

그만큼 대중의 마음을 읽는다는 건 어려운 일이다.

다만 기술 시사회에서 영화를 본 위브라더스 투자 팀에서 배급 마케팅 예산인 P&A 비용을 처음에 책정한 5억 원에서 10억 원 가까이로 늘렸다는 건 대단히 긍정적인 신호다.

순제작비가 7억 원인데 배급 마케팅 비용이 오히려 더 많은 10억 원이라는 얘기는 그만큼 영화에 자신이 있어서 공격적으로 마케팅하겠다는 얘기니까.

VIP룸에서 대기 중인 주연배우인 차승훈과 김희순, 하정음, 김혜선의 표정에도 설렘과 기대가 가득했다. 배우들도 기술 시사로 영화를 미리 봤기에 자신이 있다는 표정이었다.

퇴마하는
톱스타

유일하게 감독인 신호철만 안절부절못하며 긴장한 표정이 역력했다. 하긴 신인 감독은 지금 아무리 마음을 편하게 먹으려고 해도 긴장이 되는 건 어쩔 수가 없다.

태수는 생기탐랑의 능을 조금 발동시켜서 그런 호철의 어깨를 주무르며 긴장을 풀어 줬다. 진행 스태프가 룸으로 들어와서 말했다.

"영화 시작됩니다. 입장하시겠습니다."

태수가 일행과 함께 경호원의 안내를 받아서 극장으로 입장했다. 각자의 이름표가 붙어 있는 좌석에 착석하자 영화가 시작됐다.

태수는 신호철의 옆자리에 배정이 돼서 앉았다.

〈모텔 파라다이스〉 때도 공동 제작자이자 각본가로 참여를 했지만 이번엔 기분이 사뭇 남달랐다. 예전엔 그저 지분으로만 참여했고 제작에 대해 아무것도 모를 때였다.

실질적인 제작자이자 책임을 지는 사람은 조진호 대표였으니까.

하지만 지금은 온전히 자신의 이름을 걸고 제작되는 영화라서 책임감이 남달랐다. 감독은 작품에만 온전히 모든 걸 쏟아부으면 되지만 제작자는 전체적인 그림을 봐야만 한다.

만약 이번 영화가 인정을 받고 흥행한다면 '장태수 사단'의 첫발자국을 성공적으로 내딛는 셈이다. 그렇게 되면 자신이 직접 시나리오를 쓰지 않아도 좋은 시나리오들이 제작사에 몰려들 것이고 투자를 받기도 한결 수월해질 것이다.

영화가 시작됐지만 태수의 눈은 스크린보다 기자들에게 더 많이 향해 있었다. 영화를 보는 기자들의 분위기를 보면 영화에 대한 평가를 어느 정도 짐작할 수가 있기 때문이다.

영화가 상영되는 동안 기자들의 분위기는 좋았다. 중간에 퇴장하거나 휴대폰을 만지며 딴짓을 하는 기자들이 거의 보이지 않았다. 다들 영화에 빠져서 몰입하는 모습들이었다.

영화가 끝나고 기자 간담회가 열렸다.

위브라더스에서는 은근히 태수도 무대 위에 올라가서 기자 간담회를 진행하길 바랐지만 태수는 무대 위에 신호철과 차승훈, 하정음, 김희순, 김혜선만 올라가도록 했다.

고생한 사람은 감독과 배우들인데 괜히 자신이 무대에 올라가면 그들이 받아야 할 스포트라이트가 자신에게 쏟아질 수 있기 때문이었다.

태수는 무수한 카메라 플래시가 무대 위 신호철과 배우들을 향해 터지는 것을 바라보며 자신이 직접 무대 위에 올랐을 때와는 또 다른 감동을 느꼈다.

이제 남은 건 영화가 좋은 평가를 받고 흥행하는 것.

영화가 재미있었는지 판단할 수 있는 잣대는 기자 간담회 때 기자들이 얼마나 많은 질문을 쏟아 내느냐를 보면 대충 짐작할 수가 있다.

간담회가 시작되고 포토 타임이 이어졌다.

이런 행사가 있을 때 보통 배우들은 각자의 코디나 스타일리스트의 도움으로 옷을 차려입고 오지만, 감독은 자신이 알아서 옷을 입고 온다.

태수는 신호철을 자신이 다니는 청담동 샵에 데려가 머리를 하게 하고 손예지의 스타일리스트한테 부탁해서 옷도 새로 사서 입혀 줬다.

아침에 신호철이 태수에게 급하게 전화를 해서 오늘 시사회에 입고 오려고 했던 옷을 세탁소에 맡겨서 세탁을 하고 살이 빠진 체형에 맞게 수선을 했어야 했는데 깜빡했다는 것이다.

문제는 시사회에 입고 올 만한 옷이 딱 한 벌뿐이라는 것.

얘기를 듣는 순간 태수는 그 심정을 누구보다 잘 이해했다. 예전에 자신도 그랬으니까.

예전에는 감독의 경우 옷을 촌스럽게 입고 머리도 부스스한 채 무대에 올라도 예술가라는 이미지로 이해를 해 줬다. 하지만 요즘엔 외모도 감각적으로 꾸밀 줄 아는 감독이 영화도 잘 만든다는 식으로 분위기가 변했다.

감독도 올드하거나 촌스러운 느낌은 이미지에 결코 도움이 되지 않는다. 더구나 신인 감독은 그런 외적인 이미지 때문에 기자들에게 좋지 않은 선입견을 줄 수도 있기에 태수가 더더욱 신경을 쓴 것이다.

덕분에 신호철은 모델 출신 배우인 차승훈이나 김희순, 하정음 등과 나란히 서서 포토 타임을 가져도 크게 튀어 보이지 않았다.

　포토 타임이 끝나고 감독과 배우들이 자리에 앉아 돌아가면서 영화에 대한 생각과 소감을 밝혔다.

　다음으로는 기자들로부터 영화에 대한 질문을 받을 차례.

　보통 기자들이 영화를 재미있게 봤다면 질문이 많이 쏟아지고 그 반대의 경우는 질문하는 기자들이 거의 없어서 진행자가 계속 질문을 하라고 재촉하는 촌극이 벌어지기도 한다.

　진행자가 기자들을 돌아보고 말했다.

　"자, 이제 감독님이나 배우분들한테 궁금한 점 질문을 받도록 하겠습니다. 질문하실 기자님은 손을 들어 주시기 바랍니다."

　진행자의 멘트가 끝나자마자 여기저기서 기자들의 손이 올라왔다. 무대 위의 신호철을 비롯한 배우들의 얼굴에 안도하는 표정이 떠올랐다.

　"신호철 감독님께 묻겠습니다. 오늘 밖에 날씨가 사나워서 그런지 꽤 무섭게 영화를 봤습니다. 신인 감독이신데 데뷔작으로 공포 영화를 선택한 이유라도 있나요?"

　신호철이 마이크를 받아서 대답을 했다.

　"다들 아시겠지만 저희 영화를 제작한 제작사 대표님이 장태수 대표입니다. 저는 장태수 대표님 작품에서 조감독을 맡아 지금까지 계속 작업을 해 왔습니다. 사실 이전까지는 공포 영화의 매력을 잘 몰랐는데, 장태수 대표님과 작업을 하면서 공포 영화에 대해 다시 생각하게 됐습니다. 공포 영화는 큰 예산이 들지 않아도 좋은 아이디어만 있다면 얼마든지 좋은 영화를 만들 수 있는 장르입니다. 저는 앞으로도 기회만 주어진다면 장태수 대표님과 함께 꾸준히 공포 영화를 만들어 볼 생각입니다."

여기저기서 쏟아지는 기자들의 질문을 보며 위브라더스 황태식 팀장의 입꼬리가 귀에 걸렸다. 사실은 오후부터 천둥 번개와 함께 폭우가 쏟아져서 기자들이 몇 명 못 오면 어쩌나 걱정이 많았는데 이젠 마음을 놓아도 될 것 같았다.

황태식은 위브라더스 한국 지사장인 마틴 킴에게 전화를 해서 기분 좋은 얼굴로 보고를 했다.

"예, 지사장님. 반응 괜찮습니다. 예, 옆 관에서 지금 배급 시사회하고 있는데 곧 끝날 겁니다. 그쪽만 끝나면 확실하게 분위기를 알 수 있을 것 같습니다. 예, 다시 전화드리겠습니다."

❧

날씨가 몹시 사나웠다. 폭우가 쏟아지고 천둥 번개가 번쩍거렸다.

숙희는 화장대 앞에 앉아 티슈로 얼굴 화장을 닦아 냈다. 화장대 위에 펼쳐진 여러 가지 화장품들은 모두 친구 수정의 것들이다.

숙희는 수정에게 허락도 받지 않고 그녀의 화장품들을 멋대로 쓰고 있었다.

숙희는 중학교 동창인 수정의 집에 얹혀 지내는 처지라서 평소엔 청소나 식사 준비를 대신하면서 눈치를 보며 살았지만 오늘은 그렇게 할 생각이 없었다.

수정의 화장대 위에는 이미 형형색색으로 물든 티슈가 수북하게 쌓여 있었다.

연극 분장처럼 짙게 화장을 한 거울 속 숙희의 얼굴은 다른 사람처럼 낯설었다. 숙희는 이런저런 다양한 모습을 연출하며 화장의 매력에 점점 빠져들었다. 그녀로선 태어나 처음 해 보는 화장이었다.

숙희는 방금 화장을 닦아 낸 얼굴에 다시 색을 입히기 시작했다. 그녀는 거울을 보며 입을 삐죽거리기도 하고 싱긋 웃기도 하더니 이내 다시 티슈를 뽑아 얼굴을 닦아 냈다.

화장대 앞에 앉은 지가 벌써 2시간도 넘었지만 일어나고 싶은 마음이 없었다.

천둥을 동반한 섬광이 방 안 구석까지 들이쳤고 다음 순간 천정에서부터 긴 머리를 늘어뜨린 이모의 얼굴이 거울 속으로 쓰윽 들어왔다.

이모는 원혼이고 숙희는 영혼을 볼 수가 있다. 다만 안타깝게도 숙희에겐 영능력 같은 축복을 받지 못했다. 그저 끔찍하고 무서운 영혼을 볼 수 있는 저주받은 눈만 있을 뿐이다.

벽을 타고 내려오는 이모의 모습은 평소보다 훨씬 무시무시해 보였다.

움직일 때마다 칼로 그어져 벌어진 목의 상처가 마치 살아 있는 것처럼 꿈틀거렸고 한쪽으로 찢어진 입도 유독 심술 맞게 실룩거렸다.

이모가 입을 뒤틀며 말했다.

─사람이 안 하던 짓을 하면 죽을 때가 가까워졌다고 하지. 꼭 네가 그런 것 같아?

하지만 분주하게 손을 놀리는 숙희의 동공에는 이모가 들어오지 않았다. 이모가 약이 오른 듯 비웃음을 담고 말했다.

─화장이 무슨 마술 도구라도 되는 줄 알아? 그렇게 덕지덕지 바르다간 사람들에게 오히려 비웃음만 사게 될걸.

이번에도 숙희는 대답하지 않았다. 덕분에 거센 빗소리에도 불구하고 오히려 방 안은 기묘한 적막감에 젖어 들었다.

부지런히 얼굴을 오르내리는 숙희의 손이 없다면 방 안은 그림 속 풍경처럼 정지된 세상 같았다. 평소 별것 아닌 얘기에도 쉽게 흥분하고 화를 내던 숙희가 지금은 전혀 다른 사람처럼 보였다.

─수정이 화장품인데 그렇게 다 써 버려도 되는 거야? 뒷

감당은 어떻게 하려고 그래?

역시 대답이 없자 이모는 아예 그녀의 눈앞으로 소름 끼치는 얼굴을 들이밀었지만 여전히 숙희의 눈은 이모를 쳐다보지 않았다.

그녀는 지금 단 한 번도 경험하지 못한 새로운 세계에 완전히 폭 빠져 있었던 것이다. 이모는 숙희의 눈빛이 지금처럼 황홀하게 빛나는 걸 전에는 본 기억이 없다.

화장을 거의 마치고 입술에 붉은 기가 도는 보라색 립스틱까지 칠한 후에야 숙희의 시선이 움직이기 시작했다.

숙희의 뺨은 붉게 상기되어 있었고, 입술은 흥분으로 살짝 벌어져 있었다. 숙희가 거울 속 낯선 자신의 얼굴을 뚫어지게 바라보며 꿈결처럼 중얼거렸다.

"여자들이 왜 화장을 하는지 이제야 알 것 같아! 어때, 내 얼굴?"

숙희의 목소리는 가늘게 떨리기까지 했다.

—미친년 같아! 설마 그러고 밖에 싸돌아다닐 생각은 아니지?

숙희가 중얼거렸다.

"잘 봐 봐! 정말로 내가 아닌 것 같아."

—그래. 완전히 다른 년 같아 보여. 다른 년 같긴 한데 문제는 지금의 얼굴이 이전보다 훨씬 역겹다는 거야. 어울리지 않는 화장 따위는 얼른 지워 버리란 말야! 네가 화장을 하니

까 솔직히 너무 이상해서 마주 보기가 불편하다고.

"이모, 난 예쁘지 않아도 상관없어."

화장으로 변한 얼굴 때문일까. 목소리까지도 평소와 달라진 것 같았다.

"너 자꾸 소름 끼치게 왜 이래? 목소리까지 살살거리고."

"난 있잖아, 내가 다른 사람처럼 보이는 게 너무 좋아. 이숙희가 아닌 다른 누구의 얼굴로 보이는 게 너무 행복하단 말야!"

이모가 찢어진 입을 실룩거리면서 말했다.

—충고하는데 넌 네 자신을 가꾸면 가꿀수록 고통만 심해질 거야. 가질 수 없는 소망을 품으면 욕망과 갈증만 풍선처럼 부풀어 오르는 법이거든. 그러다가 결국 어떻게 되는지 알아? 작은 충격에도 풍선처럼 심장이 펑하고 터지는 거야! 그럼 넌 흔적도 없이 사라지게 되지.

숙희가 자못 즐거운 표정으로 말했다.

"또 날 화나게 하려고? 소용없어. 이모는 원래 내가 잘되는 거, 감정적으로 변하는 거, 여자다워지는 거 전부 싫어하잖아. 하지만…… 적어도 지금만큼은 내가 이숙희가 아닌 다른 여자니까 그런 말해도 화내지 않을 거야."

이모가 말했다.

—이젠 정신까지 맛이 갔군. 그깟 화장 따위로 다른 여자가 될 수는 없어. 넌 영원히 이숙희일 뿐이야. 예쁜 얼굴도,

못생긴 얼굴도 아닌 이상하게 생긴 이숙희. 그래서 가만히 보고 있으면 누구든 기분을 나쁘게 만드는 저주받은 얼굴. 그게 이숙희야. 그건 절대로 변하지 않는 영원불멸의 진리라고.

뚫어지게 거울을 쳐다보던 숙희가 묘한 표정으로 히죽 웃더니 옷 속에서 뭔가를 끄집어냈다. 붉은 빛깔의 광채가 도는 작은 피리였다. 피리를 본 이모의 안색이 갑자기 변했다.

―그거 혹시…… '설' 아냐?

숙희가 고개를 끄덕이자 이모가 날카로운 음성으로 물었다.

―네, 네가 어떻게 그걸 가지고 있어?

"놀랐지? 그래, 놀랐을 거야. 이모는 늘 나에 대해 모든 걸 다 안다고 착각했겠지만 그거야말로 진짜 심한 착각이라고."

'설'이라는 이름의 피리는 손바닥 정도의 길이에 붉은 광택을 띠고 있었고 이상한 문양이 새겨져 있어 독특한 분위기를 자아냈다.

이모가 믿기지 않는 표정으로 물었다.

―분명히 그때, 고아원 원장이 저수지에 버렸잖아!

"그랬지. 맞아, 그랬었어. 하지만 설은 그날 밤, 내게 다시 돌아왔어."

이모가 눈을 크게 뜨며 반문했다.

―설이 다시 돌아오다니 그게 무슨 소리야?

설이 돌아온 건 지금 생각해도 무섭고 신기한 일이었다.

고아원 원장은 어린 갓난아기이던 숙희가 고아원 앞에 버려졌을 때부터 목에 걸려 있던 설을 숙희가 열세 살이 되던 생일날, 고아원 뒤쪽 저수지에 던져 버렸다.

그날 숙희는 그 어느 때보다 서럽게 세상을 저주했고 정말로 죽고 싶다는 생각을 했다.

설은 누군지도 모르는 부모님의 유일한 유물이기도 했지만 힘들고 외로울 때 그걸 불면 슬픔을 이길 수 있는 힘을 주었던 것이다.

설을 잃고 좌절감에 잠 못 이루던 그날 밤, 창문으로 그림자를 연상시키는 검은 기운이 방으로 스며들었다.

숙희는 너무 무서워서 그 검은 기운을 실눈만 뜨고 바라봤다. 숙희의 몸을 감싸는 기운에선 저수지의 비릿한 물 냄새가 났다.

기운은 바람소리처럼 숙희에게 어떤 얘기를 속삭였다.

그 얘기를 듣다가 등이 축축해 돌아보니 방에 물이 차오르고 있었다. 저수지를 연상시키는 탁한 물은 순식간에 불어나 방을 메우고도 모자라 숙희까지 집어삼켰다.

숙희가 손을 허우적거리며 발버둥 치는데 뜻밖에도 물속 바닥에 설이 보였다. 저수지처럼 진흙투성이인 바닥에 설이 반쯤 파묻혀 있었던 것이다. 설은 그 탁한 물속에서도 요염하게 빛나고 있었다.

숙희는 숨이 막히는 고통을 참으며 설을 움켜잡았고 다음 순간 잠에서 깨어났다.

놀라운 건 잠에서 깬 후에도 물이 뚝뚝 떨어지는 설이 진흙이 잔뜩 묻은 채 손에 쥐여 있었다는 사실이다.

얘기를 다 듣고 난 이모가 더욱 불안한 음성으로 말했다.

─예전에도 그랬지만 솔직히 난 그 물건이 무서워. 그런데 네 얘기를 듣고 나니까 더 무서워지려고 해! 이유는 네가 더 잘 알겠지만.

숙희가 대답 대신 설을 입으로 가져가자 이모가 기겁을 하며 소리쳤다.

─너 설마, 그걸 불려는 건 아니지? 그건…… 저승의 문을 여는 피리야.

이모가 그 무서운 얼굴을 희번덕거리면서 물었다.

─만약 네 말대로 저수지에 빠진 설을 다시 찾았다면 왜 지난 10년 동안 꺼내지도 않고 불지도 않은 거야?

숙희가 풋 하고 웃으며 말했다.

"그때 이상한 꿈에서 깨고 나서 그 검은 기운이 바람처럼 내게 이렇게 속삭였어. 앞으로 10년 동안 설을 잊고 살게 될 거라고. 근데 정말로 난 설을 잊고 살았어. 설은 늘 내 곁에 있었고 내가 몸에 지니고 있었는데 그게 설이란 걸 까마득하게 잊고 살았던 거야. 어떻게 그럴 수가 있었을까?"

─무슨 소리야, 나도 그때 이후로 한 번도 설을 보지 못했

퇴마하는
톱스타

는데. 네가 항상 몸에 지니고 있었다면 나도 봤겠지.

"그건, 내가 설을 주머니에 넣어 놓고 꺼내지 않았기 때문이야."

그러면서 숙희는 고아원을 나온 후 팬시점에서 훔쳤던 고급 만년필 케이스를 들어 보였다.

만년필은 한참 전에 망가져서 버렸지만 케이스는 예뻐서 늘 가지고 다녔는데 거기에 설이 들어 있었던 것이다. 물론 거기에 설을 집어넣은 것도 다름 아닌 숙희 자신이었고 신기하게도 단지 기억을 못 했을 뿐이었다.

"근데 참 이상하지? 난 기억하지 못했는데 내 몸 어딘가에서 예전의 그 검은 기운이 해 주었던 말들을 기억하고 있었나 봐. 설이 내게 돌아온 지 정확히 10년이 지난 오늘, 내 생일에 갑자기 설에 대한 생각이 난 거야. 아참, 맞다. 오늘이 내 생일이야, 아무도 축하해 주진 않지만. 풋. 그래서 내가 만년필 케이스를 열어 봤더니…… 이렇게 설이 있는 거야."

숙희는 감격한 표정으로 잠시 말을 잇지 못했다.

─그럼 생일이라서 그렇게 열심히 화장을 하고 있는 거야?

"아니, 생일을 축하하려고 하는 게 아니고 다시 태어나려고 화장을 한 거야. 설을 보니까 왠지 그럴 수 있을 거 같아. 그리고 이건 그냥 내 생각인데, 지금까지는 세상에 내 편이 하나도 없다고 생각했는데 그게 아닐지도 모른다는 생각이 들었어. 설을 내게 가져다준 그 검은 기운. 그 기운이 지금까지 날 지켜 주었다는 생각이 드는 거야. 나 이제 설을 한번 불어 보고 싶어. 아니, 마치 바람 소리처럼 뭔가가 내게 설을 불라고 속삭이는 것 같아. 그럴 때가 되었다고."

숙희가 설을 입에 물려고 하자 이모가 겁먹은 표정으로 벽을 타고 뒤로 기어가기 시작했다.

─난 책임 못 져. 그거 불 때마다 늘 나쁜 일이 일어났잖아. 설은 귀신을 불러내는 피리야. 그래서 원장이 저수지에 갖다 버린 거고.

"그래, 맞아. 내겐 좋은 일이 생기고 다른 사람들에겐 늘 나쁜 일이 일어났지. 설을 버린 그다음 날 원장의 시체가 저수지에 둥둥 떠 있던 것도 그렇고, 수십 년 동안 고아원 지하실에서 지박령으로 떠돌던 이모를 불러낸 것도 바로 이 설의 피리 소리였잖아. 귀신을 불러냈으니 다른 사람들에겐 나쁜 일이겠지만 내겐 그렇지 않았잖아. 난…… 귀신들을 더 많이 불러내고 싶어. 귀신들은 늘 내 편이었으니까, 히힛."

이모는 겁을 집어먹은 것처럼 대답을 하지 못했지만 한편으론 묘한 기대감으로 두 눈이 반짝였다.

숙희가 보랏빛이 도는 입술로 설을 물었다. 보랏빛 입술로 붉은빛이 감도는 설을 입에 물고 피리를 불기 시작하자 악기에서 기이한 음률이 흘러나왔다. 설의 기운이 파동을 만들며 밤의 기운 속으로 퍼져 나갔다.

잠시 후 눈앞에 작은 회오리 같은 작은 구멍이 생겨났다.

그 구멍에서 검은 안개 같은 귀기가 쏟아져 들어오기 시작했다. 시간이 흐를수록 구멍은 점점 커졌고 쏟아져 들어오는 귀기의 양도 점점 늘어났다.

귀기가 방 안을 가득 메우더니 숙희를 보호하듯 휘감았다.

숙희의 입술에 생기가 돌기 시작했다.

입술만이 아니었다. 얼굴은 물론 몸 전체로 색정적인 기운이 번져 가는 것만 같았다.

분명 예쁜 얼굴은 아니지만 어떤 남자라도 안아 보고 싶은 욕망을 품게 만드는 요부의 기운이 그녀의 전신을 휘감았다.

이모가 떨리는 목소리로 중얼거렸다.

-넌 지금 문을 열고 있는 거야. 설은…… 이승과 연결된 저승의 문을 여는 피리라고.

숙희가 계속 설을 불자 처음엔 눈동자 크기만 하던 구멍이 숙희의 얼굴 크기로 커졌다. 회오리 안에서 노란 눈빛이 번들거리는 뭔가가 밖으로 나오려고 버둥거리는 모습이 보였다.

"헉."

숙희가 가쁜 숨을 몰아쉬며 입술에서 설을 뗐다. 허공에 나타났던 구멍이 금방 사라졌고 귀기도 더 이상 유입되지 않았다.

숙희가 설을 바라보며 안타깝게 중얼거렸다.

"어지러워서 더 이상 못 불겠어. 좀 더 많은 귀신을 불러내고 싶은데. 왜 이렇게 어지럽지?"

이모가 말했다.

—아직은 네가 힘이 약해서 그래. 네 몸이 귀기를 더 많이
받아들이면 설을 더 오랫동안 불 수가 있을 거야. 그렇게 되
면…… 이곳엔 저승의 기운인 귀기가 넘쳐 날 테고 이승은
영혼들의 세상이 되겠지.

〰️

언론 시사회가 진행되는 상영관 옆에서는 배급 시사회가
열리고 있었다. 배급 시사회는 전국의 극장주들이 모여서 영
화를 보고 자신의 극장에 영화를 걸지 말지를 판단하는 중요
한 시사회였다. 말하자면 배급 시사회 결과에 따라서 〈안개
의 집〉 상영관의 개수가 정해지는 것이다.

제작비 규모나 여러 여건을 감안하면 상영관 400개 정도
만 확보하면 선방했다고 볼 수가 있는 상황이었다.

배급 시사회가 끝나고 배급 팀의 박일영 과장이 상기된 표
정으로 태수와 황태식 팀장에게 다가와서 배급 쪽 분위기를
전했다.

"배급 시사 반응이 괜찮습니다. 적어도 700개 관 이상은
확보할 수 있을 것 같습니다."

황태식 팀장의 입에서 탄성이 흘러나왔다.

"700개요?"

박일영 과장이 말했다.

"솔직히 마음 같아서는 그 이상도 가능할 것 같은데, 확실하게 확보할 수 있는 관의 수를 말씀드린 겁니다."

황태식 팀장이 흥분한 음성으로 태수를 돌아보고 말했다.

"축하합니다, 대표님."

"어? 벌써 이런 축하를 받아도 되나요?"

"700개 관만 확보할 수 있다면 개봉 첫 주에 최소 50만 관객은 무난하게 돌파할 수가 있을 겁니다."

개봉 첫 주에 50만 명의 관객을 돌파할 수 있다니.

황태식 팀장의 말에 태수의 얼굴에도 미소가 떠올랐다.

〈안개의 집〉손익분기점이 80만 정도인데 개봉 첫 주에 50만을 돌파한다면 일단 걱정하던 손익분기점은 무난히 돌파할 수가 있다는 말이 아닌가.

박일영 과장이 말했다.

"솔직히 현재의 분위기상으로는 최소 150만 관객은 어렵지 않을 것 같습니다."

한국 공포 영화에서 그 정도의 성적이라면 중박을 쳤다고 해도 과언이 아니다. 그래서인지 마케팅을 담당한 영화홀릭 송혜진 대표의 표정도 그 어느 때보다 밝아 보였다.

언론 시사회가 끝나고 2시간 후엔 VIP 시사회가 이어졌다. 언론 시사회와 VIP 시사회를 같은 날에 진행을 하는 이유는 언론 시사회에 참석했던 기자들을 계속 붙잡아 두려는 전략이었다.

영화사나 투자사에서 언론 시사회나 VIP 시사회를 여는 목적은 한 가지다.

당연히 영화를 홍보하기 위해서다. 영화의 마케팅 팀은 영화 상영 전은 물론이고 영화가 개봉한 이후에 단 한 줄의 기사라도 더 내보내려고 머리를 쥐어짠다.

언론 시사회나 VIP 시사회는 전쟁의 포문을 여는 이벤트이자 영화를 홍보할 수 있는 가장 큰 행사이기에 시사회와 관련된 기사를 최대한 많이 쏟아 내는 게 목적이다.

그래서 VIP 시사회와 언론 시사회를 같이 하면 힘들게 기자들을 모아야 하는 수고로움을 줄일 수가 있다.

기자들 입장에서도 VIP 시사회에는 수많은 스타가 참석하기에 웬만하면 자리를 지키고 있다가 취재를 하는 게 편하다. 때문에 기자들도 두 시사회를 같은 날 진행하는 걸 선호하는 편이다.

캐주얼한 정장을 입은 태수는 상영관 입구에 서서 직접 손님들을 맞으려다가 계획을 바꿨다.

VIP 시사회에 참석하는 스타들의 레드카펫에 몰려야만 하는 관객과 취재진의 시선이 모두 태수에게 향했기 때문이다.

태수는 오늘 VIP 시사회에 그동안 신세를 지거나 안면이 있는 지인들을 대부분 초청했다.

가까운 지인들은 물론이고 오랫동안 보지 못한 지인들까지 한자리에 초대해서 자신이 제작한 영화를 보여 준다는 생각만으로도 마음이 설레었다.

〈모텔 파라다이스〉 때는 왠지 불편한 생각이 들어서 지인들을 몇 명밖에 초대하지 못했던 것이다.

가장 먼저 영화관에 도착한 지인은 드림대학 미스터리클럽 후배들과 박대식, 고민석 교수였다. 박대식 교수와 고민석 교수는 태수가 영화 일에 매진할 수 있도록 수업에 많은 편의를 제공해 줬다.

그렇다고 특혜를 줬다는 얘기는 아니다.

신생 대학인 드림실용예술전문대학은 학교의 인지도를 높이기 위한 방편으로 학생들이 재학 중에 장편 상업 영화에 스태프로 참여하거나 인턴으로 취업을 하면 근무시간을 학점으로 대체해 주는 제도를 시행해 왔기 때문이다.

태수 덕분에 현재 드림실용예술전문대학은 1년 전과는 비교도 할 수 없을 정도로 인지도와 위상이 높아졌다. 입학에 필요한 수능 평균 등급도 올해는 3등급도 합격을 장담하기 어렵다는 말이 나올 정도가 됐다.

시사회 1시간 전부터는 연예인들이 본격적으로 모습을 드러냈다. 줄을 서서 기다리던 관객들 사이에 환호성이 울리기 시작했다.

천길강과 구본수, 전미순, 〈수상한 아파트〉에서 열연을 펼쳐 준 학교 얄개 유승현과 재연 배우 이지숙이 함께 도착했고 〈집착〉의 안연수와 김예림도 오랜만에 얼굴을 봐서 반가웠다.

특히 김예림은 〈집착〉을 촬영한 후 처음 보는 것이라서 유독 반가웠다.

"태수야."

익숙한 목소리가 불러서 돌아보니 〈영혼을 찾아서〉의 김영아 작가가 권창훈 피디와 함께 와 있었다. 김영아가 주위를 둘러보며 속삭이듯 물었다.

"혹시 오늘 조승수 님도 오니?"

"네, 조금 있으면 올 거예요. 승수 선배 오시면 누나랑 사진 찍도록 해 드릴게요."

"정말? 나 너무 떨릴 것 같아."

김영아의 얼굴이 소녀처럼 발갛게 달아올랐다.

그때 레드카펫 쪽에서 엄청난 환호성이 들려왔다. 특급 스타가 왔다는 신호였다.

김영아가 설레는 표정으로 고개를 기웃거리며 말했다.

"조승수 님이 왔나? 어? 김찬하고 박보윤이다!"

태수가 VIP룸 앞에서 손을 흔들자 김찬과 박보윤이 태수를 발견하고 역시 반갑게 손을 흔들었다.

두 사람은 관객과 취재진한테 둘러싸여서 포즈를 취하며 포토 타임을 가지느라 태수 쪽으로는 올 엄두를 내지 못했다.

다시 극장이 떠나갈 것 같은 환호성이 울리며 최고의 스타 두 명이 경호원의 안내를 받으며 영화관으로 들어서고 있었다.

손예지와 조승수였다.

태수가 손을 들어 인사를 했고 두 사람도 반갑게 손을 흔들었다. 두 사람 역시 관객들과 취재진한테 붙잡혀서 포토타임을 가졌다.

그런 두 사람을 지켜보는데 태수의 팔을 살짝 잡아끄는 사람이 있었다.

돌아보니 여동생 혜령이었다.

"어? 혜령아. 엄마는?"

혜령이 고개를 돌리자 뒤쪽에서 엄마는 물론이고 형과 형수까지 식구들의 모습이 보였다.

형수가 너무도 상냥한 표정으로 인사를 하며 말했다.

"도련님, 축하드려요."

"감사합니다, 형수님."

형수가 뒤쪽에서 얼굴을 홍당무처럼 빨갛게 하고 서 있는 20대 여자를 잡아당기며 말했다.

"거기 숨어 있지 말고 이리 나와서 인사해."

여자가 쭈뼛거리며 앞으로 나오는데 어딘지 모르게 낯이 익었다.

형이 옆에 있다가 말했다.

"기억 안 나? 우리 처제야. 결혼식 때하고 상견례 때 봤잖아."

어쩐지 낯이 익다 했더니 형수의 여동생이었다. 말하자면 사돈처녀.

예전 상견례 했을 때도 사돈처녀는 태수가 잘생겼다고 말을 했다는 소리를 태수가 들었는데 지금은 그런 차원이 아니었다.

"안녕하세요?"

태수가 인사를 하자 사돈처녀가 어쩔 줄을 몰라 하며 고개를 숙였다.

형수가 말했다.

"제 동생이 도련님 완전 팬 됐어요. 이전부터 한번 만나게 해 달라고 졸랐는데 도련님이 워낙 바빠서……."

"아, 네."

형수가 조심스럽게 말했다.

"우리 혜정이하고 사진 한 장 찍어 주실 수 있으세요?"

"그럼요."

태수가 흔쾌히 대답하자 사돈처녀가 어쩔 줄 몰라 하며 중얼거렸다.

"어떡해, 나 너무 떨려."

태수는 사돈처녀는 물론이고 형수와 가족들하고도 함께 사진을 찍었다. 또한 가족들을 연예인들이 대기하고 있는

VIP 룸으로 데리고 가서 인사를 시키고 나오다가 송현주를 만났다.

송현주는 엄마와 혜령하고는 같은 건물에서 지내는 데다 태수가 이전에 인사를 시켜서 이미 안면이 있는 사이였다.

"안녕하세요?"

송현주가 식구들한테 인사를 하자 엄마와 혜령도 반갑게 인사를 했다. 형과 형수는 엄마와 혜령이 송현주를 알고 있다는 사실이 신기한 듯 어리둥절한 표정으로 바라봤다.

요즘엔 송현주도 드라마의 서브 주연을 맡을 정도로 인지도가 높아져서 형과 형수한테 송현주는 당연히 유명 연예인이었다.

혜령이 형과 형수에게 송현주를 소개했다.

"큰오빠, 송현주 씨하고 작은오빠랑 되게 친해."

송현주가 형과 형수에게 인사를 하고 엄마한테도 꼬박꼬박 '어머니'라고 부르자 마치 상견례라도 하는 것 같은 분위기였다.

엄마는 최근 들어 태수만 보면 현주 같은 참한 색시를 며느리로 맞으면 좋겠다고 입버릇처럼 말했기에 오늘도 기분이 무척 좋은 듯했다.

지인들이 대부분 왔지만 태수가 가장 기다리는 사람들이 도착을 하지 않았다.

태수가 초조하게 시계를 보는데 뒤늦게 반가운 얼굴들이

시야에 들어왔다.

강형진 신부와 현준, 이설아였다.

세 사람은 충청도 괴산의 희망복지원에서 어렵게 올라오는 길이었다. 현준은 앞을 잘 보지 못하는 설아의 손을 잡고 이끌었다.

강 신부가 말했다.

"올라오는데 폭우가 쏟아져서 차가 얼마나 막히는지, 자칫하면 늦을 뻔했네."

"고생하셨어요, 신부님. 현준이랑 설아도 오느라 고생했어."

처음에 태수는 강 신부와 현준, 설아를 부르지 않으려고 했다. 설아가 시각장애인이라서 영화를 볼 수가 없기 때문이었다. 근데 설아가 강 신부한테 태수의 영화가 개봉하면 극장에 가서 보고 싶다고 먼저 말했다는 것이다.

물론 설아의 경우 영능력을 사용하면 앞을 볼 수는 있지만 80분이 넘는 시간을 계속 영능력을 사용할 수는 없는 노릇이다. 그랬다간 그야말로 영능력이 바닥나서 몸에 귀기가 보충되려면 적어도 한 달은 기다려야 할 테니까.

하지만 설아는 영화관에서 약간의 영능력만 사용해서 영화를 볼 수 있는 특별한 요령을 터득하고 있었다. 덕분에 설아는 소리만 듣고도 영화의 장면을 떠올릴 수가 있었다.

태수가 세 사람을 영화관으로 안내하는데 설아가 말했다.

퇴마하는
톱스타

"참, 올라오는데 한 가지 마음에 걸리는 일이 있었어요."

설아의 말에 강 신부의 표정도 굳어졌다.

태수가 의아하게 물었다.

"마음에 걸리는 일이라니? 그게 뭔데?"

설아가 말했다.

"지금까지 제가 느꼈던 그 어떤 귀기보다 강한 귀기가 오늘 눈을 떴어요."

설아의 말에 태수도 눈을 휘둥그레 떴다.

설아가 지금까지 느꼈던 그 어떤 귀기보다 강한 귀기라면, 귀사리나 얼마 전 퇴마한 경대의 귀기보다도 강하다는 얘기가 아닌가.

～～～

숙희는 화려한 화장을 하고 친구 수정의 집을 나섰다. 그녀의 모습과 분위기는 이전하고 확연히 달라져 있었다. 전신을 휘감고 있는 귀기 때문이었다.

짙은 화장과 물방울 원피스에 빨간 하이힐까지. 비록 화장품을 비롯한 옷과 신발이 모두 수정의 것이긴 하지만 이전에 없던 여자의 농염한 분위기가 물씬 풍겼다.

수정에겐 하늘거리며 맵시 있던 원피스가 숙희가 입으니 터질 것처럼 몸에 꽉 끼었다. 이전 같으면 분명 엉거주춤하고 우스꽝스러웠을 텐데 지금은 어딘지 모르게 오히려 풍만하고 섹시한 느낌이 났다.

숙희는 잔뜩 멋을 부리는 움직임으로 수정이 아끼는 노란색 우산을 펴 들었다.

밖은 여전히 굵은 빗줄기가 쏟아지고 있었다.

가로등의 노란 불빛에 드러난 시커먼 아스팔트 도로가 빗물로 번들거렸다. 어디선가 사고가 났는지 다급한 사이렌 소리가 밤공기를 가르며 지나갔다.

오늘 밤은 유난히 을씨년스러운 적막감이 감돌았다. 주변 주택의 창문에도 불이 켜진 집이 별로 없었다.

숙희가 하늘을 올려다보며 중얼거렸다.

"난 이런 날씨가 좋아."

이모가 빗속에서 스윽 모습을 드러내며 음산하게 말했다.

―넌 모르겠지만 지금 사방에서 죽음의 냄새가 진동을 하고 있어. 저승의 습하고 으스스한 기운이 그 어느 때보다 강하게 이승에 퍼지고 있다고. 네가 불러들인 저승의 기운이.

숙희가 자신의 몸을 감싸고 있는 귀기를 천천히 팔로 휘저었다. 귀기가 보이지 않는 괴물처럼 숙희가 움직이는 대로 빗속에서 꿈틀거렸다.

숙희가 행복한 듯 말했다.

"난 오늘 밤 너무 기분이 좋아. 생일날 아주 큰 선물을 받은 느낌이야. 그동안 살면서 이런 날을 얼마나 기다렸는데."

—이런 날이 어떤 날인데?

"세상이 뒤집히는 날! 그동안 사람들이 공들여 쌓아 놓은 모든 것들이 하루아침에 와르르 무너졌으면 싶은 날. 공포에 사로잡힌 사람들이 웃음을 잃고 내일을 두려워하면서 집 안에 웅크리고 있는 모습을 보고 싶어. 그래야만 다른 사람들도 내가 느끼는 고통이 뭔지, 슬픔이 뭔지, 절망이 뭔지 느낄 수 있을 거 아냐? 그래야만 공평하지. 사람들은 너무 많은 걸 가졌어."

숙희의 이야기를 듣던 이모는 그녀의 황망한 희망에 코웃음을 쳤다.

—너, 너무 오버하는 거 아냐? 세상이 그렇게 쉽게 무너질 것 같아?

"설을 부는 순간 난 느꼈어. 곧 무서운 변화가 생기고 다른 세상이 오리라는 걸. 얼른 세상이 확 뒤집어졌으면 좋겠어. 그래서……."

숙희가 정신없이 중얼거리며 걷는데 등 뒤에서 누군가 그녀를 불러 세웠다.

"그렇게 혼자만 떠들지 말고 나하고 얘기해 보는 게 어떨까?"

돌아보니 검은 우비를 입은 한 남자가 가로등 밑에 서 있었다.

40대 초중반 정도로 보이는 남자는 덥수룩한 머리에 잿빛이 도는 작업복 차림이었다.

이모가 속삭였다.

—조심해, 수상한 남자야. 아까 저 남자, 가로등 뒤에 숨어 있다가 널 보고 앞으로 나온 거야.

남자는 흡사 음지의 그늘처럼 남의 눈에 띄지 않고 숨어서 사는 데 익숙한 것 같았다. 음습해 보이는 남자에게서 유일하게 시선을 끄는 건 욕망으로 번득이는 퀭한 눈빛뿐이었다.

숙희가 수줍은 목소리로 물었다.

"저한테 한 얘긴가요?"

욕망이 가득한 남자의 눈이 재빠르게 숙희의 아래위를 훑었다. 남자가 은근하면서도 끈적거리는 음성으로 말했다.

"그쪽도 외로워 보이는데 외로운 사람들끼리 같이 시간을 보내는 게 어때? 나도 지금 외로워서 죽을 지경이거든. 밤은 긴데 이렇게 우중충하게 비까지 내리니 말야."

이상했다. 평소 같으면 본능적으로 위험신호가 울렸을 텐데 지금은 남자가 전혀 무섭지 않았다. 어쩌면 자신을 감싸고 있는 귀기 때문인지도 몰랐다.

숙희가 상기된 표정으로 반문했다.

"왜 나예요?"

남자가 누런 이를 드러내며 비릿하게 말했다.

"왜라니? 예쁘니까, 마음에 들어서 그렇지. 그 빨간 하이힐과 노란 우산 모두 내가 좋아하는 스타일이거든."

무섭다는 생각보다는 남자의 예쁘다는 말이 머릿속에서 길게 여운을 남기며 공명했다. 지금까지 그녀는 예쁘다는 말을 단 한 번도 들어 본 적이 없기 때문이다.

눈앞 남자의 눈길에선 어둡고 탐욕스러운 욕망이 이글거리고 있었다. 숙희는 눈앞의 남자가 맹렬히 자신을 원하고 있다는 걸 온몸으로 느낄 수 있었다.

생전 처음 느껴 보는 기분이었다.

이모가 남자의 등 뒤로 돌아가서는 소리쳤다.

─이런 놈팡이한테 잘못 걸리면 어떻게 되는지 알아? 괜히 경치지 말고 얼른 가던 길이나 가라고!

이모가 빽 소리를 지르자 남자가 힐끔 뒤를 돌아보곤 꺼림칙한 표정으로 목덜미를 쓰다듬었다. 숙희가 그런 이모를 노려보며 소리쳤다.

"이모는 그만 꺼져 버려!"

─난 몰라, 마음대로 해!

이모가 사라졌고 남자는 황당한 표정으로 주변을 두리번거렸다.

숙희가 수줍게 웃으며 남자에게 다가가 속삭였다.

"그럼, 이제부터 제가 어떻게 하면 되는 거죠?"

살짝 당혹스러운 표정을 짓던 남자가 이내 비릿하게 웃고는 말했다.

"그냥 내가 하자는 대로 하면 돼!"

남자는 다짜고짜 숙희의 손목을 잡아당기며 어두운 골목길로 이끌었다.

길은 점점 좁아 들었고 점점 어두워졌다. 중간에 수정의 우산이 뒤집어져 바닥에 떨어졌지만 남자는 주울 틈조차 주지 않았다.

골목의 막다른 곳에 다다르자 남자는 숙희를 거칠게 벽으로 밀어붙였다. 비를 맞아서 추운 데다 옷이 착 달라붙어 벽에 등이 부딪치자 너무 아팠다.

그때 돌연 차가운 손이 옷을 헤집고 들어왔다.

숙희가 인상을 쓰며 말했다.

"난 부드러운 게 좋은데……."

남자가 우격다짐으로 밀어붙이며 헐떡거렸다.

"이게 어때서? 이런 게 더 스릴 있고 좋은 거야! 너도 이런 걸 원한 거잖아!"

숙희가 남자를 밀치며 말했다.

"아니야, 난 이런 거 싫으니까 저리 비켜요!"

숙희가 소리치자 남자는 욕설과 함께 주머니에서 칼을 꺼내 들었다. 하얗게 날이 선 칼날이 눈앞에서 위협적으로 번득였다. 남자는 그걸 숙희의 뺨에 댔다.

"얼굴에 예쁜 그림이라도 그려 줄까?"

차가운 칼날의 감촉이 뺨에 닿는 순간 심장에서 서늘한 분노의 기운이 흘러나왔다. 얼마 전 설을 불었을 때 그녀를 휘감다가 심장으로 스며들었던 귀기였다. 귀기가 피부의 숨구멍을 통해 밖으로 배어 나와 전신을 휘감았다.

영과 접촉했을 때 느낄 수 있는 섬뜩한 한기가 숙희의 전신에서 뿜어져 나왔다.

숙희의 눈빛에 검은 귀기가 서리는 게 보였다.

"으헉."

남자가 움찔하며 뒤로 물러났다.

정체를 알 수 없는 힘이 전신에서 솟구쳐 올랐다. 팔을 들어 올리자 팔 주위를 감싸고 있던 검은 귀기가 따라서 움직였다.

화르륵~ 화르륵~.

갑자기 손안이 간질간질했다. 분노로 만들어진 귀기를 분출하지 않으면 손이 간질거려서 견딜 수가 없을 정도였다.

숙희가 간지러움을 더 이상 참지 못하고 남자를 향해 팔을 뻗었다.

"저리 꺼져!"

촤아아악!

손안에서 귀기가 분수처럼 남자를 향해 뻗어 나갔다.

"으악!"

귀기를 맞은 남자의 몸이 4~5미터를 붕 떠서 날아갔다. 바닥에 떨어진 남자가 고통스럽게 몸을 뒤틀었다.

숙희의 손에서 뻗어 나간 귀기가 마치 거미줄처럼 쓰러진 남자와 연결이 되어 있는 게 보였다. 숙희가 손을 들어 올리자 귀기에 연결된 남자의 몸도 같이 들썩였다.

"훗, 이거 재밌네."

숙희가 손을 이리저리 움직이자 남자의 몸이 줄에 매달린 마리오네트 인형처럼 이리저리 흔들렸다.

겁에 질린 남자가 비명을 질렀다.

"제, 제발 이러지 마. 잘못했어!"

숙희의 얼굴에 서늘한 미소가 떠올랐다.

"그럼 벌을 받아야지."

숙희가 팔을 앞으로 뻗는 대신 각도를 천천히 뒤틀었다. 남자에게 연결된 귀기의 줄을 조정한다는 기분으로.

"으악!"

남자의 다리가 꽈배기처럼 옆으로 뒤틀리기 시작했다.

"끄아아아!"

남자의 다리에서, 아니 온몸에서 뼈가 부서지는 소리가 났다.

우두두두둑!

미친 듯이 비명을 지르는 남자의 입을 틀어막는 것처럼 귀기가 남자의 입안으로, 눈과 귓속으로 빨려 들어가기 시작했다.

"으…… 읍읍읍……."

남자가 숨이 막히는 듯 목을 잡고 꺽꺽거리며 바닥을 뒹굴었다.

숙희는 눈을 반짝이며 몸부림치는 남자를 가만히 지켜보다가 주먹을 움켜쥐었다.

"끄억."

크게 경련을 일으킨 남자의 몸이 더 이상 움직이지 않았다.

죽은 남자의 몸에서 영혼이 빠져 나왔다. 남자를 죽음으로 몰아간 귀기가 기다렸다는 듯 남자의 영혼마저 휘감았다. 남자의 영혼은 순식간에 파괴되어 다른 귀기와 합쳐졌다.

숙희가 설을 꺼내서 불며 비가 오는 거리를 걸어갔다.

휘리리리리~.

귀기가 꿈틀거리며 그런 숙희의 뒤를 따라갔다.

예지 영상으로 강한 귀기를 봤다는 설아의 말에 태수가 놀라서 되물었다.

"그럼 귀사리나 경대 때보다 더 강한 귀기라는 얘기야?"

설아가 고개를 끄덕이며 말했다.

"맞아요. 어젯밤 잠들기 직전에 갑자기 그 예지 영상이 떠올랐어요. 어떤 여자가 피리 같은 걸 불었는데 그 피리 소리가 이상한 파동을 일으키면서 허공에 구멍 같은 걸 만들었어요. 근데 그 구멍을 통해서 귀기가 쏟아져 들어왔어요. 그 여자가 귀기를 조종하는 것 같았어요."

설아가 불안한 표정으로 말을 이어 갔다.

"제가 어릴 때부터 계속 떠오르던 예지 영상이 있어요. 어떤 피리 소리가 들려오고 하늘에 구멍이 뚫린 것처럼 귀기가 쏟아져 내려와 세상이 혼란에 빠지는 영상이었어요. 근데 어젯밤에 떠오른 그 예지 영상 속 피리 소리가 바로 어린 시절부터 떠오르던 예지 영상 속 피리 소리와 똑같았어요. 그 예지는 그 어떤 예지 영상보다 무서웠어요."

귀사리나 경대 때보다 강한 귀기라는 설아의 얘기에 태수도 긴장이 됐다.

'세상에, 피리를 불어서 귀기를 몰고 다니는 여자라니.'

그때 노인의 목소리가 들려왔다.

−혹시 예지 영상 속에서 그 피리의 이름을 듣지 못했는지 물어보게.

태수가 설아에게 물었다.

"혹시 예지 영상에서 그 피리의 이름이 뭔지 듣지 못했어?"

설아가 미간을 좁히고 기억을 더듬다가 말했다.

"설……이라고 했던 것 같아요."

"설?"

순간 태수의 내면에서 노인의 탄식 소리가 들려왔다.

−혹시나 했더니…… 역시 설이었구먼.

'어르신은 그 피리에 대해서 아세요?'

－알지. 아주 잘 알아. 설은 저승에 있던 피리야.

"예? 저승에 있던 피리요?"

노인이 설에 대해 간단히 설명을 해 줬다.

오래전에 눈 속에 사는 설희라는 요괴가 있었다. 그 요괴는 이승과 저승을 넘나드는 존재였는데 그 요괴한테는 설이라는 이름의 피리가 있었다.

설희는 그 설을 불어서 이승과 저승을 넘나들 수 있는 문을 열었다고 한다. 근데 그 설희가 퇴마사에게 제령을 당하고 퇴마사는 설희의 혼을 피리에 봉인했다고 한다.

그 때문에 설을 불면 설희의 요기가 작용해서 저승과 이승이라는 두 세계를 연결하는 문이 열릴 뿐만 아니라 귀기가 몰려오게 된다.

따라서 설을 함부로 불다간 커다란 재앙이 닥칠 수 있기에 퇴마사는 고민 끝에 만년설의 깊은 눈 속에 설을 파묻었다고 한다.

하지만 불행히도 오랜 세월이 흘러 만년설이 녹아내리면서 설이 세상에 드러났고 누군가 그런 설을 주워서 분다는 소문이 돌았다.

하지만 설을 분다고 무조건 저승의 문이 열리고 귀기가 몰려드는 건 아니다. 설이 가진 고유한 음색을 낼 수 있는 사람만 저승의 문을 열고 귀기를 모을 수가 있다.

태수가 물었다.

'그렇다면 설의 고유한 음색을 낼 수 있는 사람은 어떤 사람인가요?'

─세상에 켜켜이 원한이 쌓여 있는 사람. 그래서 세상을 저주하고 파괴하려는 소망을 가진 사람만이 설이 가진 독특한 음색을 낼 수가 있다네. 만약 설아가 예지 영상으로 본 게 사실이라면 설이 마침내 그 주인을 찾은 셈이지.

'그럼 그 사람이 설을 불게 되면 저승의 문이 열린다는 소린가요?'

─저승의 문이 열릴 뿐만 아니라 저승의 귀기가 이승으로 넘어오게 되지. 아직은 피리를 가진 사람의 힘이 저승의 문을 열 정도로 강한 것 같지 않아.

'그럼 힘이 강해질 수도 있나요?'

─아마도 자네처럼 귀기를 흡수하면 힘이 강해질 걸세. 그걸 방치하면 이승이 저승으로 변할 수도 있어. 귀사리하고는 비교도 할 수가 없는 재앙이 닥칠 수 있단 말일세.

태수는 잠시 할 말을 잃고 멍하니 허공을 바라봤다.

'그럼 저희는 어떻게 해야 하나요?'

─설을 가진 사람을 찾아내서 퇴마를 한 후에 설을 봉인해야만 하는데, 문제는 설을 가진 사람의 힘이 보통의 악귀들하고는 차원이 다르다는 거야. 저승의 귀기를 가지고 여러 가지 능력을 발휘할 수가 있는 데다 저승의 귀기가 그 사람을 지켜 주니까.

태수가 불안한 표정으로 자신을 바라보는 강 신부와 현준,

설아에게 노인의 얘기를 전했다. 다들 탄식을 쏟아 냈고 표정이 굳어졌다.

강 신부가 미간을 좁히며 말했다.

"구마사제단의 스테파노 신부가 했던 영적인 전쟁은 저승과 이승 간의 전쟁이 될 것이라던 얘기가 바로 이 얘기가 아닌가 싶네. 일단은 그 여자를 찾아내는 게 가장 급선무이겠네."

태수가 물었다.

"설아야, 혹시 그 여자가 있던 곳이 어떤 곳인지 알 수 있을 만한 단서 같은 건 기억이 나지 않니?"

설아가 고개를 흔들었다.

"보통의 예지 영상보다 흐릿해서 주변이 잘 보이지가 않았어요."

그때 스태프가 태수에게 다가와서 말했다.

"대표님, 영화 상영 시작하는데 입장하지 않으셔도 되나요?"

"아, 예. 감사합니다."

태수가 스태프에게 알려 줘서 고맙다는 인사를 하자 강 신부가 말했다.

"여기까지 왔으니 일단 그 얘긴 영화를 보고 다시 하도록 하세. 어차피 지금 우리가 할 수 있는 일도 없으니까."

"알겠어요, 신부님. 설아하고 현준이도 지금은 영화를 재미있게 봐."

현준이 히죽 웃으며 대답했다.

"네, 알았어요."

강 신부와 함께 돌아서던 설아가 현기증을 느끼는 것처럼 비틀하면서 신음을 토해 냈다. 현준이 급하게 설아를 부축하며 물었다.

"왜 그래, 누나?"

설아가 허공을 가만히 응시하며 몸을 떨었다.

태수는 직감적으로 설아가 예지 영상을 보고 있다는 걸 알았다.

잠시 후 설아가 신음을 토해 내며 어깨를 움츠리고 말했다.

"그 여자가…… 무슨 일을 저지른 것 같아요. 그 여자의 귀기가 주변으로 번지면서 악귀들의 귀력이 점점 더 강해지고 있어요."

예지 영상을 보던 설아가 급기야 양손으로 귀를 틀어막으며 고통스럽게 중얼거렸다.

"어떡해요? 악귀들이 흥분해서 울부짖는 소리가 사방에서 들려오고 있어요. 으으으……."

설아가 몸을 웅크리며 사시나무처럼 몸을 떨었고 나머지 일행은 놀라서 어쩔 줄을 몰라 했다.

강 신부가 성호를 긋고 기도문을 외웠다.

"하늘의 숭고한 투사들의 영광스러운 지휘자이신 성 미카엘 대천사여, 지옥의 세력과 어둠과 이 세상의 지배자들과의 무서운 싸움 중에 있는 저희를 보호하소서."

강 신부의 기도가 끝나자 설아가 정신을 차리고 고개를 들더니 말했다.

"마음이 너무 불안해요. 무슨 큰일이 곧 일어날 것만 같아요."

그때 태수의 휴대폰이 울렸다.

EMP 수사대 오인하 팀장이었다.

"네, 팀장님."

오인하가 다급한 목소리로 다짜고짜 물었다.

─태수 씨, 지금 어디예요?

"저는 지금 영화 시사회에……."

─미안하지만…… 혹시 지금 이쪽으로 와 줄 수 있어요?

태수는 오인하의 전화를 받는 순간 설아가 얘기한 그 일과 관련이 있다는 걸 직감적으로 깨달았다.

태수는 즉시 위브라더스 황태식 팀장에게 사정을 얘기하고 일행과 함께 영화관을 빠져나갔다. 뒤풀이를 제외하면 중요한 행사는 사실상 끝이 났기 때문에 태수가 없다고 해서 큰 문제가 될 건 없었다.

뒤풀이에서 모처럼 보고 싶었던 지인들과 술 한잔하면서 시간을 보내려던 계획이 틀어진 게 아쉽긴 했지만, 지금은 그런 개인적인 감정을 챙길 때가 아니었다.

태수와 퇴마사 일행이 현장에 도착했을 때는 쏟아지는 폭우와 앞을 가득 메운 군중 때문에 차가 앞으로 나아가기조차 힘든 상황이었다.

태수가 오인하에게 전화로 도착했다는 얘기를 하자 EMP 수사대원들이 군중을 헤치고 나타났다.

태수하고는 여러 차례 안면이 있는 한민석 경장과 윤지숙 경장이 군중을 통제하며 태수네 일행이 타고 있는 차량을 안쪽으로 안내했다.

차를 타고 안으로 들어가자 오인하가 모습을 드러냈다.

태수와 일행이 차에서 내리자 오인하가 놀란 표정으로 말했다.

"전 태수 씨만 오는 줄 알았는데 대한민국이 보유한 영능력자 네 분이 모두 함께 나타나셨네요. 제 입장에선 든든해서 너무 좋네요."

EMP 수사대가 공식적으로 인정하는 대한민국의 영능력자 네 사람이 모두 모였으니 오인하로서는 말 그대로 반갑고 든든하지 않을 수가 없었다.

"이쪽이에요."

오인하를 따라가자 비가 쏟아지는 주택가 도로 위에 한 남자가 하늘을 보고 누워 있는 모습이 보였다. 남자의 주변으로는 마치 위험지역을 알리는 것처럼 노란색 폴리스 라인이 둘러쳐져 있었다.

퇴마하는 톱스타

멀리서 봐도 남자는 죽은 시신 같았고 시신 위로 폭우가 쏟아지고 있었다.

대체 왜 남자의 시신 주위에 폴리스 라인을 쳤고 시신을 치우지 않았을지 궁금증이 일었다.

이윽고 남자에게 다가가던 태수와 퇴마사 일행의 입에서 거의 동시에 탄식이 흘러나왔다.

남자의 시신 주변에 귀기가 잔뜩 뭉쳐 있었던 것이다.

귀기는 남자를 보호라도 하는 것처럼 시신의 주변을 맴돌고 있었다. 물론 퇴마사 일행을 제외한 다른 사람은 귀기를 볼 수가 없었다.

귀기는 여러 영혼의 기운이 한데 뒤섞여 있는 물질이다. 귀기는 때로 힘이 강한 악귀의 지배를 받아 움직이기도 하고 여러 영혼들의 자체 의지로 움직이기도 한다.

눈앞의 귀기는 일반인이 가까이 다가가면 위험할 정도로 밀도가 높고 성질도 사나워 보였다. 이제야 시신 주위에 폴리스 라인을 치고 시신을 방치해 둔 이유를 알 것 같았다.

아마도 시신을 치우려다가 사고가 있었던 모양이다.

오인하가 일행에게 설명을 했다.

"처음에 사람이 죽었다는 신고가 들어와서 경찰이 출동했는데, 시신에 가까이 다가간 경찰들이 동시에 발작을 일으키고 쓰러졌다는 보고를 받았어요. 그래서 저희한테 연락이 온 거예요. 아무래도 심령 사건 같다고."

오인하가 테이저건에 달려 있는 고스트 스크린으로 시신을 비추며 말했다.

"저희도 경찰로부터 상황 얘기를 듣고 처음 겪는 일이라서 고스트 스크린으로 확인을 했어요. 그랬더니 이렇게 시신 주변에서 강한 고스트 펄스 파장이 뜨는 거예요."

테이저건에 달린 고스트 스크린에 영이 나타났을 때와 마찬가지로 고스트 펄스 파장이 요동을 치고 있었다.

"처음엔 시신 주변에 악귀가 있는 줄 알고 곧바로 테이저건을 쏘려다가, 파장이 시신 주변에만 맴도는 게 이상해서 연락을 드린 거예요. 그리고 남자를 저렇게 만든 게 뭔지도 모르겠고."

오인하는 태수의 대답이 몹시 궁금한 눈치였다.

"저건 귀기예요."

태수의 대답에 오인하가 놀라서 반문했다.

"귀기요?"

"네, 지금 시신 주변을 맴돌고 있는 기운은 귀기예요. 그 것도 꽤나 밀도가 높은 강한 귀기라서 일반인이 다가가면 당연히 위험하죠."

옆에서 지켜보던 강 신부가 무거운 음성으로 말했다.

"설아가 본 예지 영상 속의 사건이 저것인 모양이네. 아마도 저 시신의 주인은 영혼까지 악령에게 먹힌 모양이야. 시신에서 영적인 흔적이 전혀 보이질 않는 걸 보니."

사람이 죽으면 영혼이 빠져나가고, 그 영혼이 시신의 곁을 떠나도 혼줄이 연결되어 있다든가 최소한 그 흔적은 남아 있는 법인데, 지금 눈앞의 시신은 그 무엇도 남아 있지 않았다.

태수가 노인에게 물었다.

'만약 피리를 가진 여자가 남자를 저렇게 만들었다면 왜 귀기를 남겨 뒀을까요? 귀기를 흡수해서 자신의 힘을 키우지 않고.'

노인이 대답했다.

ㅡ자네는 무한하게 귀기를 흡수할 수 있지만 그 여자는 아마도 아직 일정 수준 이상의 귀기는 흡수를 하지 못해서 그랬을 거야. 몸이 적응하기도 전에 갑자기 너무 많은 귀기를 흡수하면 오히려 귀기에게 잡아먹힐 수도 있으니까. 우리한테는 너무도 다행스러운 일이지만 그런 행운은 오래가지 못할 걸세. 귀기에 적응이 되면서 여자도 점점 더 많은 귀기를 흡수할 수 있도록 진화가 될 테니까.

노인의 말을 들으니 여자에 대한 여러 궁금증이 일었다.

'일단 여자가 어떻게 남자를 저렇게 만들었는지 살펴보고 여자를 잡을 수 있는 단서도 찾아봐야겠네요.'

태수가 앞으로 나서자 주변을 지키던 경찰이 막아섰다. 오인하가 손짓을 했고 경찰들이 얼른 옆으로 물러섰다.

태수가 안으로 들어가서 남자의 시신 옆에 주저앉았다. 귀기들이 위협적으로 주변을 맴돌았지만 항마의 기운으로 보호를 받는 태수에게는 감히 달려들 생각을 하지 못했다.

태수가 남자의 시신에 손바닥을 대고 주문을 읊었다.

'사이코메트리.'

화르르르륵.

허공이 흔들리며 영상이 떠올랐다. 비가 쏟아지고 노숙자 같은 남자의 모습이 보였다. 영상 속 남자가 어떤 여자에게 집적대고 있었다.

놀라운 건 여자의 온몸을 귀기가 휘감고 있다는 것이다.

이윽고 여자가 앞으로 팔을 뻗자 남자가 마치 장난감처럼 몸이 허공을 날았다가 땅에 떨어졌다.

바닥에 떨어진 남자의 몸이 저 혼자 뒤틀리다가 온몸이 부서지는 환영이 이어졌다.

여자는 남자에게 손 하나 까딱하지 않았지만 태수는 여자의 손에서 흘러나온 거미줄 같은 귀기가 남자에게 이어져 있는 모습을 똑똑히 볼 수가 있었다.

귀기를 저런 식으로 이용할 수 있다는 사실만으로도 상당히 놀라웠다.

태수는 여자의 얼굴을 보려고 집중을 했지만 그때마다 귀기가 나타나서 여자의 얼굴을 가렸다. 잔류사념 안에서 귀기가 여자를 보호하고 있는 것 같았다.

태수가 환영에서 현실로 돌아오자 노인이 말했다.

―우려하던 대로군. 여자가 귀기를 자유자재로 이용할 수 있다면 여자를 찾는 게 우리가 생각하는 것처럼 쉽지만은 않을 걸세. 수사대에서 귀기를 소멸시키기 전에 자네가 귀기를 제령해서 흡수하도록 하게.

태수는 노인이 한 말의 의미를 금방 알아차렸다.

테이저건을 쏘면 귀기가 소멸돼서 흡수를 할 수가 없다. 또한 일부 귀기가 달아날 수도 있기에 직접 제령을 하는 게 낫다는 소리였다.

이제 세상에 귀기를 흡수하는 사람이 태수 말고 또 한 명이 더 생겼으니, 귀기를 흡수하는 일이 더더욱 중요해졌다는 말을 돌려서 한 것이다.

'축귀부.'

화르르르륵.

태수가 귀기들 사이로 축귀부를 던지자 항마의 기운이 쏟아지며 귀기가 중화됐다.

태수가 중화된 귀기를 흡수하자 허공에 메시지가 떴다.

귀기를 흡수했습니다.

❀

숙희는 태수와 퇴마사 일행이 죽은 남자의 시신을 살펴보는 모습을 멀리 숨어서 지켜봤다.

태수는 대한민국의 여자들이 가장 좋아하는 연예인이자 세상을 지켜 주는 히어로다.

숙희는 그런 장태수를 이곳으로 불러낸 사람이 다름 아닌 자신이라는 생각을 하자 너무 흥분이 돼서 기절이라도 할 것만 같았다.

사실 숙희는 남자를 죽일 때부터 태수가 나타나기를 간절히 바랐다. 왜냐하면 숙희는 오늘 설을 불기 전까지 태수의 열렬한 팬이었으니까.

〈영혼을 찾아서〉는 물론이고 〈오늘도 연애〉와 태수가 연출한 모든 단편 영화들, 최근에 연출한 넷플릭트의 〈아내의 남자〉까지.

숙희는 태수가 배우로 출연한 작품은 물론이고 감독으로 연출한 작품까지 모든 작품을 찾아서 봤을 뿐만 아니라 강혁 바라기와 영혼남 카페에도 회원으로 가입했다.

숙희는 태수의 엄마가 하는 치킨집에 가서 태수의 엄마와 여동생 혜령과 대화도 나눴고, 태수가 이사한 집도 어딘지 알고 있었다. 심지어 태수가 송현주와 친하다는 사실까지도 알고 있었다.

'그런 걸 어떻게 알았냐고?'

늘 숙희의 곁을 맴도는 이모에게 부탁했기 때문이다. 이모는 태수의 주변을 얼쩡거리면서 시시콜콜한 정보까지 알아서 숙희에게 전해 줬다.

한 번은 이모가 태수에게 너무 가까이 접근했다가 들켜서 제령당할 뻔했다며 가슴을 쓸어내린 적도 있었다.

숙희는 태수를 보기 전까지는 그 어떤 연예인도 좋아하지 않았다.

어쩌다 마음에 드는 연예인이 있어서 이모에게 그 사람에 대해 알아봐 달라고 부탁을 하면 대중에게 비치는 모습과 실제 모습이 너무 달라서 늘 실망을 하곤 했다.

또 어떤 연예인은 실생활을 알고 나면 마음에 품고 있던 신비감이 사라져서 호감이 사라졌다.

하지만 장태수만은 달랐다. 알면 알수록 점점 더 좋아졌고 신비감도 계속 유지가 됐다. 이모도 태수의 곁으로는 감히 다가갈 생각을 하지 못했으니까.

그런 태수가 자신을 잡으려고 퇴마사들과 함께 나타나다니.

조금 전에 태수가 남자의 시신 옆으로 가서 손바닥을 남자의 눈 위에 대고 뭔가를 읽는 자세를 취한 건 잔류사념을 읽기 위한 행동이라는 것도 알고 있었다.

숙희는 태수에 대해 웬만한 사람보다 훨씬 많은 것들을 알고 있다고 자부했다. 그래서 태수가 잔류사념을 읽을 때도 자신의 얼굴을 보지 못하도록 미리 귀기로 사념을 흐리는 조치를 해 놓았다.

'푸홋.'

태수가 잔류사념을 이용해서 자신을 찾으려고 얼마나 애를 쓰고 있을지 생각하면 저절로 웃음이 흘러나왔다.

'세상에나, 장태수가 날 찾으려고 저렇게 애를 쓰다니.'

비록 좋은 관계는 아니지만 이런 식으로라도 태수와 서로 특별한 관계로 연결이 된다는 사실이 숙희는 나쁘지 않았다.

숙희는 태수뿐만 아니라 강형진 신부나 현준에 대해서도 꽤 많은 것들을 알고 있었다. 숙희가 퇴마사 일행 중에서 모르는 사람은 설아밖에 없었다.

'저 여자애는 누구지? 텔레비전에 나온 적도 없고 태수 씨 주변에서도 본 적이 없는데?'

그때 바로 옆에서 음산한 목소리가 들려왔다.

─좋아서 아주 입이 찢어지겠네.

언제 나타났는지 이모가 담벼락에 비스듬히 걸터앉아서 비아냥거렸다.

"이모, 나 지금 심장이 터질 것 같아. 내가 태수 씨를 불러낸 거야. 봐 봐, 저렇게 잘생기고 멋있는데 배우에 감독에 퇴마까지 하잖아."

─태수 씨 같은 소리 하고 자빠졌네. 꿈 좀 깨라, 쟤는 지금 너 잡으러 온 거라고.

이모가 그러거나 말거나 숙희는 멀리 태수를 바라보며 두 손을 모은 채 두 눈을 하트로 만들었다.

"난 태수 씨하고 한 번만이라도 얘기를 나눠 볼 수 있다면 소원이 없을 것 같아. 어떻게 방법이 없을까? 귀기를 이용해서 접근하면 태수 씨가 귀기탐색 그런 걸로 금방 알아보겠지?"

ㅡ미친, 지금 장태수는 널 잡기 위해 혈안이 되어 있다고.

"그런 식이라도 태수 씨가 나한테 관심을 가진다면 난 행복해."

이모가 혀를 차며 말했다.

ㅡ또 시작됐다, 그놈의 지긋지긋한 태수 앓이. 그럴 거면 사람을 죽이지나 말든가.

"내가 죽이고 싶어서 죽이는 건 아냐."

ㅡ그건 또 무슨 소리야?

"설이 자꾸 나한테 속삭인단 말야. 세상에 원한이 많거나 악한 인간을 죽여서 영혼으로 만들면 세상에 귀기가 넘치고 내 힘도 세진다고 하면서. 설은 힘이 세지면 날 세상에서 가장 아름다운 여자로 만들어 줄 수가 있대. 죽은 남자가 날 바라볼 때의 표정을 이모가 봤어야 해, 내가 얼마나 황홀했는지 모를 거야. 지금까지 살면서 날 그런 눈빛으로 바라본 남자는 그 남자가 처음이었어, 정말로 처음이었다고! 이모가 그런 내 심정을 알기나 해?"

흥분한 숙희의 온몸에서 귀기가 솟구쳐 오르자 이모가 하얗게 질린 얼굴로 황급히 말했다.

─아, 알았어. 알았으니까 그만 좀 진정하라고. 네가 흥분하니까 저 여자가 뭔가를 느낀 것 같은데?

이모의 말에 숙희가 고개를 돌렸다.

퇴마사 일행 사이에 섞여 있는 정체 모를 여자가 숙희가 있는 방향을 가만히 응시하고 있었다.

'뭐야? 설마 날 알아보는 건가?'

─퇴마사들하고 같이 다니는 걸 보면 분명히 영능력을 가지고 있는 여자야. 다른 퇴마사들은 능력을 알고 있지만 저 여자의 능력은 모르잖아. 그러니까 조심하란 말야.

숙희가 이모를 돌아보고 말했다.

'이모가 가서 살펴보고 오면 안 돼?'

이모가 잡아먹을 것 같은 무시무시한 눈으로 숙희를 노려보며 말했다.

─지금 나보고 퇴마사들이 우글거리는 저곳을 다녀오라고? 날 소멸시키려고 작정했니?

설아는 앞이 보이지 않는 대신 귀기를 감지하는 능력이 뛰어났다. 특히나 지금처럼 다른 귀기와 확연하게 구분되는 밀도가 높고 강력한 힘을 지닌 귀기는 놓칠 수가 없다.

귀기는 아주 먼 곳에서 흘러나오고 있었지만 예지 영상에서 느껴졌던 것과 성질이 아주 유사해서 금방 감지할 수가 있었다.

퇴마하는
톱스타

"태수 오빠."

설아의 부름에 태수가 다가왔다.

"응, 말해."

설아가 팔을 들어 올려 한쪽 방향을 가리키며 물었다.

"제가 가리키는 방향에 혹시 뭐가 있어요? 사람이든 영이든."

태수가 설아가 가리키는 방향을 유심히 보다가 말했다.

"잠시만."

설아가 가리킨 방향은 살짝 오르막이 있는 주택가였는데, 방금 전 누군가가 이쪽을 보고 있다가 황급히 모습을 감춘 것 같은 느낌이 들었다.

태수가 즉시 주문을 읊었다.

'귀기탐색.'

화르르르륵.

설을 찾아라

태수가 귀기탐색 주문을 읊자 공기가 흔들리며 허공에 지도가 나타났다. 주택가 오르막 부근에서 붉은 흔적이 보이다가 순식간에 사라지는 모습이 보였다.

그랬다. 붉은 점이 아닌 붉은 흔적이라고 표현한 건 점으로 표현하기엔 귀기의 범위가 너무도 광범위했기 때문이다. 단순히 악귀나 그런 차원이 아니라 백귀야행 때와 같은 귀기의 덩어리처럼 보였다.

태수는 오르막을 향해 재빨리 몸을 날렸다. 순식간에 오르막에 도착한 태수가 주변을 두리번거렸다.

'이 근처인데?'

주변에 강한 귀기의 흔적이 남아 있었지만 지도상에 붉은 점은 보이질 않았다.

바닥에 손바닥을 대고 주문을 읊었다.

'사이코메트리.'

화르르르륵.

허공이 흔들리며 잔류사념이 떠올랐고 태수의 입에서 탄식이 흘러나왔다. 잔류사념임에도 여자의 온몸을 휘감고 있는 엄청난 양의 귀기를 느낄 수가 있었다.

여자와 어떤 영이 대화를 나누는 모습이 흐릿하게 보였는데, 워낙 귀기가 많아서 영상을 제대로 볼 수도 소리를 들을 수도 없었다.

설아가 텔레파시로 말을 걸어왔다.

─왠지 어릴 때부터 계속 떠오르던 예지 영상이 이번 일과 관련이 있는 것 같아요.

숙희는 비를 맞아서 온몸이 물에 흠뻑 젖은 채로 집으로 들어왔다. 물이 뚝뚝 흘러내리는 채로 안으로 들어서는데 현관 입구에 수정의 신발이 보였다.

이모가 말했다.

─수정이 년이 난리를 치겠네, 자기 화장품 멋대로 썼다

고. 집에서 나가라고 쫓아내면 어떡할 거야?

숙희가 서늘하게 웃더니 목에 걸고 있는 설을 흔들어 보이며 말했다.

"이모는 아직도 이게 뭔지 모르는 모양이네. 이건 저승의 문을 여는 열쇠라고."

이모가 흠칫 고개를 움츠리는데 거실 안쪽에서 수정의 날카로운 목소리가 들려왔다.

"숙희니?"

음성만 들어도 수정이 지금 얼마나 짜증이 났는지 알 것 같았다.

수정은 숙희하고 고등학교 동창이지만 둘의 처지는 하늘과 땅 차이다. 숙희의 출신은 보육원이고 수정은 가구를 만드는 중견 그룹 '푸름'의 정철웅 사장이 아빠다. 당연히 그룹 회장 정인수는 수정의 할아버지고.

게다가 수정은 배우를 지망할 정도로 얼굴이 예뻤다.

물론 성형으로 얼굴 여기저기를 뜯어고친 덕분이기도 하지만 아빠인 정철웅 사장이 일찌감치 미스코리아 출신 엄마를 점찍어서 결혼한 이유가 더 컸다.

보육원 출신인 숙희에게 수정은 그야말로 동화책 속에 나오는 공주였다.

덕분에 학창시절 숙희는 기꺼이 수정의 손발이 되어 수발을 들었다. 고등학교 때 숙희의 별명이 '수정의 시녀'였던 건 숙희가 기꺼이 그 역할을 원했기 때문이다.

숙희는 학창 시절 친구가 없었다. 얼굴도 이상하게 생긴 데다 늘 이모가 곁에 있어서 음산한 기운이 감돌았기 때문이다.

다행히 수정은 숙희의 그런 단점을 신경 쓰지 않았다.

어쩌면 동등한 친구로 생각하지 않았기에 그런 무시가 가능했는지도 모를 일이다.

숙희가 거실로 들어서기도 전에 쿵쿵거리는 발소리와 함께 싸늘한 표정의 수정이 모습을 드러냈다. 이미 눈꼬리는 위로 치켜 올라가 있었고 작은 입술은 분노로 파르르 떨리고 있었다.

숙희가 거실로 들어서려고 하자 수정이 대뜸 소리부터 질렀다.

"야! 거기 서! 어디서 더러운 물을 뚝뚝 떨어트리면서 들어와?"

숙희가 언제나처럼 히죽 웃으며 말했다.

"미안해, 비를 좀 많이 맞았어."

"네가 그랬니?"

"뭘?"

"몰라서 물어? 얼굴에 처바른 거 보니까 네가 그런 게 맞네. 너 미쳤니? 감히 내 화장품을 써?"

이번에도 숙희는 살짝 모자란 사람처럼 웃으며 어눌하게

퇴마하는
톱스타

말했다.

"헤헤, 미안해…… 수정아."

그럴수록 더욱 화가 난 수정이 앙칼지게 소리를 질렀다.

"하아, 미안하다고? 너 미쳤어? 저 화장품들 얼마짜린 줄 알아? 쟤네들은 논바닥 같은 네 얼굴에 바르는 그런 싸구려 화장품이 아니라고. 저 화장품들은…… 흡."

숙희가 팔을 살짝 휘젓자 소리를 지르던 수정이 흠칫 몸을 떨며 말문을 닫았다. 수정이 마치 감전이라도 된 것처럼 몸을 부들부들 떨었고 소리도 내지 못했다.

수정의 온몸을 검은 귀기가 휘감고 있었다.

숙희가 그런 수정의 곁을 무심하게 스쳐 지나가며 중얼거렸다.

"미안해, 수정아. 네 목소리가 너무 시끄러운 것 같아서."

숙희는 거실에서 젖은 옷들을 하나씩 벗어서 던지며 수정의 등 뒤에 대고 말했다.

"그래, 너 예쁜 거 알아. 너네 집 돈 많은 것도 알고. 근데 그것들이 다 네가 노력해서 얻은 건 아니잖아. 그냥 넌 운이 좋았을 뿐이야. 돈 많은 부모를 만났고 얼굴이 예쁜 유전자를 받았고. 난 너에 비하면 운이 나빴을 뿐이고."

숙희가 다시 팔을 뻗자 수정을 휘감고 있던 귀기와 숙희의 손바닥 사이에 거미줄 같은 귀기들이 생겨나며 이어졌다.

숙희가 손가락을 움직이자 수정의 몸이 마리오네트 인형

처럼 저절로 움직이더니 뒤로 돌아섰다.

돌아선 수정의 얼굴이 두려움에 사로잡혀 있었다.

숙희가 수정의 코앞까지 다가가서 말했다.

"내 운은 너보다 좀 늦게 들어왔나 봐."

수정이 뭔가 하고 싶은 말이 많은 것처럼 입술을 달싹거렸다.

숙희가 그런 수정에게 속삭였다.

"내가 너한테 아주 재미있는 걸 보여 줄게."

숙희가 팔을 들어서는 벽에 붙어 있던 이모한테 귀기를 흘려보냈다. 역시 거미줄 같은 귀기가 이모를 휘감았다. 이모가 인상을 찡그리며 말했다.

ㅡ지금 뭐 하는 거야?

숙희가 웃으면서 손바닥을 통해 이모에게 귀기를 흘려보냈다. 밀도가 짙은 귀기가 이모의 영체를 휘감았고 투명하던 이모의 영체가 서서히 모습을 드러냈다.

귀기가 강한 악귀는 인간들에게 모습을 보일 수도 있고 물리적인 힘을 발휘할 수도 있다.

목이 반쯤 잘린 이모의 모습을 본 수정이 그 자리에서 정신을 잃고 쓰러졌다.

숙희가 쓰러진 수정을 바라보며 히죽 웃더니 설을 입에 물고는 불었다.

허공에 작은 귀기의 소용돌이가 생겼고 그 중심부에 작은 구멍이 생겨났다.

숙희가 좀 더 강하게 설을 불자 그 구멍이 점점 커졌고 그 안에서 많은 귀기가 쏟아져 나왔다. 방 안을 가득 메운 귀기가 이모의 영체를 휘감았다.

이모가 자신의 반투명한 팔을 들어서 바라보며 중얼거렸다.

─전에 느껴 보지 못한 힘이 느껴져.

이모가 거실에 있는 리모컨을 향해 팔을 뻗고는 정신을 집중했다. 리모컨이 손에 닿지도 않았는데 '팟' 하고 텔레비전에 전원이 들어왔다.

숙희가 이모를 바라보며 말했다.

"이제 설의 힘이 어느 정도인지 알겠지?"

⟆⟆

신호철의 〈안개의 집〉은 예상을 뒤엎고 상영관 850개를 확보하며 사람들을 놀라게 하더니, 개봉 첫날인 목요일 관객 수 11만 명을 동원하며 박스 오피스 1위에 오르는 기염을 토했다.

비록 비수기라고는 해도 공포 영화가 개봉 첫날에 박스 오피스 1위에 오른다는 건 이례적인 일이었다.

게다가 영화를 관람한 관객들의 평점도 8점대 초반을 찍을 정도로 반응이 좋았다. 시사회에서도 반응이 좋아 어느 정도 예상은 했지만 그런 기대조차 뛰어넘은 반응이었다.

예매율과 현재의 분위기를 감안하면 주말 관객 스코어도 20만 이상을 바라볼 수 있었고, 휴일 관객까지 합치면 개봉 첫 주에만 관객이 60만 명을 넘을 것이란 예상이 일찌감치 흘러나왔다.

〈안개의 집〉 손익 분기점이 80만 언저리라는 점을 감안하면 중박을 넘어서 대박까지도 바라볼 수도 있는 분위기였다.

위브라더스의 투자 팀과 배급 팀 관계자들은 표정 관리를 하는 게 보일 정도로 분위기가 들떠 있었다.

하지만 제작사 대표인 태수는 그런 설레는 분위기를 전혀 즐길 수가 없었다.

태수는 영화 개봉 첫날에 영화관 대신 〈영혼을 찾아서〉의 〈흉가탐방〉 코너에 대한 회의를 하기 위해 파인미디어로 향하는 중이었다.

김영아가 이번 주 흉가 탐방 아이템으로 사연을 보내왔는데, 그 사연을 읽자마자 기다렸다는 듯 설아한테 연락이 온 것이다.

어젯밤 예지 영상으로 좋지 않은 미래를 봤다면서 이야기를 들려주는데 김영아가 보내온 사연과 내용이 거의 유사했다.

문제는 김영아가 보내온 사연을 읽을 때 태수 역시 비슷한

퇴마하는
톱스타

예지 영상을 봤다는 것이다.

강 신부는 이번에 문제가 발생한 장소가 저승의 피리인 설과 관련이 있는 것 같다며 이번 방송에는 퇴마사들이 모두 함께 참여를 해서 대처하는 게 좋을 것 같다는 의견을 냈다.

덕분에 이번 〈흉가탐방〉 코너 회의에는 EMP 수사대 오인하는 물론이고 강 신부와 현준, 설아까지 모두 참석을 하기로 했다.

이번 〈흉가탐방〉 코너에 보내온 사연은 이랬다.

한석과 경희는 1년 전에 결혼한 신혼부부다. 둘은 곧 태어날 아기를 위해 이번에 좀 더 넓은 집으로 이사를 했다.

근데 밤마다 이상한 소음이 들려오기 시작한다.

경희는 어둠 속에서 눈을 동그랗게 뜨고 천장을 노려보았다.

소리는 일부러 신경 쓰지 않으면 모르고 지나칠 정도로 작았지만 한번 의식하면 결코 헤어날 수 없을 정도로 기괴하고 소름이 끼쳤다.

처음에는 하루 이틀 저러다 말겠지 했다.

하지만 소리는 새벽 1시경만 되면 어김없이 들려왔다.

이사 온 후 단 하루도 쉬지 않고 일정한 시간에 소리가 들려오자 아무리 작은 소리라도 신경이 팽팽하게 곤두서지 않을 수 없었다.

최근엔 그 시간이 되면 괜히 긴장하게 되고 귀를 기울이기까지 하는 것이다.

결국 경희는 스탠드를 켜고 곤히 잠든 한석을 흔들어 깨워야 했다. 어제 야근하고 오늘도 늦게 들어와 쓰러지듯 잠든 그를 깨우는 게 미안했지만 그냥 있다가는 자신이 이상해질 것만 같았다.

"자기야, 일어나 봐."

한석이 힘겹게 눈을 뜨고는 잠에 취한 목소리로 물었다.

"응? 왜 그래?"

"이상한 소리가 들려."

"소리? 무슨 소리?"

"들어 봐, 저 소리!"

한석은 반쯤 눈을 감은 채 인상을 찡그리고 소리에 귀를 기울였다.

"들려?"

한석이 아직도 잠에 취한 목소리로 중얼거렸다.

"난 안 들리는데? 무슨 소리 말야."

경희가 천장을 가리키며 말했다.

"저기 천장에서 나는 소리. 잘 들어 봐, 이사 오고 새벽마다 계속 들려서 이젠 신경이 쓰여 잠을 하나도 못 자겠어."

그제야 한석도 다시 눈을 비비고는 천장을 쳐다보았다. 기분 탓인지 경희의 눈에는 소리가 나는 천장의 중심부가 주변부에 비해 점점 검게 물들어 가는 것처럼 보였다.

끼기긱…… 끼기긱…… 끼기긱…….

소리는 사람의 신경을 긁는 것 같은 불편한 음색을 지니고 있었다.

한석이 한참 인상을 쓰고 귀를 기울이다 말했다.

"난 아무 소리도 안 들리는데?"

경희가 답답하다는 듯 말했다.

"뾰족한 물건으로 바닥을 긁는 것 같은 소리, 저 소리가 안 들린단 말야?"

경희의 말에 한석이 대답했다.

"글쎄, 너무 졸려서 그런지 난 잘 모르겠다고. 그리고 이런 시간에 누가 일부러 그런 소리를 낼 리가 없잖아."

"어떻게 저 소리가 안 들려? 난 신경이 쓰여 미칠 것 같은데. 처음엔 작은 소리였어, 그런데 신경을 써서 그런지 소리가 점점 더 커지는 것 같아. 나중엔 별의별 상상까지 다 들고, 이젠 낮에도 저 소리가 들리는 것 같아. 내 머릿속에서 끼기긱, 끼기긱, 하고 진짜 소리가 나는 것 같다니까? 자기야, 나 진짜 노이로제 걸릴 것 같아."

"그럼 올라가서 주인한테 얘기를 하지그래."

"솔직히 주인 집 여자하고 마주치기가 싫어. 그 여자랑 마주하고 있으면 괜히 기분이 안 좋아. 자기, 봤어? 가까이서 보면 그 여자 눈에 초점이 없는 것 같은 게, 꼭 정신 나간 사람 같단 말야."

"그래? 난 잘 모르겠던데. 너 이사하면서 피곤한 일이 많아 너무 예민해진 것 아냐?"

경희가 여전히 수심 가득한 얼굴로 천장을 바라보고 있자 한석이 다시 덧붙였다.

"아무튼 집주인인데 그렇게 생각하면 안 되지. 앞으로 계속 부딪힐 텐데."

"우리 이사 잘못 왔나 봐. 사실 말은 안 했지만 처음에 이 집 보러 왔을 때부터 느낌이 너무 안 좋았단 말야."

"그걸 왜 이제 얘기해? 그때 얘기했으면 계약 안 하고 다른 집 알아볼 수도 있었는데."

"그땐 이렇게 심각한 상황이 될 거라고는 생각도 안 했지. 또 간신히 허락받고 시댁에서 독립하기로 했는데 얼른 집 계약 안 하면 어머님, 아버님 마음 바뀌실까 봐."

"너도 참. 한번 허락하셨으면 말 바꾸는 분들 아니셔. 아무튼 내가 보기엔 별문제 없는 것 같은데 네가 너무 예민하게 구는 것 같아. 아파트는 위층에서 아이들이 뛰어다니는 소리에 진짜 잠도 못 자고 미친다고 하더라. 정 신경 쓰이면 주인한테 한번 얘기해 보든지. 혹시 간단히 해결될 수 있는 문제인지도 모르잖아. 아무튼 너무 신경 쓰지 말고 얼른 자자! 배 속에 있는 우리 아기 너무 힘들겠다. 어쩌면 임신 중이라 신경이 예민해져서 더 그럴 거야."

경희는 생각할수록 속이 상했다. 그동안 시부모와 함께 살다가 조르고 졸라 간신히 독립했는데 하필이면 이런 집으로 들어오다니.

"할 수 없지, 뭐. 마주치기 싫어도 내일은 주인한테 얘기를 해 봐야겠네."

"그래, 일단 얘기를 해 봐. 소리가 워낙 작아서 솔직히 난 일부러 들으려고 해도 잘 모르겠거든."

"근데 천장에 있는 저 고리는 뭐 하는 걸까?"

경희의 말대로 천장에는 꽤 튼튼해 보이는 고리 같은 게 매달려 있었다.

"글쎄, 전에 살던 사람들이 샹들리에 같은 걸 매달았던 것 같은데?"

"그 사람들도 분위기 꽤나 잡았나 보네. 방에 저런 걸 매달 정도면."

"우리도 근사한 걸로 하나 달까?"

"그거 달아서 뭐 하려고, 둘이 와인 마시며 분위기라도 잡게?"

"그럼, 어때. 그동안 부모님 눈치 보느라 신혼 분위기 하나도 못 냈잖아."

한석이 스탠드를 끄고 팔베개를 해 주며 말했다.

"알았어, 생각해 보자. 헤헤, 일단 오늘은 내가 너 잠들 때까지 지켜 줄 테니까 걱정 말고 자."

한석의 튼튼한 팔에 머리를 묻자 언제 그랬냐는 듯 긴장이 풀리며 마음이 편해졌다. 한석이 경희의 배에 손을 올려놓고 말했다.

"아가야, 너네 엄마가 좀 유별나긴 해. 이렇게 간지럼도 많이 타고."

한석이 배를 간질이자 경희가 몸을 비틀며 키득거렸다. 소리도 거짓말처럼 사라졌다.

경희는 금방 행복한 얼굴이 되어 한석의 품에 얼굴을 묻었다. 하지만 약속과 달리 한석은 경희가 잠들기도 전에 벌써 낮게 코를 골기 시작했다.

한석이 잠들었다는 걸 깨닫는 순간 기다렸다는 듯 소리가 다시 들려오기 시작했다.

끼기긱…… 끼기긱…… 끼기긱…….

다음 날 경희는 2층 주인집에 올라가서 소리에 대해 말을 하려다가 그만뒀다. 임신 때문에 자신이 너무 예민해져서 그런 것 같다는 생각이 들었던 것이다.

한석에게서 전화가 온 건 저녁 11시가 조금 넘어서였다.

―어쩌지? 아무래도 나 오늘 못 들어갈 것 같은데.

"뭐야? 그러면 난 어떡하라고!"

─미안해. 일이 밀려서 그런 걸 어떡해.

"무서워 죽겠단 말야!"

─어린애도 아니고, 무섭긴 뭐가 무섭다고 그러냐?

경희는 어쩔 수 없이 전화를 끊고 애써 스스로를 위안했다.

그냥 기분일 뿐이다. 이제 곧 엄마가 될 텐데 이렇게 마음이 약해서 어떻게 아이를 낳고 키울 것인가.

무섭더라도 오늘 밤만 참으면 내일은 아침 일찍 한석이 온다. 게다가 배 속의 아기가 의외로 든든한 힘이 되어 주었다.

밤이 깊어 갈수록 시계 초침 소리가 더 커지는 것 같았고 정신은 점점 더 또렷해졌다.

아무리 의식하지 않으려 해도 눈은 자연스럽게 시계 초침을 향했다. 새벽 1시가 가까워지면서 시계를 보는 횟수도 점점 늘어났다.

침대에서 일어나 텔레비전을 봐도, 책을 읽어도 그 무엇도 눈에 들어오지 않았다.

1시가 되자 기다렸다는 듯 다시 소리가 들려오기 시작했다.

끼기긱…… 끼기긱…… 끼기긱…….

경희는 이불 속에서 눈만 내놓고 천장을 노려봤다.

휴대폰이 울린 건 그때였다. 휴대폰을 보니 낯선 번호였다.

'이런 새벽에 누구지?'

전화를 받지 않으려다가 집요하게 울리는 벨소리가 신경이 쓰여서 받았다.

"여보세요?"

그러자 상대방이 들릴 듯 말 듯 아주 작은 소리로 속삭였다.

─새댁 전화 맞지?

"네?"

─여기…… 2층인데.

시간을 보니 새벽 1시하고도 20여 분을 지나고 있었다.

'주인 여자가 이런 시간에 대체 무슨 일로 전화를 건 것일까?'

주인 여자가 잠깐 뜸을 들이다가 속삭이듯 말했다.

─잠깐…… 올라와 줄 수 있어?

"네? 지금요?"

─응.

"왜요?"

─내가…… 너무 많이 아파서…… 좀 도와줬으면 좋겠는데.

어이가 없었다.

'뭐야? 몸이 아프면 119를 부르든가.'

굳이 이런 시간에 전화를 걸어서 올라오라고 하다니. 다른 사람의 입장이나 기분 따위는 전혀 생각하지 않는 사람 같았다.

　그렇다고 아프다는데 매정하게 거절하기도 그렇고.

　'잠깐 올라가서 살펴보고는 119를 불러 줘야겠네.'

　경희는 휴대폰을 끊고 2층으로 올라갔다.

　"아주머니! 1층인데요. 들어가도 돼요?"

　안에선 아무런 대답도 들려오지 않았다.

　경희가 신발을 벗고 안으로 들어서다가 멈칫했다.

　'이게 무슨 소리지?'

　그랬다. 집 안 어딘가에서 환각처럼 소리가 들려오고 있었던 것이다. 언뜻 들으면 피리 소리 같은데 보통의 피리 소리는 아니었다. 마치 귀를 통해 들려오는 소리가 머릿속에서 울리는 것 같은 기묘한 음색의 소리였다.

　경희는 피리 소리와 더불어 어두컴컴한 거실 한가운데에 작은 회오리 같은 구멍에서 검은 기운이 흘러나와 자신을 휘감고 있다는 걸 알지 못했다.

　경희가 안방 문을 열자 주인 여자가 방의 구석에 웅크리고 앉아 있었다. 경희가 조심스럽게 여자에게 다가가 물었다.

　"아주머니! 괜찮으세요? 어디가 아프세요?"

　하지만 여자의 시선은 경희를 보는 대신 멍하니 허공에만 매달려 있었다. 경희가 주인 여자의 어깨를 흔들며 말했다.

　"아주머니, 아주머니, 왜 그러세요?"

　하지만 여자는 전혀 반응이 없었다. 동공은 초점 없이 풀어져 있었고 팔은 축 늘어져 있었다.

경희는 여자가 의식이 없다고 판단하고 119에 전화를 걸기 위해 휴대폰을 꺼내 들었다.

경희가 막 전화번호를 누르려는 순간 여자가 갑자기 팔을 뻗어 경희의 손목을 움켜잡았다.

경희가 '악' 하고 비명을 지르며 휴대폰을 떨어트렸다.

"왜 이러세요?"

경희가 내려다보니 갈고리를 연상시키는 여자의 가늘고 쭈글쭈글한 손이 경희의 손목을 움켜잡고 있었다.

그때 거실에서 소리가 들려왔다.

끼기긱…… 끼기긱…… 끼기긱…….

경희는 옅은 비명을 지르며 얼른 손으로 입을 틀어막았다.

소리는 1층에서 듣던 것과는 비교도 할 수 없을 만큼 크고 또렷했다. 게다가 소리가 전부가 아니었다. '끼기긱' 소리를 내며 느릿느릿 뭔가가 움직이는 기척이 분명하게 전해지고 있었던 것이다.

공포에 질린 경희가 떨리는 음성으로 물었다.

"아, 아줌마, 밖에 누가 있어요?"

하지만 경희가 돌아봤을 때 여자는 이불 속으로 기어들어 가서 웃음인지 울음인지 모를 신음을 흘리고 있었다. 목구멍 아래서 금방이라도 비명과 울음이 터져 나올 것만 같았다.

경희는 안방 입구에서 반쯤 열린 문틈으로 거실을 뚫어지게 노려봤다.

"밖에…… 누구 있어요?"

경희는 너무 무서웠지만 배 속의 아이를 생각하며 용기를 냈다. 지금 1층 그들의 신혼집엔 아기를 위한 예쁜 옷들과 앙증맞은 신발에 아기 침대까지, 모든 물품을 미리 준비해 놓았다.

그 보금자리로 돌아가야만 한다.

경희는 벌벌 떨리는 발을 거실로 내디뎠다. 차츰 어둠이 눈에 익으면서 형체가 하나둘 눈에 들어왔다. 그 어둠을 노려보던 경희의 동공이 있는 대로 커졌다.

컴컴한 어둠 속에 누군가 서 있었던 것이다. 구부정한 자세에 노인의 체형이 실루엣으로 보였다.

'혹시 주인 여자의 남편인가?'

경희가 용기를 내서 말을 걸었다.

"혹시 주인 아저씨세요? 전…… 아래층에 새로 이사 온 사람인데 아줌마가 아프다고 전화를 해서 올라왔어요…… 근데 어디가 아픈지 잘 모르겠어요."

그런데도 상대는 전혀 움직이지도, 대답을 하지도 않았다.

'혹시 치매에 걸렸나? 진짜 미치겠네.'

경희가 조심스럽게 말했다.

"불 좀 켤게요."

경희가 벽을 더듬어 거실 형광등 스위치를 찾아 올렸다.

순간 눈이 부실 정도로 환한 빛이 쏟아져 내렸고 앞에 서 있던 남자가 모습을 드러냈다. 남자는 꾸부정한 자세로 서서 경희를 노려보고 서 있었다.

남자의 모습을 본 순간 경희의 동공은 더욱 부풀어 올랐다. 그녀의 입에서는 자신이 들어도 낯설 정도의 기이한 신음과 비명이 뒤섞여 흘러나왔다.

경희는 지금 자신이 악몽을 꾸고 있다고 생각했다.

안 그래도 덜덜 떨리던 두 다리에 힘이 풀려 경희는 그 자리에 주저앉아 꺽꺽거리는 소리를 냈다.

남자의 목에는 밧줄이 걸려 있었고 혀는 밖으로 밀려나와 아래로 축 늘어져 있었다.

남자는 이 세상이 아닌 다른 세상의 사람 같았다.

피리 소리가 머릿속에서 점점 더 크게 울리는 것 같았다. 경희는 보지 못했지만 허공의 회오리 구멍에서는 더 많은 귀기가 쏟아져 나오고 있었다.

귀기에 휘감긴 남자가 몸을 부들부들 떨며 부자연스럽게 팔다리를 움직이기 시작했다. 남자가 움직이자 현관 옆방에서부터 이어져 나온 목에 걸린 밧줄이 팽팽하게 당겨지며 다시 그 소름 끼치는 소리가 나기 시작했다.

끼기긱…… 끼기긱…… 끼기긱…….

턱밑까지 밀려나온 남자의 혀가 아직까지 살아 있는 것처럼 흐느적거렸다. 남자가 그 혀를 다시 집어삼키더니 탁한 동공을 이리저리 번득이며 우물거리는 것처럼 소리를 냈다.

크억…… 크어억…… 크어어억…….

경희는 미친 듯이 비명을 질러 댔다. 남자는 경희를 향해 점점 더 다가왔다. 남자의 목에 걸린 밧줄이 점점 더 팽팽하게 당겨졌고 끼긱거리는 소리도 더욱 커졌다.

경희는 울부짖으며 현관문을 향해 달렸다. 남자가 그녀를 잡으려고 흐느적거리며 따라왔다. 남자의 손이 그녀의 머리카락을 잡으려는 순간 경희는 현관문을 열어젖혔다.

싸늘한 밤기운이 얼굴에 와 닿자 퍼뜩 정신이 들며 기운이 났다.

경희는 마당에 내려선 후 거의 쓰러지듯 집으로 뛰어들어 자물쇠와 보조 자물쇠까지 닫아걸고 나서야 뒤로 물러섰다. 공포로 인해 뭘 어떻게 해야 할지 아무런 생각도 나지 않았다.

경희는 휴대폰을 들고 한석의 단축 번호를 미친 듯이 눌렀다.

한석이 전화를 받자마자 경희는 울음과 함께 미친 듯이 소리를 질렀다.

"자기야, 얼른 집으로 와! 얼른! 2층에 괴물이 있어! 그게 곧 집으로 들어올지도 몰라. 목에는 밧줄을 걸었고 혀가 밖으로 늘어져서. 무서워 죽겠어, 제발!"

이성을 잃은 사람처럼 정신없이 울부짖는데 정작 한석은

아무런 말도 하지 않았다. 이상한 예감에 숨을 죽이는데 휴대폰에서 2층 여자의 축축한 음성이 들려왔다.

─색시, 나야. 문 좀 열어 봐. 우리 남편이 할 말이 있대.

"아악!"

경희가 휴대폰을 던지고는 이불 속으로 들어갔다. 경희가 눈동자만 굴리며 공포에 떨고 있을 때 바로 머리 위에서 그 소리가 들려왔다.

끼기긱…… 끼기긱…… 끼기긱…….

경희는 뭔가에 감전된 것처럼 고개를 들고 천장을 올려다봤다.

천장에 시커멓게 변색된 부분이 꿈틀거리며 움직이고 있었다. 천장에 달라붙어 있던 검은색의 기운들이 마치 살아 있는 것처럼 가운데로 몰리기 시작한 것이다.

검은 기운이 뭉실뭉실 연기처럼 피어나더니 흘러내리는 것처럼 아래로 내려왔다.

형체가 구체적인 모습으로 변하기 시작했다. 그건 밧줄에 목을 매달고 죽은 2층 남자의 형상이었다.

끼기긱…… 끼기긱…… 끼기긱…….

남자는 목에 걸린 밧줄에 온몸의 체중을 싣고 있었다. 허공에 떠 있는 남자의 몸이 리드미컬하게 좌우로 흔들렸고 그때마다 리듬을 타는 듯 '끼기긱' 하는 소리가 났다. 남자의 입술 사이로 거무칙칙한 혓바닥이 밀려나오더니 턱밑까지 축 늘어졌다.

남자는 마치 밤마다 이렇게 밧줄에 매달려 내려다보고 있었다는 듯 경희를 보고 히죽 웃었다.

남자가 몸을 더욱 격하게 흔들어 대자 소리도 더욱 커졌다. 남자가 기이한 소리를 내며 발버둥을 쳐 댔다.

크억…… 크어억…… 크어어억…….

그러자 밧줄이 조금씩 늘어지기 시작했고 결국 남자의 발이 바닥에 닿았다. 남자의 탁한 동공이 인형의 눈알처럼 좌우로 움직이더니 경희를 향했다.

경희가 이불을 끌어당기며 흐느꼈다.

"제발 이러지 마!"

남자의 입이 기이하게 뒤틀리며 다시 소리가 새어 나왔다.

크억…… 크어억…… 크어어억…….

그러면서 남자가 손에 들고 있던 또 다른 밧줄을 경희의 목에 천천히 감았다.

경희는 가위라도 눌린 것처럼 몸을 움직일 수가 없었다. 이내 밧줄이 경희의 몸을 일으켰고 들어올렸다.

경희의 발이 바닥에서 떨어졌다. 목에 걸린 밧줄에 모든 체중이 실리며 경희의 몸이 허공으로 떠올랐다.

경희가 꺽꺽거리며 몸부림을 쳤다. 경희의 발이 허공에서 버둥거리며 빙글빙글 돌았고 격렬하게 요동쳤다.

밧줄은 점점 더 경희의 목을 파고들었다.

경희의 동공이 흐려지면서 움직임이 잦아들었다. 입이 벌어졌고 분홍빛 혀가 밀려나왔다. 경희는 더 이상 움직이지 않았다.

위의 모든 내용은 어젯밤 설아가 예지로 본 환영의 내용이었다. 설아는 어젯밤 잠자리에 들기 직전 계시처럼 경희가 되어 끔찍한 환영을 체험했다.

남편인 한석이 방송국에 보낸 사연은 출근했다가 집에 돌아오니 아내인 경희가 집에서 목을 매달고 자살했는데, 계속 아내의 영혼이 나타나서 자신에게 무슨 말인가를 하려고 한다는 내용이 전부였다.

설아는 자신이 본 환영이 심상치 않다고 느껴서 태수에게 연락했다.

경희가 들었던 피리 소리와 경희는 보지 못했지만 설아의 눈에 선명하게 보였던 거실 허공의 작은 회오리 구멍 때문이었다.

만약 환영에서 들려온 피리 소리가 설의 소리이고 거실 허공에서 봤던 회오리 구멍이 설이 열어 놓은 저승의 문이라면 보통 심각한 문제가 아니기 때문이다.

태수 역시 한석이 보내온 사연을 읽는데 환영이 떠올랐다.

천정에서 들려오는 이상한 소리. 목을 매는 여자, 설의 피리 소리. 그리고 흐릿하긴 했지만 거실 허공의 작은 회오리 구멍의 모습 등이 두서없이 머릿속에 떠올랐다가 사라졌던 것이다.

당시 함께 환영을 본 노인이 탄식과 함께 중얼거렸다.

—허공에 만들어져 있던 작은 구멍은 하람 같은데. 설마 설이 하람을 만들 수도 있다는 얘기인가.

'하람이라니요?'

—하람은 이승과 저승이라는 두 차원에 균열이 생기면서 생기는 구멍이라고 할 수 있네. 하람은 아랍어로 신성한 것 혹은 금기를 뜻하는 의미인데, 영적인 세계에서는 이승과 저승 사이에 균열이 발생해서 생기는 구멍을 하람이라고 부른다네.

'그럼 하람과 저승의 문은 서로 다른 의미인가요?'

—다르지. 저승의 문은 일정 수준의 힘을 가진 사람만 열 수 있는 공식적인 통로라고 생각하면 돼. 그러니 아무나 열 수가 없겠지. 그 문이 열리면 이승과 저승의 경계가 사라지고 세상은 걷잡을 수 없는 혼란에 빠질 테니까. 반면에 하람은 차원의 벽에 균열을 만들어서 생기는 작은 구멍이라고 할 수가 있어. 근데 아무리 작은 구멍이라도 균열이 생기면 저승의 기운이 이승으로 밀려 들어올 테고, 그걸 방치하면 균열이 점점 커져서 급기야는 저승의 문을 열어젖히는 것과 똑같은 결과가 될 거야. 하지만 조금 전의 환상은 너무 흐릿해서 아직은 그게 하람인지 정확히 알 수가 없군.

태수가 꺼림칙한 기분에 휩싸여 있을 때 설아한테 전화가

왔다.

설아는 직접 환영을 체험했기에 자신이 본 환영을 자세하게 설명했다. 얘기를 들은 노인은 그 작은 구멍이 아무래도 하람일 것 같다고 탄식했다.

태수는 최근 귀사리와 경대 사건에서 느꼈던 예감들 때문에 계속 긴장하고 있던 터라 이번 사건이 큰일이 벌어지기 전의 불길한 징조처럼 느껴졌다.

태수는 제작진과 회의 끝에 이번 사건이 지금까지 겪었던 다른 어떤 심령 사건들보다 위험할 수 있다는 의견을 전달하고, 일단 방송을 하는 건 적절치 않다며 취소시켰다.

대신 다들 현장으로 가서 상황을 확인하기로 했다.

오인하 팀장과 함께 현장에 도착한 태수와 퇴마사 일행은 사건이 일어난 2층 주택을 보자마자 약속이나 한 것처럼 탄식을 흘렸다.

귀사리나 경대 사건 때하고는 비교도 할 수 없을 정도로 밀도가 높은 귀기가 뱀처럼 집 전체를 칭칭 휘감고 있을 뿐만 아니라, 거대한 괴물처럼 귀기가 살아서 주변 지역으로 점점 퍼져 나가고 있는 모습을 봤기 때문이다.

귀기를 본 노인이 탄식처럼 중얼거렸다.

―저건 틀림없는 저승의 기운이야.

'예?'

태수가 놀라서 반문하자 노인이 체념하듯 말했다.

─그래, 이제 확실히 알겠네. 저렇게 밀도가 높은 귀기는 이승에서는 볼 수가 없는 기운이네. 여태까지 봤던 귀기와 다르게 저것들은 윤이 나는 것처럼 반짝거리고 있지 않은가. 저 검은 기운은 저승에서 넘어온 귀기가 확실해. 하람이 열린 거야. 하람을 파괴시키지 않으면 저들이 이승에 본격적으로 퍼지게 돼서 그야말로 재앙이 일어날 걸세.

'재앙요?'

─가장 먼저 일어나는 일은 귀기가 인간들을 공격해서 영혼을 파괴하고 그 육신을 차지하는 거지. 그렇게 영혼이 파괴되어 빈 껍데기로 변한 육신을 귀기가 지배하게 될 걸세. 그런 인간을 우리 칠성문의 퇴마사들은 사령자라고 불렀네.

노인은 저승에서 넘어온 귀기는 인간을 공격해서 영혼을 파괴한다고 했다. 영혼을 파괴한 후에는 껍데기만 남은 인간의 육신을 지배하고.

그런 인간을 사령자(死靈者)라 칭한다고 했다.

다시 말해 저승에서 넘어온 귀기는 이승의 인간을 공격해서 사령자로 만들고, 사령자가 늘어날수록 이승은 빠르게 저승으로 변해 간다는 얘기다.

노인이 말했다.

─어서 열려 있는 하람을 찾아서 파괴시키고 설을 찾아 더 이상의 하람을 열지 못하도록 막아야만 하네.

'그럼 지금 저 집 안에 설을 부는 사람이 있다는 건가요?'

－그건 알 수가 없어. 하람은 일정 시간 이상 열려 있으면 설을 불지 않아도 저 혼자 유지가 되니까. 아니, 혼자서도 스스로 크기가 커질 수 있네.

　말만 들어도 아찔했다. 노인의 말처럼 하람이 스스로 유지가 되고 크기도 커진다면 여러 개의 하람을 동시에 만들 수도 있다는 말이 아닌가.

　태수는 노인이 한 얘기를 퇴마사 일행은 물론 오인하에게도 전했다. 다들 충격을 받은 표정이었고 오인하는 허옇게 질린 얼굴로 물었다.

　"그럼 우리 EMP 수사대가 할 수 있는 일은 아무것도 없는 겁니까? 그 하람이라는 걸 저희가 막을 수는 없습니까?"

　노인이 대신 대답했다.

　－지금 저 정도의 귀기가 퍼지고 있다면 얼마 지나지 않아 많은 사령자들이 생길 걸세. 저들에겐 그 사령자들을 막으라고 하게.

　태수가 대답했다.

　"만약 사령자들이 생기면 경찰이 처리해 주십시오. 악귀들은 테이저건을 쏴도 크게 효과가 없지만 사령자들한테는 효과가 있을 겁니다. 인간의 육신 안에 들어가 있는 귀기는 쉽게 도망갈 수가 없기 때문에 테이저건으로 소멸시킬 수가 있어요."

　오인하가 초조하게 주위를 둘러보며 물었다.

"그럼 사령자라는 건 어떻게 알 수 있습니까?"

노인이 사령자의 이미지를 머릿속에 띄워 줬고 태수가 이미지를 보며 대답했다.

"가까운 거리에서 보면 구분할 수가 있어요. 동공에 흰자위가 없고 눈구멍이 뚫린 것처럼 검은색으로 보이거든요. 멀리서 볼 때 사령자는 귀기의 지배를 받기 때문에 고스트 스크린으로 충분히 구분이 가능하고요."

오인하가 긴장한 얼굴로 고개를 끄덕였다.

"무슨 말인지 알겠습니다. 그놈들은 저희가 막겠습니다."

오인하가 즉시 EMP 수사대에 비상을 걸어서 현장으로 출동하도록 명령을 내렸다.

이제 해야 할 일은 2층 주택으로 들어가서 지금도 저승의 기운을 계속 빨아들이고 있을 하람을 파괴시키는 일이다.

하람을 파괴시키려면 경희를 죽게 만든 2층 집 악귀를 먼저 퇴마해야만 한다. 환영 속에서 본 악귀는 이전에 상대한 그 어떤 악귀보다 강한 힘을 가진 것처럼 보였다.

보나마나 세상에 악의를 품고 있을 테고 코앞에 하람이 열려 있을 테니까.

따라서 악귀에 대한 정보, 즉 악귀가 저지른 악행과 함께 이름과 생년월일이 반드시 필요했다.

태수의 요청에 오인하가 관할 경찰서의 담당자를 불러서 이번 사건에 대한 설명을 들었다.

경찰에서는 이번 사건을 심령 사건으로 다루지 않고 임신한 여자의 우울증으로 인한 단순 자살 사건으로 처리했다고 한다.

사건의 관할 경찰서 형사가 말했다.

"그 집 남편의 신고를 받고 현장에 도착했을 때는 이미 여자가 목을 매고 자살한 상태였습니다. 언뜻 봐서는 외상도 없고 딱히 특이점이 없어서 자살이라고 생각한 겁니다. 그리고 2층의 집주인도 치매 증상이 있어서 아무것도 기억을 못 했고요."

설아가 물었다.

"혹시 2층에서 목을 매고 죽은 남자는 없었나요?"

형사가 의아하게 반문했다.

"2층에서 목을 매고 죽은 남자요? 아뇨, 사건 당시에 2층에는 집주인 여자 혼자만 있었어요. 집주인 여자는 올 초에 이 집을 사서 들어온 후로 지금까지 계속 혼자 살았다고 알고 있습니다."

형사의 말에 설아가 고개를 갸웃하며 중얼거렸다.

"그럼 그 악귀는 그 이전에 죽은 사람인가?"

설아의 얘기를 들은 형사가 말했다.

"아…… 인근 공인중개사들한테 물어보니까 2층 집이 원래 귀신이 있다는 소문이 나서 2년 가까이 비어 있었는데, 올 초에 지금의 주인집 여자가 시세보다 싸게 구매해서 들어왔다고 합니다."

태수가 눈을 빛내며 물었다.

"왜 귀신이 있다는 소문이 난 거예요?"

"재작년에 저 집에서 좀 끔찍한 사건이 벌어졌거든요. 워낙 큰 사건이라서 기억을 하실 것 같기도 한데. 가운동 일가족 살인 사건이라고."

"가운동 일가족 살인 사건요?"

가운동 일가족 살인 사건이라는 형사의 말에 태수와 퇴마사들은 물론이고 오인하까지도 놀라서 입을 떡 벌렸다.

가운동 일가족 살인 사건은 사이비 종교에 빠진 노인이 계시를 받았다는 유서를 남기고 부인 제삿날에 모인 자식과 친척들이 먹는 음식에 독극물을 타서 일가친척 11명을 모두 살해한 사건을 말한다.

노인은 이전에도 환청이 들린다며 사람들을 죽여야 한다는 말을 자주 했고, 가족을 살해한 후에는 자신도 스스로 목을 매고 자살했다.

나중에 경찰 수사 결과 죽은 부인도 노인이 살해한 것으로 드러나면서 당시 대한민국을 충격에 빠트린 큰 사건이었다.

그런데 바로 이 집이 그 사건이 일어난 현장이라니 놀라지 않을 수가 없었다.

형사의 얘기를 들은 노인이 말했다.

─이제야 어떻게 된 일인지 짐작이 가는군. 설은 악의 기운이

강한 곳을 스스로 찾아내는 성질이 있네. 아마도 설이 이 집에 머무는 악귀의 기운을 감지하고 찾아온 모양이군. 설은 세상을 저주하는 악을 만났을 때 그 힘이 가장 강해지거든. 설이 이 집에서 잠자던 악귀를 깨운 후에 아래층 여자를 제물로 삼아서 하람을 열었을 거야. 순수한 아기의 영혼을 임신한 여자는 악의 세력이 가장 좋아하는 제물이니까.

태수는 담당 형사로부터 일가족을 죽음으로 몰아넣은 노인의 이름과 생년월일을 조회해서 받았다.

노인의 이름은 김형호. 생년월일은 1949년 5월 17일이었다.

현준이 한 손을 들어서 2층집 반대편을 가리키며 말했다.

"저기 좀 보세요."

다들 현준이 가리킨 방향으로 고개를 돌렸다. 어느새 귀기가 아래까지 내려와서 주택가를 뒤덮고 있는 모습이 보였다.

강 신부가 걱정스럽게 중얼거렸다.

"언제 저렇게 빨리 내려왔지? 저 정도라면 지금쯤 악령이 사람들에게 영향을 미칠 수도 있을 것 같은데."

강 신부의 말이 끝나자마자 기다렸다는 듯 찢어지는 비명이 들려왔다. 그것도 한두 명의 소리가 아니었다.

현준이 다급하게 소리쳤다.

"뒤쪽에서 강한 귀기가 밀려오는 게 느껴져요!"

현준의 말에 일행이 모두 돌아섰다. 멀리 주택가 반대편 어둠 속에서 족히 100여 명은 될 것 같은 사람들이 마치 달리기 경주를 하듯 떼를 지어 몰려오는 모습이 보였다.

그들을 보며 설아도 중얼거렸다.

"저 사람들이 귀기를 몰고 오고 있어요."

오인하가 어리둥절한 표정으로 물었다.

"사람들이 귀기를 몰고 오다니, 그게 무슨 소립니까?"

처음엔 멀어서 한 덩어리처럼 보이던 사람들이 가로등이 밝혀진 거리로 나오자 어떤 상황인지 알 것 같았다. 앞쪽에서 대여섯 명의 사람들이 비명을 지르며 달아나는 중이고 뒤에서 몰려오는 사람들은 앞쪽 사람들을 쫓아가는 상황이었다.

언뜻 보면 앞에서 달아나는 사람들이 무슨 큰 잘못이라도 저지른 것 같았지만 뒤쪽에서 쫓아가는 사람들의 표정과 행동이 어딘지 모르게 부자연스러웠다.

마치 좀비를 닮은 행동과 걸음처럼 보였던 것이다.

태수가 주문을 읊었다.

'귀기탐색.'

화르르르륵.

허공이 흔들리며 지도가 나타났다. 지도를 바라보는 태수의 입에서 침음이 흘러나왔다.

앞쪽 거리를 비추는 지도에, 마치 백귀의 영들이 몰려오는 것처럼 헤아릴 수도 없이 많은 붉은 점들이 밀려오고 있는 모습을 볼 수가 있었던 것이다.

태수가 지도를 보며 중얼거렸다.

"뒤쪽에서 쫓아오는 사람들이 사령자들이에요. 저쪽 앞에 있는 경찰들한테 어서 철수하라고 연락을 하세요."

사령자들이 달려오는 앞쪽에 예닐곱 명의 경찰들이 대기하고 있었던 것이다. 그들은 태수와 오인하가 현장에 온다고 하니까 부랴부랴 상부에서 보낸 경찰들이었다.

오인하가 그들에게 연락을 하려고 무전기를 들었다.

치지지지직.

잡음과 노이즈 때문에 주파수가 잡히지 않았다.

몇 차례 연락을 시도하던 오인하가 난감하게 말했다.

"영적인 에너지 때문에 전자 기기들이 오류를 일으키는 것 같습니다."

보통 영적인 에너지 때문에 전자 기기가 오류를 일으킨 경우는 대부분 밀폐된 공간일 때였다. 근데 이렇게 개방된 공간에서 전자 기기가 작동을 하지 않는다니 놀라지 않을 수가 없었다.

앞쪽에서 현장을 통제하고 있던 경찰과 도망쳐 오는 사람들이 만났다.

경찰이 달려오는 사람들을 향해 소리쳤다.

"당신들 뭐 하는 거야? 정지, 정지!"

도망쳐 오던 사람들이 공포에 질린 표정으로 경찰을 붙잡고 소리쳤다.

"저 사람들 이상해요. 보이는 대로 사람들을 죽이고 있어요."

"그게 무슨 소리예요?"

경찰의 말에 대여섯 명의 사람들이 울부짖으며 말했다.

"시간이 없어요. 제발 우리 말 좀 믿어 주세요. 저 사람들 총으로 쏴야 해요. 어서요!"

"이 사람이 미쳤나? 시민들한테 총을 왜 쏴요?"

그때 경찰 한 명이 긴장한 음성으로 말했다.

"저 사람들…… 정말로 손에 무기를 들고 있어요. 그리고 눈동자도 이상한 것 같습니다."

경찰의 말처럼 달려오는 사람들의 손에 정말로 칼이나 야구방망이 같은 무기들이 들려 있었고, 달려오는 모습도 어딘지 모르게 좀비를 연상시켰다.

한 경찰이 소리쳤다.

"미친, 저 사람들 눈동자가 왜 저래? 눈동자가 무슨 까만 구멍이 뚫린 것처럼 생겼잖아!"

게다가 몇몇은 온몸이 피로 물들어 있었다.

비로소 놀란 경찰이 소리쳤다.

"저것들이 다 뭐야? 다들 사격 준비해!"

그제야 경찰들이 권총을 빼 들고 달려오는 사람들을 향해 공포탄을 발사하며 소리쳤다.

"다들 거기 멈춰!"

하지만 무기를 든 사령자들은 막무가내였다. 사령자들이 마침 거리를 지나가던 행인 세 명을 덮치더니 한꺼번에 달려들어 무기로 무작정 공격하기 시작했다.

"이런 미친! 멈춰!"

뒤늦게 당황한 경찰들이 총을 쏘기 시작했다.

탕! 탕! 탕! 탕!

다들 경찰 수칙에 따라 사령자들의 다리를 겨냥하고 총을 쐈다. 하지만 달려오는 사령자들은 다리에 총을 맞고도 쓰러지기는커녕 아무렇지도 않은 것처럼 계속해서 달려왔다.

"왜 쓰러지질 않는 거야? 대체 저것들이 뭐야?"

"전원 후퇴!"

경찰들이 모두 돌아서서 달아나며 뒤를 향해 총을 쏘기 시작했다. 이번에는 다리만 겨냥하지 않고 머리와 가슴 등 부위를 가리지 않고 조준 사격을 했다.

근데 놀라운 건 머리와 가슴에 총을 맞고도 사람들이 쓰러지지 않는다는 것이었다.

경찰 한 명이 두려움에 사로잡혀서 소리쳤다.

"총을 맞고도 어떻게 쓰러지지 않을 수가 있지?"

공포에 사로잡힌 경찰들과 사령자들의 거리가 점점 줄어들었다.

경찰 한 명이 쓰러지며 사령자들에게 잡힐 위기에 처할 즈음 태수와 강 신부, 현준이 나타났다. 태수가 가장 빠르게 앞장서서 달려 나갔다.

태수가 경찰들을 스쳐 지나가며 주문을 읊었다.

"화멸, 축귀, 금사부!"

화르르르륵.

부적 수십 장이 허공으로 떠올랐다.

태수가 쓰러진 경찰에게 달려드는 사령자들과 눈앞으로 달려오는 사령자들을 향해 수십 장의 부적을 동시에 날렸다.

"제령!"

태수의 일갈에 부적들이 달려오는 사령자들에게 달라붙자마자 폭발했다.

펑! 펑! 펑! 펑!

부적에서 노란빛을 띤 항마의 기운이 사령자들 사이로 쏟아졌다.

"끄어어억."

부적이 달라붙어서 폭발한 사령자는 그 자리에서 귀기가 소멸됐고, 귀기가 사라진 육신은 빈 껍데기처럼 힘없이 꼬꾸라졌다.

부적의 주위에 있던 사령자들도 항마의 기운에 고통스러운 괴성을 질렀고 귀기의 지배력이 약해지며 그들이 지배하던 육신이 술 취한 사람처럼 비틀거렸다.

경찰의 총을 맞고도 끄덕하지 않던 사령자들이 항마의 기운에 줄줄이 쓰러졌다.

사실 태수의 입장에서는 거대한 귀기의 덩어리가 주술과 환술로 공격하는 게 무섭지 지금처럼 사령자들이 제각각 달려드는 건 큰 위협이 되지 않았다. 제령하는 것도 어렵지 않고.

물론 숫자가 너무 많아지면 얘기가 달라지겠지만.

태수가 화염에 휩싸인 부동명왕의 형상을 소환한 후 수인을 맺고 주문을 읊었다.

"부동명왕의 가루라염!"

주문이 떨어지자 부동명왕을 휘감고 있던 붉은 화염이 거대한 가루라가 날개를 펼친 것 같은 모습으로 화해서 앞으로 뻗어 나갔다.

화르르르륵.

가루라의 화염이 지나가면서 사령자들의 육신이 영적인 불길에 휩싸였다.

"끄아아아악!"

여기저기서 영적인 불길을 뒤집어쓴 사령자들이 괴성을 지르며 울부짖었다. 영적인 불길은 귀기에 붙은 것이기 때문에 귀기가 인간의 육신을 버리고 빠져나와도 도망갈 수가 없었다.

강 신부는 사령자들을 향해 십자가를 치켜들고 기도력을 쏟아부었다.

"성부와 성자와 성령의 이름으로 명령한다. 사탄아 물러가라! 우리 주 예수께 가라! 성령이여 임하소서……."

강 신부의 경건한 기도 소리가 높아질수록 십자가에서 더욱 휘황찬란한 오오라 무리가 쏟아져 나와 달려오는 제령자들을 휘감았다.

오오라를 맞은 사령자의 귀기가 녹아내렸고, 남은 육신들은 이상한 전염병이라도 걸린 것처럼 줄줄이 바닥으로 픽픽 쓰러졌다.

머릿속에서 텔레파시로 설아의 목소리가 들려왔다.

ㅡ신부님, 뒤쪽을 조심하세요.

강 신부가 돌아보니 또 다른 무리의 사령자들이 떼를 지어 몰려오는 모습이 보였다.

강 신부가 강력한 기도력인 성스러운 빛을 소환했다.

"홀리 그레이스!"

화르르르륵.

달려오는 사령자들의 머리 위 허공에 성스러운 빛무리가 원 모양으로 떴다.

성스러운 빛은 영혼을 구원하지 않고 소멸시키는 구마술이기에 평소엔 잘 사용하지 않지만, 사령자들의 육신에는 영혼이 없으니 지금은 전혀 문제가 되지 않았다.

"성 미카엘 대천사여, 당신의 빛으로 저희를 비추소서! 당신의 날개로 저희를 보호하소서! 당신의 칼로 저희를 방어하소서!"

기도가 끝나자마자 허공에 떠 있던 원 모양의 빛무리들이 연속으로 사령자들의 머리 위에 떨어지며 폭사했다.

화아아아악.

비명과 함께 귀기가 녹아내렸고 수십의 육신들이 한꺼번에 바닥으로 꼬꾸라졌다.

"사하스라라."

현준이 주문을 외우자 정수리에서 배어 나온 보라색의 차크라가 손끝으로 모여들었다. 현준이 달려오는 사령자들을 향해 손을 휘저으며 주문을 읊었다.

"차크라의 인줄!"

주문과 함께 현준의 손끝에서 보라색의 차크라 수십 가닥이 거미줄처럼 날아가 달려오는 사령자들을 옭아맸다.

"사하스라라…… 사하스라라…… 사하스라라……."

현준이 계속해서 집중력을 높이며 주문을 읊자 차크라의 인줄이 점점 사령자의 몸속 귀기를 조이며 압박해 들어갔다.

"끄어어억!"

인줄에 사로잡힌 수십 명의 사령자가 동시에 고통스러운 괴성을 토해 냈고 이내 귀기가 소멸되며 육신들이 바닥으로 쓰러졌다.

맨 앞쪽에서 사령자들을 상대하던 태수가 뒤를 돌아보고

소리쳤다.

"신부님, 이런 식으로 사령자들을 상대하다가는 끝이 없을 것 같아요. 하람이 열려 있어서 사령자들을 없애는 만큼 더 많은 사령자들이 만들어지고 있어요. 이곳은 신부님이 좀 맡아 주세요. 전 현준이하고 집 안으로 들어가서 하람을 파괴하도록 할게요."

강 신부의 기도력과 오오라 같은 구마술은 주로 많은 수의 악귀들을 퇴마하는 데 적합한 퇴마술이기에 태수나 현준보다 사령자들을 상대하기에 유리했다.

태수의 말에 강 신부가 신성한 빛인 홀리 그레이스를 사령자들에게 쏟아 내며 소리쳤다.

"그게 좋을 것 같아. 여긴 내가 맡을 테니 두 사람은 안으로 들어가서 하람을 파괴하도록 해."

태수가 현준을 돌아보고 말했다.

"현준아, 들어가자."

"네."

두 사람이 2층집으로 진입하려는데 설아가 앞으로 나섰다. 평소에 설아는 앞을 보지 못하는 데다 텔레파시로 말을 나누는 적이 많아서 조용히 있으면 종종 존재가 잊힐 때가 있다.

설아가 말했다.

"태수 오빠, 저는 왜 빼세요? 저도 같이 갈래요. 저도 힘을 보태고 싶어요. 영력의 힘으로 보면 앞을 볼 수 있어서 짐이 되는 일은 없을 거예요. 악령의 힘이 이렇게 강한데 한 사람이라도 힘을 보태면 훨씬 낫죠."

강 신부가 설아가 그렇게 나올 줄 예상했다는 듯 뒤를 돌아보고 소리쳤다.

"설아는 이곳에 남아서 텔레파시로 바깥세상과 우리를 연결해 주는 역할을 하는 게 좋을 것 같다. 여기서도 이렇게 강한 악령의 기운이 느껴지는 걸 보면 집 안은 이미 악령이 지배하는 시공간이라고 해도 과언이 아닐 거야. 무슨 일이 생길지 모르니 설아가 중간에서 텔레파시로 상황을 전해 주는 역할을 해 주면 좋겠어."

태수도 강 신부의 말에 동의하며 말했다.

"그래, 설아야. 넌 여기서 우리를 이어 주는 역할을 하면 좋을 것 같아. 이곳도 강 신부님 혼자서는 버거울 거야, 네가 영력으로 신부님을 도와드려. 그리고 정 필요하면 도움을 요청할 테니 그때 우리를 도와주고."

설아는 시공이 떨어져 있어도 영력으로 연결이 되어 있어서 텔레파시뿐만 아니라 영력으로 힘을 보낼 수 있다는 장점이 있었다.

강 신부와 태수의 말에 설아도 어쩔 수 없이 고개를 끄덕였다.

"신부님과 오빠가 그걸 원하면 그렇게 할게요."

태수와 현준이 2층집의 대문을 열고 안으로 들어섰다.

1층 마당에 들어서는 순간 허공에 메시지가 떴다.

제6성 연년 개양성의 능이 작동합니다!

개양성의 능은 칠성의 능을 전수받은 전수자를 보호하는 능이다. 즉 위험이 감지될 때만 작동을 하는 능인데, 집 안에 들어서자마자 개양성의 능이 작동을 했다는 건 집 안에 귀기의 밀도가 그만큼 높고 위험하다는 의미라고 할 수가 있다.

실제로 태수와 현준 두 사람 모두 밀도가 높은 귀기의 압박을 느껴야만 했다.

현준이 몸을 웅크리며 말했다.

"온몸이 바늘로 찌르는 것처럼 아파요."

"수호부적으로 방어막을 쳐 줄까?"

태수의 말에 현준이 고개를 저었다.

"아니에요. 제가 알아서 할게요."

현준이 몸속의 차크라를 깨워서 불러내는 주문을 읊었다.

"아나하타."

아나하타는 심장에 머무는 차크라의 기운이다. 태수의 생기탐랑의 능처럼 감정을 조절하고 시전자를 보호하는 방어막을 만들어 주는 차크라다.

고유의 색인 녹색의 차크라가 현준의 몸을 은은하게 감싸면서 따가운 감촉이 사라졌다.

현준이 고개를 들고 말했다.

"이제 됐어요, 형."

그사이 태수는 안명부를 불러내서 영안을 떴다.

현준은 스스로 영들을 보지만 태수는 주술의 힘을 빌려 와야만 한다. 안에서 무슨 일이 벌어질지 모르기에 미리 만반의 준비를 하려는 생각이었다.

그러자 노인의 걱정스러운 목소리가 들려왔다.

─이곳은 이승이 아닌 저승에 가까운 공간이라고 할 수가 있네. 따라서 두 사람 모두 환술을 조심하도록 하게.

태수가 현준에게도 주의를 전달한 후 앞장서서 2층 계단으로 올라갔다. 2층이 다가올수록 귀기의 밀도가 점점 더 높아지는 걸 온몸으로 느낄 수가 있었다.

현관문을 열고 어두컴컴한 2층 거실로 들어선 태수가 수인을 맺은 후 영력을 모아 주문을 읊었다.

"야명주."

화르르르륵.

공기가 흔들리며 반딧불 같은 푸른 빛의 미세한 입자들이 허공에 나타나더니 한 지점으로 모여들어 뭉치면서 둥근 구의 형태를 만들어 냈다.

완벽한 구의 형태를 갖춘 야명주가 푸른빛을 발산하며 서서히 주위가 밝아졌다.

야명주에 드러난 2층 거실의 모습은 놀라웠다.

반짝거리며 윤기가 흐르는 검은 귀기들 사이로 흐물거리는 영적인 존재들이 물속을 떠다니는 것처럼 부유하고 있었던 것이다.

찢어진 영혼의 조각들 같기도 했고 불완전한 영적인 생명체들 같기도 했다.

태수가 숨을 죽인 채 귀를 기울이다가 말했다.

"피리 소리는 들리지 않는 것 같은데?"

현준도 고개를 끄덕였다.

"네. 저한테도 들리지 않아요."

설을 가진 사람이 아직 집 안에 있을지도 모른다는 기대를 했기에 기운이 빠졌다. 그래도 혹시 몰라 두 사람은 집 안을 샅샅이 뒤졌다.

현준이 허탈하게 중얼거렸다.

"벌써 빠져나갔나 봐요."

"그렇다면 하람이 혼자 작동하고 있다는 얘긴데 대체 어디에 있는 거야?"

현준이 정신을 집중하며 귀기를 감지하다가 앞을 가리켰다.

"태수 형, 저기요!"

현준이 가리킨 방향을 보니 거실 한가운데 유난히 많은 귀기가 엉겨서 뭉쳐 있는 지점이 보였다.

태수의 영능력은 노인한테 전수받은 술법을 사용해야만 발휘되는 반면에 현준은 타고난 영능력으로 본능에 의해 귀기나 영적인 현상을 감지할 수가 있다.

현준이 말했다.

"저기 귀기가 몰려 있는 안쪽에 하람이 숨어 있는 것 같아요. 그쪽에서 엄청나게 강한 압력과 밀도가 높은 귀기가 흘러나오고 있어요."

귀기들이 뭉쳐서 일부러 하람을 가리고 있다는 얘기였다.

현준이 하람을 발견했다는 생각에 살짝 들뜬 음성으로 말했다.

"제가 바깥에 몰려 있는 귀기를 흩어지게 해 볼게요."

현준이 정신을 집중한 뒤 차크라를 불러내는 주문을 읊었다.

"마니프라."

마니프라는 단전에서 생기는 차크라로 항마력을 가장 많이 가진 차크라다.

일전에 귀사리 때 퇴마사 일행이 탄 차를 악귀들이 조종할 때도 환술을 떨쳐 냈던 차크라가 마니프라였다.

마니프라 고유의 색깔인 황금색 차크라가 단전에서 나와 현준의 손끝으로 모여들었다.

현준이 손바닥을 앞으로 뻗어서 마나프라의 차크라 기운을 귀기들을 향해 발산했다.

현준의 손바닥에서 황금색의 은은한 기운이 번져 나왔다.

보통의 귀기라면 항마력을 지닌 차크라의 기운이 몰려오면 자연스럽게 흩어지기 마련인데, 눈앞에 뭉쳐 있는 귀기들은 단단한 돌처럼 꿈쩍도 하지 않았다.

태수가 말했다.

"밀도가 너무 높아서 웬만한 항마력으로는 깨트리지 못할 것 같아. 좀 더 강한 기운이 필요해."

현준이 돌아보고 걱정스럽게 물었다.

"저도 그러고 싶은데, 그렇게 되면 혹시 귀기들이 달려들어서 공격하지 않을까요?"

현준의 말대로 실내를 가득 채운 밀도 높은 귀기가 두 사람을 공격한다면 감당이 안 될 수도 있었다. 그나마 다행이라면 눈앞의 귀기가 저승에서 막 넘어온 탓인지 아직은 불완전한 형태라는 것이다.

오히려 현준이 걱정하는 건 귀기들이 서로 뭉쳐서 직접 공격하는 것보다 이곳 어딘가에 숨어 있을 악귀가 귀기를 조종해서 두 사람을 공격하는 상황이었다.

따라서 악귀가 나타나기 전에 하람을 파괴시키는 게 두 사람에겐 최선이었다.

태수가 결심한 듯 말했다.

"현준아, 귀기 자체는 크게 걱정하지 않아도 될 것 같아. 차크라의 기운을 최대한으로 올려서 귀기들을 흩어지게 만

들어."

"알았어요."

현준이 마니프라의 차크라 기운을 최대치로 올려서 손끝에 다시 모았다. 손이 황금색 차크라의 기운으로 물들자 현준이 팔을 휘두르며 주문을 읊었다.

"아유르베다."

아유르베다는 원래 차크라를 이용하는 인도의 전통 의학을 일컫는 말이지만 차크라의 기운을 증폭시켜서 폭발시키도록 유도하는 주문이기도 하다.

주문과 함께 현준의 손끝에서 둥근 구처럼 변한 마니프라의 황금색 차크라가 뭉쳐 있는 귀기를 향해 빛처럼 날아갔다.

화아아악!

키아아악!

강력한 황금빛 차크라가 날아와서 충격을 주자 출렁하고 공기가 흔들렸다.

단단하게 뭉쳐 있던 귀기의 덩어리가 깨지며 괴성과 함께 귀기가 사방으로 흩어졌다.

태수는 혹시 몰라 현준의 뒤에서 수인을 맺은 채 부동명왕의 형상을 눈앞에 띄워 놓고 있었다.

부동명왕의 형상을 띄워 놓는 것만으로도 명왕의 항마력을 발산시킬 수가 있는 데다 위험이 발생하면 가루라염이나 부동명왕의 부적술들을 곧바로 시전할 수가 있기 때문이다.

현준의 차크라로 인해 귀기가 흩어지자 그 안에 숨어 있던 투명한 구멍이 모습을 드러냈다.

두 사람의 입에서 탄식이 흘러나왔다.

말 그대로 허공의 한가운데에 뚫려 있는 투명한 구멍이었다. 태수의 주먹만 한 구멍에서 검은 귀기가 쏟아져 나오는 모습이 보였다.

현준이 떨리는 목소리로 말했다.

"저게 하람인가 봐요."

"그래. 예지 영상에서 본 구멍이 저거야, 저 구멍의 안쪽은 저승이고."

현준이 하람을 이리저리 살펴보며 신기한 듯 물었다.

"구멍 안을 들여다봐도 돼요?"

역시 중학교 3학년 아이답게 호기심이 많았다.

"그래, 너무 가까이 다가가진 말고 봐."

두어 발자국 떨어져서 구멍 안을 살피던 현준이 인상을 찡그리며 말했다.

"구멍 안은 온통 어둠이에요. 근데 어둠이 광채가 나는 것처럼 반짝거려요."

"저승의 귀기는 광채가 난다고 했어. 그리고 저승은 귀기로 가득한 시공간이니까 그렇게 보이는 거야."

태수가 주변을 둘러보며 중얼거렸다.

"근데 악귀는 어디에 있는지 보이질 않네. 그럼 일단은 하람을 먼저 파괴하자. 지금 이 순간에도 계속 저승의 귀기가 흘러 들어오고 있으니까."

태수가 주문을 읊었다.

"화멸부."

화르르르륵.

공기가 흔들리며 허공에 다섯 장의 화멸부가 한꺼번에 떠올랐다.

일반적으로 화멸부의 불길은 악귀들이 가지고 있는 귀기를 불태운다. 따라서 태수는 화멸부의 불길이면 당연히 하람에서 뿜어져 나오는 귀기도 불태우고 하람을 파괴할 수 있으리라 생각했다.

태수가 팔을 휘저어 하람을 향해 화멸부를 날렸다.

근데 다섯 장의 부적이 귀기가 뿜어져 나오는 하람을 향해 날아가다가 허공에서 더 이상 앞으로 나아가질 못했다.

부적과 하람의 거리는 약 1미터 남짓.

"어떻게 된 거지? 귀기가 너무 강해서 그런 건가?"

태수가 영력을 쏟아부었지만 소용이 없었다. 부적은 허공에서 여전히 꼼짝도 하질 않았다. 어쩔 수 없이 거리가 떨어진 상태에서 주문을 읊었다.

"제령!"

화아아아악!

주문과 함께 부적이 불길에 휩싸이는가 싶더니 이내 힘없이 사그라들었다.

"이상하네. 왜 화멸의 불길이 귀기에 옮겨붙지 못하는 거지?"

노인의 목소리가 들려왔다.

-음…… 귀기의 밀도가 너무 높아서 오히려 항마력이 힘을 쓰지 못하는 것 같네.

'그럼 어떻게 하죠? 현준이의 영력을 빌려서 한 번 더 해볼까요?'

-아니야, 나도 이제 기억이 나는군. 아무리 뛰어난 주술이 있어도 인간이 하람을 직접 파괴하는 건 무리일세. 괜히 영력만 소모하지 말고 악귀를 찾아서 퇴마를 먼저 하도록 하게.

'악귀를 먼저 퇴마하라고요?'

-모든 하람에는 귀기를 빨아들이는 악귀가 배치되어 있네. 말하자면 설을 대신해서 하람의 구멍이 닫히지 않도록 계속 귀기를 빨아들이고 지키는 문지기 역할을 하는 악귀가 있다는 소리야. 하람을 파괴하려면 그 문지기를 찾아내서 퇴마하는 게 먼저야. 그 악귀가 사라져야만 귀기가 이승으로 빨려 들어오는 압력이 줄어들 테니까.

노인의 얘기가 무슨 소린지 알 것 같았다.

설은 하람을 여는 역할을 하지만 하람의 구멍이 닫히지 않도록 유지하려면 문지기라고 불리는 악귀가 귀기를 계속 빨아들여야만 한다는 소리다.

따라서 그 악귀만 제령을 한다면 하람은 굳이 파괴하지 않아도 저절로 문이 닫히고 소멸될 것이다.

지금 하람을 지키고 있는 문지기는 보나마나 자신의 일가족을 모두 살해한 잔인한 살인마, 김형호일 것이다.

태수가 주문을 읊었다.

'귀기탐색.'

화르르르륵.

허공에 집 안의 구조가 완벽하게 표시되는 지도가 떴다.

평소라면 지도에 표시되는 붉은 점을 찾으면 되는데, 지금은 그게 불가능했다. 지도 전체가 붉은색으로 물들어 있었기 때문이다.

태수가 뒤늦게 자신이 잘못 생각했다는 걸 깨달았다.

지금 이 안은 전부 귀기로 가득한데 귀기탐색 주술을 사용하면 전체가 붉은색으로 보이는 건 당연한 결과가 아닌가.

"현준아, 너도 악귀의 존재가 느껴지지 않니?"

현준도 정신을 집중하다가 고개를 가로저었다.

그렇다면 방법은 한 가지다.

태수가 수인을 맺은 후 목소리에 항마력을 실어서 소리쳤다.

"1949년 5월 17일생, 김형호는 자신의 일가족을 모두 살해했다!"

태수가 소리치는 동안 현준은 주변에서 귀기의 움직임이

있는지 감지하기 위해 눈을 감고 집중력을 높였다.

비록 악귀들이 이승을 떠돌고 있어도, 자신의 이름이 호명되고 자신이 저지른 악행을 세상에 알리면 강한 심리적인 압박을 받게 된다.

그래서 자신의 이름과 생년월일을 알고 있는 퇴마사에게 악귀가 힘을 제대로 쓰지 못하는 것이다. 게다가 목소리에 항마력까지 실리면 주술 공격을 받는 것 같은 고통을 느끼게 된다.

태수가 항마력을 실어서 한 번 더 소리쳤다.

"1949년 5월 17일생 김형호는 자신의 일가족을 모두 살해했다!"

눈을 감고 정신을 집중하던 현준의 미간이 좁혀졌다.

스르륵.

집 안 어딘가에서 귀기가 꿈틀하고 움직였던 것이다.

태수가 한 번 더 소리쳤다.

"1949년 5월 17일생 김형호는 자신의 일가족을 모두 살해했다!"

현준이 눈을 번쩍 뜨며 소리쳤다.

"나타났어요!"

그리고 거의 동시에 태수의 입에서 침음이 흘러나왔다. 어느새인가 태수의 목에 악귀의 밧줄이 걸려 있었던 것이다.

"크윽."

태수가 밧줄을 잡으려고 했지만 영적인 밧줄이라서 손으로는 잡을 수가 없었다. 태수가 버둥거리는 모습을 보고 놀란 현준이 소리쳤다.

"태수 형!"

태수의 목을 옭아맨 밧줄은 거실 구석에 있는 건넌방으로 길게 이어져 있었다.

현준이 재빨리 차크라의 기운을 불러내기 위해 주문을 읊었다.

"마니프라!"

현준의 손이 황금색 차크라로 물들었다.

그사이에 밧줄이 태수를 뒤로 확 잡아당겼다. 태수의 몸이 허공으로 붕 떴다가 바닥으로 쿵 떨어졌다. 밧줄이 쓰러진 태수를 건넌방으로 질질 끌고 갔다.

태수는 주술을 쓰려고 해도 숨이 막혀 단전에서 기운을 끌어 올릴 수가 없었다.

현준이 팔을 휘저으며 주문을 읊었다.

"아유르베다!"

마니프라의 황금빛 차크라가 빛처럼 밧줄을 향해 쏟아졌다.

촤아악!

마니프라 차크라를 맞은 밧줄이 출렁거렸다.

하지만 밧줄은 끊어지는 대신 굵기가 가늘어지는 정도였

다.

현준이 다시 차크라를 모아서 주문과 함께 날렸다.

"아유르베다!"

촤아악!

다시 한번 밧줄이 출렁했고 이번에도 줄이 거의 끊어지기 직전까지 가늘어졌지만 끊어지진 않았다. 한 번만 더 차크라로 때리면 줄이 끊어질 것 같았지만, 이미 태수는 줄에 이끌려서 방 안으로 사라지고 말았다.

"태수 형!"

마니프라를 한 번만 더 날리면 밧줄을 끊을 수 있었는데 안타깝게도 기회가 주어지지 않았다. 밧줄은 태수의 목을 옭아맨 채로 건넌방으로 끌고 사라진 것이다.

"태수 형!"

현준이 마니프라의 차크라를 손에 움켜쥐고 다급하게 건넌방으로 달려갔다. 방 안으로 들어가려던 현준이 흠칫 그 자리에 멈춰 섰다.

"이게 어떻게 된 거야?"

건넌방의 맞은편 벽면은 벽이 아닌 길고 어두운 복도가 끝없이 이어졌고 복도의 양옆으로는 무수한 방들이 늘어서 있었던 것이다.

현준이 어두컴컴한 복도 안으로 들어서면서 소리쳤다.

"태수 형! 태수 형 어디 있어요?"

현준이 설아에게 텔레파시를 보냈다.

'누나, 태수 형이 사라졌어요.'

강 신부는 좀비처럼 사방에서 밀려드는 사령자들의 한가운데 서서 십자가를 높이 쳐들고 기도문을 외웠다. 성령의 힘이 실린 강 신부의 목소리와 기도력에 십자가에서는 파란 성령의 불길이 춤을 추듯 일렁거렸다.

"천상 군대의 영광스러운 지휘자이신 성 미카엘 대천사여, 권세와 폭력과의 싸움에서 저희를 보호하시며……."

강 신부의 주변을 일렁거리는 성령의 기운에 사령자들이 쉽게 다가서지 못하고 주변을 빙빙 돌면서 으르렁거렸다.

강 신부가 그들을 향해 십자가를 내리치며 기도로 일갈했다.

"성부와 성자와 성령의 이름으로 명하노니 우리를 괴롭히는 사탄은 썩 물러가라! 주 예수 그리스도께로 가라!"

강 신부가 기도력을 쏟아 낼 때마다 설아도 자신의 영능력을 함께 실어서 힘을 보탰다.

2층집으로 들어간 태수와 현준한테서 별다른 소식이 전해지지 않고 하람이 계속 흘러나오고 있었기에, 만약 설아가 없었다면 강 신부 혼자서는 이 많은 사령자들을 감당하지 못했을지도 몰랐다.

화아아아악.

십자가에 서려 있던 파란 성령의 불길이 달려드는 사령자들을 향해 파도처럼 밀려 나갔다.

화아아아악.

가까이 달려들던 사령자들의 귀기가 성령의 불길에 녹아내리며 통제를 잃은 육신이 서로 부딪치거나 바닥으로 줄줄이 쓰러졌다.

자신의 영능력을 강 신부에게 계속 전하던 설아가 텔레파시로 말을 전했다.

—신부님, 방금 연락이 왔는데 태수 오빠가 2층에서 사라졌대요.

'그게 정말이냐?'

—네, 현준이가 그렇게 전해 왔어요.

'태수가 2층에서 사라졌다는 건 악귀의 환술에 걸려들었다는 얘긴데, 일단 환술에 걸리면 아무리 태수라도 혼자 힘으로는 빠져나오기가 힘들 거야. 어떡하나, 이곳을 그냥 두고 올라가서 도울 수도 없고.'

강 신부가 텔레파시를 주고받느라 잠시 방심하는 사이 기도력이 약해졌고 어느새 사령자들이 바로 코앞까지 밀려와 있었다.

강 신부가 다급하게 성령의 불길이 일렁이는 십자가를 들이밀면서 뒷걸음질을 치는데, 갑자기 허공에 충격파가 가해졌고 공기가 흔들렸다.

파츠츠츠.

우우우웅.

이어서 강 신부에게 달려들던 사령자들이 하나둘 쓰러지기 시작했다. 강 신부가 돌아보자 오인하가 50여 명 정도의 EMP 수사대를 이끌고 달려오는 중이었다.

파츠츠츠.

50여 명의 EMP 수사대가 동시에 테이저건을 쏘자 50대의 테이저건에서 발사된 임펄스파가 사령자들을 향해 발사됐다.

테이저건은 위력이 가장 낮은 1단계로 쏘더라도 반경 3미터 이내의 악귀나 귀기의 전기에너지를 해체해서 무력화시키는 위력을 지녔다.

그런 테이저건 50대가 동시에 임펄스파를 쏘고 있으니 최대 사방 150미터 이내의 악귀나 귀기가 소멸되는 셈이다.

지금까지 테이저건이 위력을 발휘하지 못한 이유는 악귀들이 테이저건을 피해서 공간이동을 했기 때문인데 인간의 육신과 빙의된 기귀와 악귀는 그렇게 수비게 육신을 빠져나올 수가 없었다.

총을 맞고도 끄떡없던 사령자들이 테이저건을 맞고 줄줄이 쓰러졌다.

강 신부가 사령자들 사이를 빠져 나와 오인하에게 말했다.

"그럼 뒤를 부탁합니다. 난 집으로 들어가서 태수와 현준이를 도와야겠소."

"알겠습니다, 신부님."

강 신부는 설아에게도 지금처럼 계속 영적으로 연결될 수 있도록 영력을 유지하라고 당부한 후에 2층집으로 달려 올라갔다.

태수는 밧줄에 목이 옭아매인 채로 건넌방 안으로 질질 끌려 들어갔다. 목을 압박하며 조이고 들어오는 밧줄의 압박에 영력을 끌어 올릴 수가 없었다.

"으으으."

방 안으로 끌려 들어가면서 돌아보니 어둠에 잠긴 복도가 끝없이 이어지고 있었다. 그나마 다행이라면 개양성의 능이 작동해서 밧줄이 더 이상 압박을 하지 못하도록 태수를 보호하고 있다는 점이었다.

태수는 컴컴한 어둠 속으로 계속 끌려 들어가며 손에 설호검을 쥐기 위해 조금씩 영력을 끌어 올렸다.

어둠 안쪽에서 기이한 소리가 들려왔다.

"끄어어억."

태수가 돌아보니 어둠 안쪽 복도의 끝에 서 있는 흐릿한 형체가 시야에 들어왔다.

형체는 손에 커다란 도끼를 들고 서 있었고 목에서부터 밧줄이 늘어져 있었다. 그 밧줄이 길게 늘어나서 태수의 목을 옭아매고 있는 것이다.

직감적으로 그가 김형호라는 걸 알 수가 있었다.

김형호가 밧줄에 끌려오는 태수를 향해 도끼를 치켜들었다.

태수가 완전히 형태가 갖추어지지 않은 불완전한 설호검을 치켜들고 밧줄을 잘라 내기 위해 그었다. 현준의 차크라를 맞고 밧줄이 가늘어진 덕분에 툭 하고 쉽게 끊어졌다.

"끄어어억!"

김형호가 도끼를 치켜들고 내리치는 찰나 태수가 밧줄을 벗겨 내며 몸을 날렸다. 김형호의 도끼가 바닥을 내리찍었고 바닥에서 귀기가 튀면서 사방으로 흩어졌다.

비로소 몸이 자유로워진 태수가 주문을 읊었다.

"설호검!"

불완전하던 설호검이 비로소 제대로 된 형체를 갖추며 크기가 커졌다. 김형호가 도끼를 휘두르며 달려들었고 태수는 설호검으로 도끼를 막아 냈다.

쩌엉!

항마력으로 만들어진 설호검과 귀력으로 만들어진 도끼가 서로 부딪치며 주변의 공기가 흔들렸다. 외부라면 항마력의 설호검이 귀력의 도끼를 압도했겠지만 이곳은 김형호가 만든 환술의 공간이었다.

설호검과 도끼가 부딪칠 때마다 손목에 상당한 충격이 전해졌다.

태수가 도끼를 막으며 소리쳤다.

"1949년 5월 17일생 김형호! 너는 너의 일가족을 모두 살해했다!"

순간 도끼의 공격이 주춤하는가 싶더니 김형호가 재빨리 어둠 속으로 사라졌다. 김형호를 쫓아서 어둠 속으로 따라갔지만 주위가 너무 캄캄해서 아무것도 보이지 않았다.

순간 바로 곁에서 귀기가 솟구치는 느낌이 들면서 도끼가 허공을 가르는 소리가 들려왔다.

"헉."

태수가 반사적으로 몸을 뒤틀며 고개를 숙였다. 귓전으로 칼날 같은 귀기가 스쳐 지나갔다.

"야명주."

주문과 함께 야명주가 떠올랐고 어렴풋이 주위가 밝아졌다.

김형호가 다시 어둠 속으로 달아나는 모습이 보였다. 야명주를 띄우면서 김형호를 쫓았지만 환술로 인해 주변이 계속 변하는 바람에 김형호를 잡는 건 불가능했다.

'이런 식으로는 잡기가 힘들 것 같은데.'

노인의 목소리가 들려왔다.

─먼저 지금 들어와 있는 환술의 공간을 빠져나가는 게 급선무야. 설아에게 텔레파시를 보내 보게. 서로 연결이 된다면 길

을 찾을 수 있을지도 몰라.

태수가 설아에게 텔레파시를 보냈다.

'설아야…… 설아야…… 내 말 들려?'

하지만 설아의 대답이 들려오지 않았다.

노인이 침울하게 중얼거렸다.

─환술의 공간이라서 영적으로 연결이 되질 않는 모양이군.

그때 바닥에서 귀기가 느껴져서 보니 무수한 밧줄들이 뱀처럼 꾸물거리며 몰려들고 있었다.

"이런 사악한 것들이!"

태수가 수인을 맺고 주문을 읊었다.

"화멸부!"

허공에 화멸부가 떠올랐고 부적을 바닥에서 기어오는 밧줄을 향해 날렸다.

"불태워라!"

부적이 바닥으로 날아가며 화염을 일으켰다.

화아아아악!

화멸의 불길에 밧줄들이 녹아내렸다.

만약 김형호만 없다면 수인을 맺고 정신을 집중해서 신묘장구대다라니 같은 진언을 계속해서 읊으면 환술을 깨트릴 수가 있을 텐데, 조금만 방심해도 김형호의 공격이 들어오니 그럴 수가 없었다.

태수가 이러지도 저러지도 못한 채 고민에 빠져 있을 때 어둠 저 너머에서 은은한 기도 소리가 환청처럼 들려왔다.

성령의 힘을 실어서 구마경을 암송하는 강 신부의 기도 소리였다. 기도 소리가 신성한 파동을 일으키며 태수를 에워싸고 있던 귀기와 어둠을 출렁이게 만들었다.

"천상 군대의 영광스러운 지휘자이신 성 미카엘 대천사여, 권세와 폭력과의 싸움에서 저희를 보호하시며, 이 암흑세계의 지배자들과 하늘 아래 있는 악신들과의 싸움에서……."

강 신부의 기도 소리가 신성한 파동을 일으키며 환술의 공간을 계속해서 두드렸다.

견고하던 환술의 공간이 조금씩 흔들리기 시작했고 균열이 생기는 게 보였다. 벽에 금이 가고 어둠 사이로 흐릿하게 빛이 스며들었다.

어둠 안쪽에서 그르렁거리며 불안해하는 김형호의 괴성이 들려왔다.

태수는 그 순간을 놓치지 않고 부동명왕의 형상을 불러냈다. 화염에 휩싸인 부동명왕의 형상이 어둠 속에 떠올랐다. 허공에 떠 있는 부동명왕의 형상에 의식을 집중하며 주문을 읊었다.

"부동명왕의 이름으로 명하노니 마물은 모습을 드러내라!"

부동명왕의 한쪽 손에서 오오라가 뿜어져 나왔다. 환술의 공간이 안과 밖에서 동시에 공격을 받으며 귀기가 흩어지고 어둠이 물러가기 시작했다.

부동명왕의 오오라에 의해 어둠이 물러가면서 안쪽 구석에서 으르렁거리는 김형호가 모습을 드러냈다.

목에는 밧줄이 걸려 있었고 혀는 앞으로 밀려 나온 사악한 늙은이의 모습을 한 살인마, 김형호의 영체를 귀기가 휘감은 채 보호하고 있었다.

태수가 수인을 맺으며 주문을 읊었다.

"오대존명왕 퇴마진!"

항삼세명왕, 군다리명왕, 대위적명왕, 금강야차명왕의 힘을 빌린 네 장의 부적이 동서남북에서 나타나 김형호의 영체를 에워쌌다. 마지막으로 김형호의 가슴 앞부분에 부동명왕부가 스르륵 나타났다.

김형호의 영체가 퇴마진을 빠져나가려고 버둥거리며 안간힘을 썼다. 김영호를 둘러싸고 있던 귀기들이 부적들을 밀어내며 점점 압력을 높이기 시작했다.

태수도 그에 맞춰서 항마력을 점점 더 높여 나갔다. 항마력이 귀력을 압도하며 부적들이 다시 공간을 좁히며 김형호의 영체를 압박해 들어갔다.

공간이 점점 좁혀지며 항마의 기운이 압박해 들어오자 견디다 못한 김형호의 영체가 괴성을 내질렀다.

-끄아아아악!

태수가 퇴마를 위한 주문을 읊었다.

"1949년 5월 17일생 김형호! 너는 너의 일가족을 모두 살해했다!"

김형호가 영체를 파르르 떨며 꺽꺽거렸다.

"제령!"

태수의 일갈에 네 장의 부적들이 중앙의 부동명왕부를 향해 공간을 좁혀 갔다.

김형호의 영체가 점점 쪼그라들다가 마지막 순간 더 이상 버티지 못하고 영체가 갈기갈기 찢어지며 부적에 의해 흡수되어 사라졌다.

김형호의 영체가 사라지는 순간 태수를 가두고 있던 환술의 공간도 무너지며 시야가 밝아 왔다.

"태수야!"

"태수 형!"

소리가 들려오는 곳으로 고개를 돌리자 불과 몇 미터 앞에 서 있는 강 신부와 현준의 모습이 보였다.

환술은 다른 차원의 공간을 만들어서 상대를 가두는 무서운 술법이다.

그건 마치 꿈속에서 악몽을 꿀 때 바로 옆에 다른 사람이 있어도 상대의 꿈속에 들어가지도 도와주지도 못하는 것과 같은 원리다.

물리적인 거리로는 불과 몇 미터도 떨어지지 않은 공간에 함께 있었지만 세 사람은 환술로 인해 서로 다른 차원에 속해 있었던 셈이다.

"형, 괜찮아요?"

현준이 얼른 달려와서 걱정스럽게 물었다.

"그래, 난 괜찮아. 신부님, 방금 저승의 귀기를 빨아들이는 악귀를 제령했으니 이제는 하람을 파괴할 수 있을 것 같아요."

현준이 물었다.

"문지기 악귀가 없으면 그대로 놔둬도 하람이 소멸한다고 했잖아요."

"맞아, 그대로 두면 하람은 저절로 소멸할 거야. 하지만 하람이 소멸하는 동안에도 계속 귀기가 흘러나올 테니까 서둘러 파괴하는 게 낫겠지."

그제야 현준도 고개를 끄덕였다.

그러고 보니 이전에 비하면 하람에서 흘러나오는 귀기의 양이 확실히 줄었고 압력도 많이 약해져 있었다.

태수가 수인을 맺고 화멸부를 허공에 띄워서 하람을 향해 날렸다. 이전에는 가까이 다가가지 못하던 화멸부지만 지금은 하람의 바로 앞까지 날아가서 구멍을 봉인하듯이 막았다.

현준도 차크라의 기운을 불러내서 태수에게 전했다. 태수가 현준의 차크라 기운까지 합쳐서 영력을 최대치로 올린 후 일갈했다.

"불태워라!"

태수의 외침과 함께 화멸부의 불길이 타올랐다.

화아악.

하람의 입구가 불길에 휩싸이면서 저승에서 넘어온 귀기도 불길에 휩싸였다.

하람에서 흘러나오는 귀기가 불타면서 구멍이 점점 줄어들다가 마침내 완전히 사라지며 차원의 틈이 사라졌다.

태수와 퇴마사 일행은 숨 돌릴 틈도 없이 서둘러 2층집을 나섰다. 바깥 상황이 걱정됐던 것이다.

밖에서는 예상대로 EMP 수사대가 점점 더 뒤로 밀리고 있었다. 충전했던 테이저건 대부분의 전력을 소모했기 때문이었다.

오인하 팀장도 사령자들이 이렇게 많이 나타날 줄은 전혀 예상치 못했는지 얼굴이 허옇게 질린 표정이었다.

태수와 퇴마사들이 곧바로 앞으로 나서서 사령자들을 퇴마해서 귀기를 소멸시켜 나갔다.

하람이 파괴되어 귀기의 공급이 중단된 덕분에 더 이상의 사령자는 발생을 하지 않아서 사령자의 숫자가 빠르게 줄어들었다.

마침내 대부분의 사령자들이 시체처럼 바닥에 쓰러졌고 사태가 어느 정도 진정 국면으로 들어서고 있었다.

거리에는 영혼이 없는 수백 명의 육신들이 마치 식물인간처럼 바닥을 뒹굴었고 경찰과 구급대원을 비롯한 의료진이 현장에서 긴급 구호 활동을 펼쳤다.

통제선 밖에서는 어느새 무수한 취재진과 방송국 카메라가 몰려들어 취재 경쟁을 펼치고 있었는데, 외신 기자와 방송국들도 상당수 와서 취재하는 중이었다.

뒤늦게 강일훈 치안감은 물론이고 경찰총장과 장관과 국무총리까지 현장에 도착해서 사태 파악을 하느라 분주한 모습이었다. 지금까지 전 세계 어디에서도 이런 대규모의 영적 사건이 발생한 적은 없었기 때문이었다.

오인하가 태수와 퇴마사들에게 달려와서 곤혹스러운 표정으로 부탁을 했다.

"지금 현장에 국무총리님께서 오셨는데 잠깐 가서 현재의 상황에 대해 설명을 좀 해 주실 수가 있을까요?"

태수가 피곤한 표정으로 단번에 요청을 거절했다.

"지금 그럴 시간 없고요, 설명을 원하면 팀장님이 아는 대로 설명을 해 주세요. 그 정도의 얘기도 저분들이 알아들을지 모르겠지만. 그리고 설이라는 피리와 설을 부는 사람을 찾지 못하면 오늘 밤이 지나기 전에 다른 지역에서 지금과 같은 사태가 또다시 발생할 수가 있어요."

이런 사태가 또다시 발생할 수 있다는 태수의 말에 오인하가 충격을 받은 표정으로 반문했다.

"그게 정말인가요?"

"네, 이건 이제 시작일 뿐이에요. 이걸 막지 못하면 저승과 이승의 경계가 무너지게 돼요. 높으신 분들한테 팀장님이 그렇게 얘기를 전해 주시고, 팀장님은 지금부터 저희하고 계속 긴밀하게 연락을 하셔야 해요. 그래서 저희가 요구하는 게 있으면 저기 높은 분들을 설득해서 저희 의견대로 따라 주셔야 하고요."

그렇잖아도 처참한 사건 현장은 폭우까지 쏟아지면서 더욱 끔찍한 현장으로 변했다.

귀기들에게 육신을 빼앗겨 사령자가 된 사람만 수백 명에 이르렀고, 그들 대부분은 목숨을 잃거나 생존자들은 의식을 잃고 도로에 쓰러져 있었다.

희생자들은 대부분 2층집 인근에 있던 가운동의 주민들이었다. 워낙 희생자가 많은 데 비해서 의료진의 숫자는 턱없이 부족해서 생존자를 후송하는 절차도 만만치가 않았다.

폴리스 라인 바깥은 사건 현장을 취재하기 위해 경쟁을 하는 취재진과 가족이 집으로 돌아오지 않은 가운동의 주민들이 한꺼번에 몰려들어서 그야말로 아수라장으로 변했다.

가운동의 주민들은 자신의 가족이 희생자들 사이에 있는지 확인을 해 달라며 아우성을 쳤고, 지금 벌어지고 있는 일에 대한 진상을 알려 달라는 취재진의 요청이 빗발쳤다.

오인하가 태수한테 와서 현재의 상황에 대한 간략한 설명을 듣고 취재진 앞으로 나서서 브리핑을 했다.

오인하는 사령자에 대한 얘기를 주로 했다.

사령자는 좀비와 비슷한 습성을 가졌으며 이곳에서 번져 나간 귀기 때문에 오늘 밤엔 또 다른 영적 사건이 발생할 수도 있고 다른 지역에서도 사령자가 나타날 수 있다고 말했다.

만약 주위에 사령자를 닮은 사람을 발견하면 즉시 경찰에 신고를 바란다며 브리핑을 마쳤다.

숙희도 구경꾼들 사이에 섞여서 내내 현장을 지켜봤다.

오랜 시간 동안 2층에 들어가 있던 태수와 퇴마사들이 마침내 밖으로 나와서 마지막 남은 사령자들을 정리할 때는 저도 모르게 까치발을 한 채 사람들 사이로 몸을 들이밀었다.

어떻게든 태수의 실물을 보기 위해서였다.

몇몇 사람들은 태수와 퇴마사들이 사령자들을 쓰러트릴 때마다 환호성을 지르기도 했다.

하지만 거리가 너무 멀어서 태수의 실물을 제대로 볼 수가 없다는 사실이 말할 수 없이 화가 나고 속상했다.

이번 일을 벌일 때만 해도 세상 사람들은 물론이고 태수도 공포에 떨면서 자신의 도움을 바랄 줄 알았던 것이다.

그렇게 되면 상황에 따라 자신이 나서는 상상이라도 하면 심장이 터질 것처럼 쿵쿵거렸다. 근데 현실에서는 사건이 너무 싱겁게 끝나 버렸다.

마음 같아서는 당장 다른 지역으로 옮겨 가서 다시 설을 불고 싶었지만 혼자 힘으로는 쉽지가 않았다. 다시 하람을 열기 위해서는 이번 김형호처럼, 아니 그보다 더 사악한 기운을 지닌 영혼을 찾아야만 한다.

그래야만 이번보다 더 큰 구멍을 만들 수가 있고 더 많은 저승의 귀기를 이승으로 불러들일 수가 있다.

그런 생각을 하는 숙희의 머릿속에서 누군가의 서늘한 목소리가 속삭이듯 들려왔다.

─아니야, 그게 아니야. 귀기만 불러들이면 태수와 퇴마사들이 이번처럼 또 막아 낼 거야.

설을 처음 발견했을 때도 지금의 목소리가 들려왔지만 당시는 목소리가 너무 작고 아득한 느낌이어서 그저 환청이라고 생각했다. 근데 지금 들려오는 목소리는 분명하고 또렷했다.

가만히 속삭이는 것 같은 여자의 목소리.

그 목소리가 들려올 때마다 숙희의 목에 걸려 있는 설에서 요괴의 기운이 흘러나와 숙희를 휘감았다.

'너는 누구야?'

숙희의 물음에 여자가 대답했다.

─난 설희야. 네가 목에 걸고 있는 설의 주인이지.

'설희?'

─그래. 난 저승에 사는 요괴였는데 오래전에 어떤 퇴마사한테 잡혀서 그 설 속에 봉인이 됐어.

숙희는 새삼스러운 기분으로 자신의 목에 걸린 설을 내려다보며 만지작거렸다.

설희가 말했다.

─설의 주인으로 너를 선택한 건 바로 나야.

자신을 설의 주인으로 선택했다는 설희의 말에 숙희는 설희에게 왠지 모를 친밀감을 느꼈다.

그런 숙희의 마음을 읽은 것처럼 설희가 말했다.

─난 네 편이야. 네가 장태수를 좋아한다는 것도 알고 있어.

'맞아, 난 태수 씨를 좋아해. 태수 씨를 바로 앞에서 한 번만 볼 수 있다면 소원이 없을 것 같아.'

─무슨 소원이 그렇게 시시해? 넌 아직 네가 얼마나 특별한지 모르고 있어. 넌 설의 주인이야. 설은 이 세상을 저승으로 바꿀 수도 있는 무서운 피리라고.

숙희가 고개를 흔들었다.

'모르겠어. 난 그냥 자신이 없어.'

─과거엔 그랬지. 하지만 지금은 아니야. 주위를 둘러봐. 널 바라보는 사람들의 시선을 느껴 보라고.

설희와의 대화에 빠져서 바닥만 보고 걷던 숙희가 고개를 들고 주위를 살폈다. 거리에 있는 많은 사람들의 시선이 자신을 향하고 있었다.

특히 대부분의 남자들은 욕망과 호감을 담은 눈길로 자신을 바라보고 있었다. 숙희와 눈이 마주친 남자들은 하나같이 미소를 보였다.

숙희의 몸을 설희의 요기가 감싸고 있었기 때문이었다. 예전 설희는 세상 어떤 남자라도 유혹할 수 있는 요기와 미모를 가진 요괴였으니까.

'혹시…… 내가 태수 씨를 만날 수가 있을까?'

─그럼.

'어떻게?'

─단순히 귀기만 불러들이지 말고 저승의 요괴까지 같이 불러들이는 거야.

'저승의 요괴?'

─그래. 저승에는 영귀(影鬼)라는 요괴가 있어.

'영귀?'

─그래, 영귀. 그림자 요괴라고도 부르지. 네가 조금만 하람의 구멍을 넓게 열어 주면 그 영귀가 이승으로 넘어오게 돼. 저승의 영귀들을 이승으로 불러들이면 단순히 귀기를 빨아들이는 것보다 훨씬 무서운 일이 벌어질 거야. 아마 장태수도 쩔쩔매게 될걸.

숙희는 태수를 괴롭히고 싶은 마음은 없었다. 단지 태수가 자신에게 도움을 청하고 매달리게 만들고 싶을 뿐이었다.

하지만 설희의 속셈은 달랐다. 세상에 귀기가 넘쳐 나면 자신이 봉인에서 풀려날 수가 있기에 어떻게든 숙희가 하람의 문을 열도록 만들어야만 했다.

'영귀를 불러들이려면 내가 어떻게 해야 해?'

—이번보다 하람의 구멍을 더 크게 열어야만 해. 그렇게 하려면 아주…… 아주 사악한 영혼을 찾아야만 해. 김형호보다 몇 배는 더 사악한 영혼 말이야.

김형호보다 사악한 영혼을 도대체 어디 가서 찾는단 말인가.

숙희의 마음을 읽은 설희가 속삭였다.

—김형호의 영혼을 찾은 것처럼 설이 이번에도 그런 영혼을 찾은 것 같은데?

숙희가 목에 걸린 설을 바라보자 피리가 저절로 허공으로 떠올라서 한 방향을 가리키고 있었다.

태수와 퇴마사들에겐 사건을 해결할 때보다 현장을 정리하는 게 더 힘들었다.

귀기가 소멸되자 귀기에게 육신을 빼앗기고 흩어졌던 영혼들이 하나둘 사건 현장으로 밀려들었다. 영혼들은 희미하게 남아 있는 혼줄의 흔적을 따라서 자신의 육신을 찾아갔다.

자신의 육신이 이미 사망했다는 걸 알게 된 무수한 영혼들이 통곡하며 울부짖었다.

비가 내리는 데다 한꺼번에 너무 많은 영혼들이 몰려들어 사방에서 울면서 그들의 귀곡성이 일반인에게도 오싹한 느낌을 전할 정도였다.

하늘에서 흰 빛이 쏟아져 내려와 영혼들을 감쌌다. 많은 영혼들이 그 빛을 따라 하늘로 올라가며 모습이 사라졌다.

하지만 유언조차 남기지 못하고 불귀의 객이 된 수많은 영혼들은 한이 깊어서 빛을 따라 올라가지 못하고 태수를 찾아왔다. 다들 갑작스러운 죽음으로 이승의 일을 하나도 정리하지 못해 한을 남아서 승천하지 못한 영혼들이었다.

그런 영혼들은 약속이라도 한 것처럼 모두 태수에게 몰려들었다. 수많은 영혼들이 태수를 에워쌌고 저마다 안타까운 사연을 하소연했다.

하지만 그 많은 영혼들의 하소연을 혼자서 듣는 건 불가능했다.

태수가 강 신부와 현준, 설아에게 가서 상황을 설명하고 상의를 했다. 태수 자신을 제외하면 그 세 사람만 영혼을 보고 그들의 얘기를 들을 수 있으니까.

"여기에 남아 있는 영혼들은 다들 한이 남아서 승천을 하지 못한 영혼들이에요. 물론 한꺼번에 천도 의식을 통해서 천도할 수도 있지만 스스로 한을 풀고 편안하게 승천할 수 있도록 해 줬으면 좋겠어요."

강 신부가 고개를 끄덕이며 말했다.

"영들에게도 이승에 남아 있는 유족들에게도 마무리를 어떻게 해 주느냐가 중요하지. 그렇게 하려면 여기 길에서 이럴 게 아니라 어디 안으로 들어가서 저들의 사연을 제대로 들어 줘야 할 텐데."

태수가 곁에 있던 경찰에게 오인하를 찾아 달라고 부탁했다. 경찰이 얼른 무전을 쳤고 잠시 후 오인하가 헐레벌떡 달려왔다.

"네, 태수 씨."

오인하 역시 현장을 지휘하고 높은 분들을 모시느라 정신이 없었지만 태수가 부른다는 소리에 한달음에 달려온 것이다.

태수는 퇴마사들과 상의한 내용을 오인하에게 전하며 영혼들과 얘기를 나눌 수 있는 장소를 부탁했다.

오인하는 즉시 주변에 적당한 카페를 물색해서 제공했고 경찰 인력 중에서 몇 명을 선발해 퇴마사들을 옆에서 돕도록 조치를 내렸다.

그렇지 않아도 영혼과 대화를 나눌 때 내용을 기록할 사람이 있었으면 좋겠다는 생각을 했는데, 그 부분까지 함께 해결이 된 셈이었다.

카페 안 네 개의 테이블에 태수와 퇴마사들이 각각 앉았고, 40~50명에 가까운 영혼들이 카페 밖에 줄을 서서 기다리는 진풍경이 벌어졌다.

퇴마사들이 영혼들의 이야기를 전하면 필기를 하는 요원이 영혼의 이름과 주소, 연락처 등을 받아 적은 후 추후 부탁한 내용을 유족에게 전하기로 한 것이다.

퇴마사들이 영혼들의 얘기를 듣기 시작하면서 카페 안은 이내 통곡과 울음소리로 가득했다.

설아와 현준도 사연을 적으면서 연신 눈물을 훔쳤고 태수도 몇 번이나 눈시울이 뜨거워져서 이를 악물어야만 했다.

현준은 비록 어리긴 하지만 영혼의 말을 그대로 받아 적어서 나중에 유족에게 전달만 하는 일이라서 상담하는 데 문제가 되지 않을 것 같았다.

현준을 찾아온 40대 부부의 영혼은 현준을 보자마자 몇 학년이냐고 대뜸 물었다.

"지금 중학교 3학년입니다."

현준이 대답이 끝나자마자 부부 중 여자가 대성통곡을 하며 중얼거렸다.

−우리 민수도 중학교 3학년인데…… 그 어린 것이 이제는 부모도 없이 고아로 살아야 하다니…… 아이고, 민수야…… 으흐흐흑.

남자의 영혼도 옆에서 아들의 이름을 부르며 눈물을 멈추지 못했다.

그런 두 영혼을 바라보며 현준도 눈물을 훔치며 말했다.

"사실은 저도 고아예요. 지금 복지원에서 살고 있고요."

그 소리에 두 부부가 놀라서 현준을 바라봤다.

"물론 부모님이 없이 혼자서 살아가는 건 무척 힘들지만 아드님은 두 분이 생각하시는 것보다 훨씬 꿋꿋하게 잘 살아

갈 거예요. 제가 두 분이 부탁하신 내용은 꼭 아드님한테 전해 주도록 하겠습니다."

두 부부는 현준이 얼굴도 훤하게 잘생긴 데다 태도도 너무나 의젓해서 부모가 없을 것이라고는 전혀 예상치 못했던 것이다. 다른 사람도 아닌 아들과 같은 나이의 현준이 그런 말을 해 주니 부부에겐 그 어떤 말보다 큰 위안이 됐다.

현준의 위안으로 한결 마음이 가벼워진 부부의 머리 위로 흰 빛이 쏟아져 내렸다. 두 부부가 현준에게 고마움을 전하자 그 자리에서 영체가 허공으로 떠올랐다.

테이블 이곳저곳에서 한이 무거워 하늘로 오르지 못했던 영혼들이 하나둘 승천을 했다.

태수의 테이블에 앉은 영혼은 40대 여자였는데 말은 하지 못하고 계속해서 눈물만 흘렸다. 영체에서 느껴지는 느낌으로 봤을 때 여자에겐 유독 한이 많이 서려 있는 것 같았다.

뒤쪽으로 여러 영혼들이 기다리고 있었기에 태수가 말을 꺼냈다.

"무슨 일인지 말씀을 하시면 최대한 도와드리겠습니다."

여자가 힘겹게 입을 열었다.

―제 아들은 지적장애 2급이에요. 혼자서는 스스로 살아갈 수가 없는 아이인데 제가 없으면 돌봐줄 사람이 아무도 없어요.

여자의 얘기를 듣는데 마음이 많이 아팠다. 여자의 영체에서 왜 그토록 많은 한이 느껴졌는지 알 것 같았다. 평생 장애인 아들을 키우면서 얼마나 마음고생을 심하게 했을지.

여자가 흐느끼며 말을 이어 갔다.

ㅡ제 평생 소원이 우리 현중이보다 하루라도 오래 사는 것이었는데…….

자신이 마지막까지 아들을 돌보기 위해 하루라도 더 사는게 소원이라는 여자는 끝내 말끝을 흐리고 울음을 터뜨렸다.

태수는 얼마 전 설아가 희망복지원에 들어올 때 강 신부와 나눈 얘기가 있다.

강 신부는 예전부터 희망복지원 옆에 장애인 복지시설을 세우는 꿈을 가지고 있었지만 예산과 후원자를 구하는 일 때문에 엄두를 내지 못한다고 했다.

태수는 자신이 힘을 보태겠다고 약속했다.

〈모텔 파라다이스〉로 벌어들인 수익도 꽤 되고 그동안 이런저런 연예 활동으로 젊은 나이에 적지 않은 돈을 벌었다. 뿐만 아니라 이젠 영화 제작자로 더 많은 영화를 제작할 수가 있다.

당장 〈안개의 집〉만 해도 이미 손익분기점을 넘어서 중박이상의 수익이 예상되는 상황이다.

태수가 영화를 만들고 연예 활동을 하는 이유가 돈이 목적은 아니지만, 많은 돈을 벌어서 좋은 일에 쓰고 싶은 마음이 있었다.

그렇다고 아직 실현되지 않은 일을 여자에게 약속할 수는 없었다.

"아드님은 꼭 좋은 복지시설에 들어갈 수 있도록 제가 최선을 다하겠습니다. 그리고 제가 평생 아드님을 수시로 살펴보도록 하겠습니다."

빈말이 아니었다. 정부에 그 정도는 요구할 권리가 있다고 생각했다. 더불어 장애인 복지시설이 만들어지면 현중이를 그곳으로 입소시키겠다는 약속을 태수 자신에게 한 것이다.

태수의 말에 여자의 영체에서 한의 기운이 흩어지며 풀어졌다. 표정이 한층 밝아진 여자가 수없이 고맙다는 인사와 함께 영체가 흰 빛에 둘러싸인 채 하늘로 올라갔다.

태수와 퇴마사들은 그런 식으로 영혼들의 한을 들어 주고 그렇게 해도 승천하지 못한 영들은 천도 의식을 통해 주술로 업장을 소멸시킨 후 하늘로 올려 보냈다.

대충 뒷정리가 끝나 갈 즈음 설아가 몸을 떨며 비명을 질렀다.

강 신부가 놀란 얼굴로 달려와서 설아를 살피며 물었다.

"설아야, 왜 그래? 무슨 일이야?"

설아가 예지 영상을 보는 듯 흰자위를 드러낸 채 몸을 떨며 중얼거렸다.

"다시…… 하람이 열리려고 해요."

숙희는 설이 이끄는 방향으로 걸음을 옮겨 갔다. 설이 숙희를 데려간 곳은 지하철역이었다.

숙희는 길고 긴 에스컬레이터를 타고 지하 승강장으로 내려갔다.

늦은 시간임에도 승강장에는 사람이 제법 많았다.

설은 숙희를 승강장 맨 뒤쪽으로 이끌었다.

마침 지하철이 도착했고 늦은 시간 귀가를 서두르는 승객들이 우르르 몰려가서 막 도착한 열차에 우르르 올라탔다.

열차가 한 무리의 승객들을 태우고 출발하자 횅한 승강장에는 숙희와 긴 의자에 돌아누워 있는 남자 한 명만 남았다. 허름한 옷차림의 남자는 딱 봐도 노숙자로 보였고 몸을 돌린 채 잠이 든 것 같았다.

허공에 매달려 있는 모니터에 다음 열차가 들어오기까지는 19분이 남았다는 안내가 떠 있었다. 밤늦은 시간이라서 열차의 배차 간격이 긴 탓이었다.

설은 숙희를 승강장 맨 뒤쪽으로 이끌었고 다시 길고 어두운 터널 안쪽을 가리켰다.

설이 가리키는 곳으로 가려면 승강장에서 철로로 내려서야만 하는데 스크린 도어가 가로막고 있어서 갈 수가 없었다.

그때 스크린 도어 주변으로 설에서 흘러나온 푸르스름한

요기가 어른거리는 게 보였다. 그리고 거짓말처럼 스크린 도어가 열렸다.

스르륵.

숙희가 주위를 둘러봤지만 보는 사람은 아무도 없었다. 스크린 도어는 마치 숙희에게 어서 들어오라는 듯 문을 열고 기다리고 있었다.

하지만 여전히 숙희는 선뜻 철로로 뛰어내릴 수가 없었다. 아무리 열차가 들어오기까지 시간이 남았다고 해도 승강장에서 철로로 내려서는 일은 두려운 일이 아닐 수가 없었다.

그때 설희의 목소리가 들려왔다.

―괜찮아. 넌 괜찮을 거야. 내가 지켜 줄 테니까.

설에서 흘러나온 요기가 숙희를 둘러싸자 보이지 않는 힘이라도 주어진 것처럼 갑자기 용기가 생겨났다.

마침내 마음을 먹은 숙희가 스크린 도어를 지나 승강장에서 철로로 뛰어내렸다.

차박.

작은 자갈들이 발에 밟히는 느낌이 낯설었고 소음이 제법 크게 들렸다.

철로의 터널 안쪽에는 벽면에 작은 조명등이 붙어 있었다. 설은 그 흐릿한 어둠 속으로 들어가라고 앞쪽을 가리켰다.

숙희는 크게 숨을 들이켠 후 철로를 따라서 천천히 터널 안으로 걸어 들어갔다.

바스락…… 바스락…… 바스락…….

발아래 자갈 밟는 소리가 터널 안에서 공명했고 십여 미터쯤 터널 안으로 들어가자 앞을 가리키던 설이 숙희의 가슴에 살포시 내려앉았다.

어디선가 서늘한 기운이 숙희를 휘감았고 설희의 목소리가 들려왔다.

─여기야. 설을 불어 봐.

숙희가 설을 입에 대고 천천히 불었다.

휘리리리릭~.

음산한 피리 소리가 터널 안을 한 바퀴 휘돌았고, 숙희의 등 뒤에서 서늘한 한기와 함께 검붉은 피로 물든 누군가의 다리가 천천히 아래로 내려오고 있었다.

서늘한 예감에 숙희가 뒤로 돌아서자 눈앞에 참혹하게 얼굴과 온몸이 망가진 여자의 원혼이 허공에 둥둥 떠 있었다.

여자의 영체 주변으로 엄청난 귀기가 꿈틀거리는 게 시야에 들어왔다.

"으으으으."

설아가 예지 영상을 보며 고통스럽게 몸을 뒤틀다가 눈을 번쩍 떴다.

태수와 강 신부, 현준이 다들 놀란 눈으로 설아를 지켜봤다.

설아가 아직도 소름이 끼치는 것처럼 목을 움츠리며 말했다.

"지하철이에요."

태수가 물었다.

"지하철이라니?"

설아가 미간을 좁히며 말했다.

"지하철 철로 터널 안에 잠들어 있던 원혼을, 그 여자가 설을 불어서 깨웠어요."

설아는 숙희가 지하철에 들어가는 순간부터 철로를 내려가 원혼을 만나는 모든 과정을 숙희가 되어 함께 체험했다.

안타깝게도 이번에도 숙희의 얼굴은 귀기에 가려져서 잘 보이지 않았다.

마지막 순간 등 뒤에서 나타난 원혼과 설아의 눈이 마주쳤고, 그 순간 마치 원혼이 눈앞에 있는 것처럼 숨을 쉬기 어려울 정도의 공포가 전신을 얼어붙게 했다.

설아는 자신이 본 예지 영상을 세 사람에게 들려주고는 말했다.

"그 원혼은 혼자가 아니었어요. 지하철에서 투신해서 죽은 무수한 원혼들의 귀기가 하나로 뭉쳐진 귀기의 덩어리였어요."

태수가 물었다.

"그 지하철이 어디인지는 모르겠어?"

설아가 고개를 저었다.

현준이 휴대폰을 꺼내서 뭔가를 검색하기 시작했다.

"현준아, 뭐 해?"

태수의 물음에 현준이 자신이 검색한 내용을 보여 줬다. 현준이 검색한 내용은 지하철 자살 사고가 가장 많은 지하철 역이라는 검색어였다. 뉴스 기사와 네티즌들의 의견을 종합해서 나온 결론은 기수 역과 금환 역 두 군데였다.

기수 역과 금환 역 모두 원혼이 나타난다는 괴담 때문에 웹툰이나 드라마에도 가끔 등장하던 지하철역들이다.

현준이 두 역의 이미지를 검색해서 설아에게 보여 줬다.

이미지를 본 설아가 여전히 혼란스러운 표정으로 말했다.

"잘 모르겠어요. 근데 지하로 내려가는 에스컬레이터가 정말로 길었어요."

현준이 인터넷을 검색한 후에 난감하게 말했다.

"기수 역과 금환 역 둘 다 지하로 내려가는 에스컬레이터가 엄청 길대요."

❧

늦은 시간임에도 학교 앞 호프집은 학생들로 붐볐다. 바깥에선 폭우가 쏟아지고 전에 없이 많은 사건 사고가 일어났지만 술집 안은 평소와 다름없는 분위기였다.

혜영도 그들 중 한 명이었다. 조촐한 종강 파티를 겸한 술자리여서 그녀는 모처럼 홀가분한 기분으로 사람들과 어울릴 수 있었다.

집에서 전화가 온 건 한창 분위기가 무르익어 사방에서 웃음소리가 드높아질 즈음이었다. 전화 속에서 엄마가 뭐라고 고함을 치는데 호프집이 너무 시끄러워 아무 소리도 들리지 않았다.

그녀는 비교적 조용한 화장실로 자리를 옮겨 다시 전화를 받았다.

"엄마, 뭐라고?"

그제야 엄마의 불안에 찬 음성이 또렷하게 들려왔다.

−너 뉴스 안 보니? 밖에 난리가 났어. 얼른 집으로 들어와. 지금 당장!

"난리가 나다니, 그게 무슨 소리야?"

−텔레비전에서 외출 중인 사람들은 어서 집으로 귀가하라는 속보가 방송으로 계속 나오고 있다니까!

"무슨 일인지는 모르겠지만 엄마, 오늘 종강해서 여기 사람들이 굉장히 많은데……."

−잔말 말고 오늘은 무조건 엄마 말 들어. 텔레비전 보고 있는데 너희 아빠도 그렇고 식구들이 밖에 나가 있으니까 내가 마음이 불안해 죽겠어. 지금 아빠한테도 연락해야 되니까 알았지? 얼른 들어와, 얼른!

엄마는 더 이상 말할 틈도 주지 않고 전화를 끊어 버렸다.

혜영은 황당한 기분으로 핸드폰을 쳐다봤다. 평소와 달리 엄마는 완전히 막무가내였다.

그제야 혜영은 고개를 갸웃하며 휴대폰으로 뉴스를 검색했다.

포털 메인 화면 맨 위쪽에 가운동에서 충격적인 영적 사건이 일어났다는 기사가 떠 있었다.

사람들은 처음 영적 사건이 발생했을 때 다들 말세가 왔다며 난리를 쳤지만, 최근엔 방송이나 SNS를 통해 영적인 사건을 자주 접하다 보니 웬만한 사건에는 별로 신경을 쓰지 않는 분위기였다.

영적인 사건이 일어날 때마다 EMP 수사대와 영혼남 장태수가 해결을 해 주기도 했고, 사건이 벌어지는 곳도 흉가 같은 도심과 떨어진 장소가 대부분이어서 실생활에선 크게 위험을 느끼지 못했던 것이다.

그런데 오늘은 달랐다.

가운동이라면 서울 도심인 데다가 사망자가 200명을 넘는다니. 왠지 앞으로는 그것보다 더 무서운 일이 벌어질 것 같은 불길한 예감이 들기 시작한 것이다.

게다가 뉴스에선 그렇게 많은 사람들을 희생시킨 귀기가 가운동을 빠져나가서 영적인 사고를 일으킬 수도 있으니 가능한 한 일찍 집으로 귀가하라는 경고까지 하고 있었다.

호프집에도 뒤늦게 속보에 대한 소식이 전해졌는지 누군

가 호프집 주인에게 소리쳤다.

"뉴스 좀 틀어 줘요!"

대형 스크린에서 쿵쿵거리던 뮤직비디오 화면이 꺼졌다. 그 시끄럽던 호프집 안이 순식간에 찬물을 끼얹은 듯 조용해졌다.

잠시 후 스크린에 뉴스 화면이 나타났다. 화면은 드론이 촬영한 장면으로 폭우 속에 서 있는 한 2층집을 비추고 있었다.

드론이 옆으로 앵글을 돌리는 순간 호프집 안은 충격에 휩싸였다.

모자이크가 되어 있었지만 도로 바닥에 가지런히 놓여 있는 수많은 뭔가가 시신이라는 걸 모를 수가 없었다. 친절하게도 하단으로 사망자가 200명을 넘어섰다는 자막이 나왔다.

전쟁으로 폭격을 맞았거나 엄청난 테러가 발생하지 않은 이상 저렇게 많은 사상자가 나올 수가 있을까, 믿어지지 않을 지경이었다.

혜영은 불안해서 더 이상 화면을 보고 있을 수가 없었다. 평소에도 귀신이라면 기겁을 하는 그녀였기에 엄마 말대로 어서 집으로 돌아가는 게 좋겠다는 생각이 들었다.

혜영은 서둘러 밖으로 나갔다. 안에 있을 땐 몰랐는데 학교 정문 쪽은 극심한 교통 정체와 함께 엄청난 폭우가 쏟아지고 있었다. 그렇잖아도 불안한 마음이 더욱 바빠졌다.

뉴스를 봤는지 한꺼번에 거리로 쏟아져 나온 학생들이 학교 앞 도로에서 차량과 서로 뒤엉키며 혼잡이 극심했다. 여기저기서 경적 소리가 울렸고 고성과 욕설이 오갔다.

혜영은 혼잡한 사람들 사이를 가까스로 빠져나와 서둘러 지하철로 발길을 옮겼다. 학교 근처를 벗어나자 거리는 이내 평온을 되찾은 모습이었다.

몇몇 허둥대는 사람들을 제외하면 거리는 평상시와 크게 다르지 않았다. 음식점과 커피숍을 비롯한 상점들도 불을 환하게 밝힌 채 정상 영업을 하는 중이었고, 장난을 치며 지나가는 연인들도 눈에 띄었다.

그럼에도 불구하고 평소 작은 일에도 예민해지는 혜영의 신경은 자꾸만 불길한 상상을 토해 냈고 그로 인해 속이 메스꺼웠다.

혜영은 일부러 사람들이 많은 거리로만 움직이며 지하철역 안으로 달려 들어갔다. 우산을 썼는데도 워낙 많은 비가 쏟아져 바지와 신발은 이미 흠뻑 젖은 후였다. 걸을 때마다 신발은 질척거렸고 바지에는 모래주머니라도 달린 것처럼 걸음이 무거웠다.

에스컬레이터를 타고 지하철 역사로 내려가는데 휴대폰이 울렸다.

엄마였다.

"응, 지금 가고 있어. 알았다니까! 여기 나 말고 다른 사람들도 많아. 뉴스에서 나오는 것처럼 그렇게 위험하거나 그런 거 아니라니까. 아무튼 알았어, 지하철 타고 금방 들어 갈게."

혜영은 전화를 끊고 휴대폰을 양손으로 꼭 움켜잡았다.

엄마한테 말은 그렇게 했지만 마음은 전혀 그렇지가 않았 던 것이다.

매일 타고 다니는 지하철인데 오늘따라 지하라는 공간이 주는 폐쇄적인 공포가 자꾸만 불안감을 자극했다. 주위에 사 람들이 많다는 것도 크게 도움이 되지는 못했다.

그나마 에스컬레이터를 타고 내려가는 승객 중 사제복을 입은 신부의 모습을 발견한 것이 유일한 위안이라면 위안이 었다. 그녀는 천주교 신자였던 것이다.

지하철 역사 중에서도 깊기로 소문난 이곳 기수 역의 가파 른 에스컬레이터는 거대한 괴물의 몸통처럼 혜영을 비롯한 승객들을 태워 지하로 꾸역꾸역 실어 나르는 중이었다.

만약 저 아래서 무슨 일이 생긴다면 무사히 바깥세상으로 빠져나갈 수 있을까.

터무니없는 걱정이란 걸 알면서도 혜영의 마음은 풀어지 는 리본처럼 자꾸만 조각조각 부서져 불안이 둥둥 떠다니는 공기 중으로 흩어졌다.

아직도 에스컬레이터는 그녀를 바닥에 내려놓지 않고 있 었다.

차라리 택시를 탈 걸 잘못했다는 생각을 했을 때 어디선가 정체를 알 수 없는 강렬하면서도 충격적인 소리가 들려왔다.

아득하게 들려온 소리는 외침 같기도 했고 비명 같기도 했지만, 잠깐 들리다 사라졌기 때문에 잘못 들은 게 아닌지 의심이 들었다.

혜영은 지겨울 정도로 긴 에스컬레이터가 바닥에 닿자마자 펄쩍 뛰어내렸다. 돌아서서 방금 자신이 내려온 곳을 올려다보자 아찔한 높이가 주는 위압감에 저절로 가슴이 답답해졌다.

혜영은 평소처럼 열차의 뒤쪽 칸으로 움직였다. 중간에 노숙자로 보이는 사람이 의자에 길게 누워 있었다. 돌아누워 덥수룩한 뒤통수만 보이는 남자는 잠을 자는 듯 몸을 웅크리고 미동도 하지 않았다.

비록 돌아누워 있긴 했지만 혜영은 본능적인 거부감이 일어 그 사람에게서 멀찌감치 물러섰다.

곧 열차가 도착할 예정이니 안전선에서 물러나라는 안내방송이 흘러나왔다. 혜영은 이미 안전선에서 충분히 뒤로 물러나 있었다.

그녀는 곧 열차가 나타날 어두컴컴한 터널을 초조하게 응시했다. 불빛과 함께 열차가 들어오는 소리가 들려왔다.

평소와 다른 점은 그 열차 소리에 누군가의 비명 혹은 괴성 같은 이상한 소음이 섞여 함께 달려오고 있다는 사실이었다. 그것도 한두 사람의 것이 아닌 수십 명이 한꺼번에 내지르는 비명 같았다.

다른 사람들도 그 소리를 들었는지 안전선 앞으로 바싹 다가가 고개를 빼고 터널을 응시했다.

혜영은 자꾸만 뒷걸음질을 쳤다. 불길한 예감의 정체가 이것이었다는 생각이 들자 심장박동이 빨라지며 발끝에서부터 차가운 피가 올라왔다.

소음과 함께 터널 안에서 지하철이 위압적인 속도로 모습을 드러냈다.

지하철이 서지도 않았는데 스크린 도어가 일제히 열렸고, 안전선 옆에 서 있던 사람들 몇몇이 빨려드는 것처럼 선로로 추락했다.

누군가의 첫 번째 비명이 악몽처럼 승강장을 울렸다.

"꺄아아악!"

터널에서 튀어나온 지하철은 검은 안개에 휩싸여 있었다. 그 안개는 〈영혼을 찾아서〉 프로그램에서 태수가 늘 말하던 귀기를 닮아 있었다.

하지만 귀기는 영능력을 가진 사람만 볼 수가 있다고 태수가 말했다. 근데 자신이 귀기를 볼 수 있다는 게 신기했다. 어쩌면 귀기가 아닌지도 몰랐다.

지하철이 빠른 속도로 역사 안으로 들어오는데 객차의 옆면에 이상한 형체들이 매달려 있었다. 자신이 귀기라고 생각

퇴마하는 톱스타

했던 이상한 기운은 그들한테서 흘러나오는 것들이었다.

그것들은 여태까지 한 번도 본 적이 없는 이상한 괴생명체들이었다. 크기는 일반 성인보다 조금 컸고 가죽이 뼈에 달라붙었으며 눈이 없고 까만 눈구멍만 보이는 기이한 모습이었다.

가장 놀라운 점은 몸에 부피가 거의 없는 얇은 종이 같은 느낌이어서 거머리나 그림자를 떠올리게 만든다는 점이었다. 그런 괴생물체 수십 마리가 열차의 객차에 달라붙어 있었다.

'혹시 그림인가?'

하지만 저런 꺼림칙한 그림을 지하철 객차에 그려 넣을 리가 없었다.

혜영은 뒷걸음질을 쳤고 빠르게 지나가는 지하철 객차에 달라붙은 그림자 괴물들이 거짓말처럼 움직였다.

"악!"

혜영이 비명을 지르자마자 그림자 괴물이 갑자기 팔을 뻗더니 안전선 근처에 있던 사람들을 객차로 확 잡아당겼다.

쾅!

"까아아악!"

순식간에 10여 명의 사람들이 선로에 추락하거나 질주하는 지하철 객차에 부딪혀 나뒹굴었다. 약간의 시간적 공백을 두고 승강장에 서 있던 사람들의 두서없는 비명과 울부짖음이 곳곳에서 터져 나왔다.

역사를 밝히던 등의 불빛이 불안정하게 껌뻑거리기 시작하자 공포가 극에 달했다.

그림자 괴물들은 재빨리 지하철에서 뛰어내려 천장과 벽을 타고 스르르 흩어졌다.

불안하게 깜빡이는 불빛 속에서 그림자 괴물들은 왜곡되고 일그러지면서 정말로 그림자처럼 보였고, 그 모습이 더욱 낯설면서도 무시무시한 공포를 자아냈다.

그중 몇 마리는 에스컬레이터 위에 착 달라붙어 있다가 마침 에스컬레이터를 타고 위로 달아나려던 사람들을 공격했다.

그림자 괴물들은 아무런 기척도 없이 다가가서는 순식간에 눈앞으로 달려들었다. 뼈다귀처럼 단단하고 날카로운 그들의 갈퀴손은 엄청난 힘으로 사람들을 낚아채서는 물어뜯거나 난도질한 후 바닥으로 내동댕이쳤다.

누군가의 머리가 쿵쿵거리며 에스컬레이터 계단을 굴러서 내려갔고 누군가의 팔다리가 허공을 날아다녔다.

에스컬레이터는 눈 깜짝할 사이에 흩뿌려진 피로 물들었고, 짙은 피비린내와 함께 가공할 공포가 바이러스처럼 빠른 속도로 역사 안으로 번져 나갔다.

거대한 파도 같은 전율이 사람과 사람들을 타고 지나갔다. 지하철 역사 안은 순식간에 사람들의 비명과 공포로 가득 찼다.

이성을 잃은 사람들은 에스컬레이터를 타고 밖으로 탈출하는 대신 아직 멈추지도 않은 지하철에 매달려 문을 열어달라고 아우성을 치며 울부짖었다.

혜영 또한 공포로 눈물이 났고 숨을 제대로 쉴 수가 없었다. 하지만 그녀는 다른 사람들처럼 에스컬레이터로 달아나지도 못했고 지하철에 매달리지도 못했다.

그녀가 할 수 있는 일이라곤 그저 바닥에 쪼그리고 앉아 숨죽이고 흐느끼는 일뿐이었다.

천장에서 그림자 괴물 한 마리가 혜영을 노리며 벽을 타고 기어 내려오고 있었지만 그녀는 미처 알지 못했다.

그런 혼란의 와중에 유일하게 이성을 잃지 않고 사람들 속을 뛰어다니며 침착성을 잃지 말라며 소리를 지르는 사람이 있었다. 그는 에스컬레이터에서 혜영이 잠깐 봤던 신부였다.

신부는 비명과 울부짖음이 가득한 이 지옥도의 한가운데서 사람들을 진정시키고자 혼자 고래고래 소리를 지르며 고군분투하는 중이었다.

그는 사람들이 지하철을 타지 못하도록 몰려드는 승객들을 밀쳐내고 잡아끌며 안간힘을 써 댔다.

"타면 안 됩니다! 이 지하철은 타면 안 돼요! 물러서요, 물러서!"

혜영은 그런 신부를 보며 고개를 갸웃했다.

신부는 왜 지하철을 타지 못하도록 하려는 걸까.

신부의 행동을 의아하게 보던 혜영은 지하철 안에 타고 있는 승객들을 보고는 가슴이 철렁 내려앉는 것 같았다. 창밖을 내다보고 있는 승객들의 표정이 하나같이 부자연스럽게 굳어 있었던 것이다.

승강장에서 벌어지는 끔찍한 광경을 보고도 그들의 얼굴엔 아무런 표정의 변화도 나타나지 않았다. 놀라는 사람도, 인상을 찡그리는 사람도, 겁에 질린 사람도 보이지 않았다.

그들은 마치 쇼윈도 속에 전시되어 있는 마네킹처럼 하나같이 똑같은 표정, 똑같은 자세로 차창에 달라붙어 뭔가를 기다리고 있는 것처럼 보였다.

혜영은 그런 그들을 보는 것만으로도 오싹하고 소름이 끼쳤다.

지하철 문이 열리자마자 사람들은 서로 밀치고 당기면서 지하철 안으로 쏟아져 들어갔다.

신부의 만류에도 사람들은 필사적으로 손길을 뿌리쳤다.

결국 지하철이 문을 닫고 출발했다.

혜영은 서서히 속도를 높이며 출발하는 객차를 지켜봤다.

문이 닫힌 객차 안에선 끔찍한 일이 벌어졌다. 기존에 타고 있던 승객들이 새로 탄 승객들을 습격한 것이다.

그들은 마치 좀비처럼 새로 탄 승객들을 물어뜯거나 목을 조르며 괴성을 지르고 울부짖었다.

강 신부는 사령자가 가득 타고 있는 지하철이 승객들을 가득 태우고 멀어지는 모습을 보며 참담한 심정으로 지켜보며 성호를 그었다.

태수와 현준은 금환 역으로, 자신과 설아는 이곳 기수 역으로 향했다.

기수 역에 들어서자마자 강 신부는 태수와 오인하 팀장에게 전화를 걸어 하람이 열린 곳이 이곳이라는 걸 알렸다.

강 신부는 이번에도 설아를 지하철 역사 밖에 대기시키고 혼자 역사 안으로 뛰어 내려오는 길이었다.

뒤늦게 사람들을 구하지 못했다는 허탈감이 밀려왔다. 조금 전까지 사령자로 희생된 무수한 영혼들의 사연을 들으며 마음 아파 했는데 다시 많은 희생자들이 생긴다는 생각을 하자 마음이 걷잡을 수 없이 허물어졌다.

강 신부가 텅 빈 승강장 바닥에 무릎을 꿇고 조금씩 울음을 토해 냈다.

사람들을 구하기 위해 최선을 다했지만 그가 지닌 힘은 미약했고 세상을 덮친 재앙은 너무도 엄청났던 것이다.

불빛이 불안정하게 껌뻑거리는 텅 빈 승강장에서 주를 부르며 흐느끼는 강 신부의 울음소리가 구슬프면서도 공허하게 울렸다.

숨을 죽이고 있던 혜영도 그런 강 신부를 보자 간신히 참고 있던 울음을 터뜨렸다.

그제야 강 신부가 고개를 번쩍 들고 구석에 웅크리고 있는 혜영을 발견했다.

하지만 잠시 밝아졌던 그의 표정이 금방 굳어졌다. 혜영의 뒤쪽에서 그녀를 노리며 벽을 타고 내려오는 그림자 괴물, 영귀를 발견했던 것이다.

게다가 위험에 빠진 건 혜영만이 아니었다.

강 신부의 주변으로도 어느새 서너 마리의 영귀들이 슬금 슬금 기어오고 있었다. 영귀들은 지하철을 따라가지 않고 승 강장에 남아 있었던 것이다.

혜영도 주변에서 몰려드는 영귀들을 보고는 겁에 질려 울 먹였다.

"신부님, 이제 어떡하죠? 주님이 우릴 지켜 주실까요?"

"천주교 신자세요?"

혜영이 고개를 끄덕였다. 강 신부의 얼굴에 안타까워하는 표정이 스쳐 지나갔다.

"그 자리에서 움직이지 말아요. 내가 그리로 갈 테니."

강 신부는 천천히 자리에서 일어나 성호를 긋고는 품에서 성수를 담은 유리병을 꺼내 들었다. 지금까지 무수한 악령들 을 상대했지만 저승에서 넘어온 괴물을 상대하는 건 처음이 었다.

게다가 영귀들은 영적인 존재임에도 물리력을 사용했다.

아무리 강 신부라도 두려움이 없을 리가 없었다.

게다가 이곳은 지상에서 수십 미터 떨어진 지하의 공간인데다, 강 신부는 원거리에서 즉각적으로 악령을 타격할 수 있는 주술이 없었다. 그나마 가능한 방법은 성수를 뿌리는 방법인데 그마저도 거리가 너무 멀었다.

강 신부가 성수가 담긴 병을 움켜쥐고 스스로에게 다짐하듯 여자를 향해 말했다.

"자매님, 우린 어떠한 경우에도 주님의 권능을 믿어야 합니다."

강 신부는 눈을 부릅뜨고 다른 영귀들이 덤벼들지 못하도록 주위에 성수를 뿌리며 혜영을 향해 걷기 시작했다. 그의 입에서는 성 미카엘 대천사의 구마 기도문이 흘러나왔다.

"성 미카엘 대천사님, 싸움 중에 있는 저희를 방어해 주소서. 마귀의 악의와 간계에 대한 저희의 피난처가 되소서. 천상군대의 영도자여, 영혼들을 멸망시키기 위해……."

강 신부는 입으로는 기도문을, 손으로는 성수를 뿌리며 한 걸음씩 앞으로 걸음을 내디뎠다. 일반인에게는 단순한 물처럼 보이지만 악령들에게 성수의 위력은 대단했다.

성수가 뿌려지는 순간 악령들의 눈앞엔 폭포수 같은 성스러운 기운이 솟구치며 하늘의 빛과 맞닿아 장막이 펼쳐지는 것 같은 장엄한 광경이 펼쳐지는 것이다.

영귀들은 감히 곁으로 다가오지 못하고 으르렁거리기만 했다.

강 신부의 걸음이 점점 빨라졌다.

혜영은 신부가 왜 저렇게 급하게 자기를 향해 달려오는지 알 수가 없었다. 강 신부의 입에서 흘러나오는 기도문은 거리가 가까워질수록 점점 더 급박하고 절박하게 변해 갔다.

"세상을 두루 다니는 사탄과 모든 악신들을 하느님의 힘으로 지옥에 떨어뜨리소서! 지옥에 떨어뜨리소서! 지옥에 떨어뜨리소서!"

강 신부는 마지막 '지옥에 떨어뜨리소서!'란 구절을 거의 울부짖다시피 연속으로 3회를 반복했고 마지막 순간엔 '아멘' 대신에 '안 돼!'라고 외치며 혜영을 향해 성수를 뿌렸다.

하지만 성수는 미치지 못했고 영귀가 혜영의 머리 바로 위까지 내려왔다.

이상한 예감을 느낀 혜영이 고개를 드는 순간 영귀의 날카로운 송곳니가 달려들었다. 비명을 지를 틈도 없었다.

혜영은 무시무시한 이빨이 슬로우 화면처럼 덮쳐오는 비현실적인 광경을 꿈을 꾸듯 몽롱하게 지켜봤다. 그 짧은 순간 엄마의 슬픈 얼굴이 뇌리를 스쳤고 살아오면서 지나왔던 과거의 인상적인 몇 장면이 빠르게 스쳐 지나갔다.

혜영은 새된 소리와 함께 눈을 질끈 감았다.

그때 등 뒤에서 서늘한 바람 같은 기운이 이는가 싶더니 단발마의 비명이 들려왔다.

"키액!"

혜영이 눈을 번쩍 떴을 때 그녀에게 달려들던 영귀가 어떻게 된 일인지 영체가 절반으로 잘려서 반대편 벽에 처박혀 흐물흐물 녹아내리는 중이었다.

뒤를 돌아보던 혜영은 자신의 눈을 의심했다.

눈앞에 허름한 옷차림의 남자가 검을 들고 서 있었던 것이다.

마치 방금 영화 속에서 튀어나온 것 같은 남자의 모습도 놀라웠지만, 더욱 놀라운 건 남자의 옷차림이 승강장 구석 의자에 돌아누워 있던 노숙자와 똑같다는 점이었다.

강 신부도 갑작스러운 남자의 출연에 눈이 휘둥그레졌다.

혜영의 뒤에서 영귀가 모습을 드러낼 때만 해도 절망적인 마음이었는데 구석 의자에 웅크리고 있던 남자가 움직이더니 검을 빼서 허공을 가른 것이다.

게다가 남자는 검으로 직접 영귀를 벤 게 아니다.

남자는 그저 푸르스름한 빛무리가 맺힌 검을 휘둘렀을 뿐인데 그 빛무리가 날아가 영귀의 영체를 밴 것이다.

저런 것을 검기라고 하던가.

영귀가 남자의 검에서 뿜어져 나온 검기를 맞고 영체가 반토막이 나며 소멸이 됐다.

그러자 사방에서 영귀들이 으르렁거리며 몰려들었다.

키드드드득.

강 신부가 남자와 혜영에게 다가가려다가 멈칫했다. 그림자처럼 몸을 납작하게 붙인 영귀들이 천장과 벽은 물론이고 바닥에서도 물처럼 배어 나오고 있었던 것이다.

강 신부도 남자도, 혜영도 영귀들에게 둘러싸인 형국이었다. 영귀들의 숫자가 많아서인지 정말로 거대한 그림자가 기어오는 것 같은 착각이 들었다.

강 신부가 영귀들한테 에워싸인 채 남자에게 소리쳤다.

"이놈들은 이 세상의 존재들이 아니오!"

남자가 대답했다.

"저도 알고 있습니다, 저것들이 어디서 왔는지."

강 신부가 남자를 바라보며 물었다.

"당신은 누굽니까?"

"그 얘긴 차근차근 나누도록 하고 우선은 이놈들을 막아야 할 것 같은데요. 승강장 앞쪽을 보세요, 빛이 사라지고 있어요."

강 신부가 남자의 말에 따라 승강장 앞쪽을 돌아봤다.

승강장의 불빛이 불안하게 껌뻑거리더니 승강장 앞쪽에서부터 전구가 펑펑 소리를 내며 터져 나가기 시작했다. 어둠이 빠른 속도로 승강장 뒤를 향해 달려오고 있었다.

남자가 검을 손에 말아 쥐고 수인을 맺더니 주문을 읊기 시작했다.

"건강정 곤원영!(하늘은 정을 내리시고 땅은 영을 도우시니)…… 일월상 강단형 위뇌전!(해와 달이 모양을 갖추고 산천이 형태를 이루어 번

개가 몰아치는도다)······ 운현좌 추산악 현참정!(현좌를 움직여 산천의

악한 것을 물리치고 현묘한 도리로써 베어 바르게 하라)"

　승강장에 빛이 사라지는 순간 남자가 들고 있던 검의 검신
에 새겨져 있던 스물여덟 글자에서 푸르스름한 기운이 뿜어
져 나와 어둠을 밝혔다.

　남자의 검신에서 뿜어져 나온 빛이 아니었다면 승강장은
완벽한 어둠에 잠기고도 남았을 것이다. 지하의 공간에서 불
빛까지 사라진다면 그 공포는 상상을 초월한다.

　강 신부도 십자가를 꺼내 들고 기도력을 모았다. 은십자가
에 성령의 불길이 일렁이기 시작했고 파란 빛이 위태롭게 주
변을 밝혔다.

　그런 강 신부의 주위로 영귀들이 몰려들었다.

　바닥은 물론이고 천장에서도 새빨간 혀를 날름거리며 그림
자 같은 영귀들이 날카로운 이빨을 드러내며 위협을 가했다.

　강 신부의 입에서 청아한 기도 소리가 울려 퍼졌다.

　"마귀와 사탄에 불과한 용과 늙은 뱀을 붙들어 쇠사슬로
묶어 심연 속에 빠뜨리고······."

　기도가 계속될수록 성령의 불길은 점점 더 강하게 타올랐
고 빛의 크기도 점점 커졌다.

　영귀 한 마리가 천장에서 강 신부의 머리 위로 몸을 날리
는 걸 신호로 사방에서 몰려들던 영귀들이 동시에 강 신부를
향해 달려들었다.

"키액!"

순간 그런 영귀들의 움직임을 예측이나 한 것처럼 강 신부의 입에서 주문이 흘러나왔다.

"홀리 그레이스!"

강 신부를 중심으로 눈이 멀 것 같은 홀리 그레이스의 환한 빛이 원의 형태로 바닥에서 솟구쳐 올라왔다.

화아아아악!

엄청난 빛이 승강장을 환한 대낮처럼 밝혔다.

"키아아아악!"

참혹한 비명이 귓전을 울렸고 달려들던 영귀들의 영체가 그 빛에 닿자마자 찢어지고 녹아내리며 허공으로 흩어졌다.

남자도 주문을 외우자 검에서 항마의 기운이 뿜어져 나왔다.

남자는 검을 휘두르며 영화에 나오는 무사처럼 달려드는 영귀들을 직접 베기 시작했다.

영귀들을 상대로 두 사람은 처절한 싸움을 펼쳤다.

하지만 영귀들의 숫자가 많아도 너무 많았다. 시간이 흐를수록 둘은 지쳐 갔고 영력으로 밝힌 빛도 점점 힘을 잃어 가고 있었다.

남자가 태수를 알고 있는 듯 숨을 헐떡이며 물었다.

"장태수 씨는 지금 어디에 있습니까?"

"태수는……."

대답을 하려던 강 신부가 갑자기 주위가 밝아져서 고개를 돌렸다.

승강장의 어둠 한가운데 둥둥 떠 있는 야명주가 시야에 들어왔다.

그 어느 때보다 빛이 밝게 느껴지는 야명주였다.

강 신부가 저도 모르게 감격해서 중얼거렸다.

"태수가 왔구나."

승강장 앞쪽 어둠 속에서 태수의 주문 소리가 들려왔다.

"부동명왕의 가루라염!"

우렁찬 주문과 함께 가루라염의 불길이 거대한 새의 날개처럼 승강장을 쓸어 내면서 빠르게 승강장 뒤쪽으로 밀려왔다.

가루라염이 다가오면서 어두침침하던 승강장이 환하게 밝아지자 그림자처럼 납작 엎드려 있던 영귀들의 모습이 환하게 드러났다.

영귀들이 가루라염의 불길을 피하지 못한 채 불길에 휩싸이며 곳곳에서 괴성을 질렀다.

태수는 연이어 수십 장의 부적들을 소환했다.

"화멸, 축귀, 금사부!"

화르르르륵.

부적들이 수십 장 허공으로 떠올랐다. 부적들이 회오리처럼 태수의 주변을 빙빙 돌았다. 앞쪽에 야명주가 어둠을 밝히고 있는 곳을 향해 소환한 부적들을 한꺼번에 날렸다.

"제령!"

태수가 손짓하자 부적들이 스스로 귀기를 찾아서 영귀들을 향해 날아갔다. 부적들이 영귀들에게 달라붙어 폭사하며 형형색색의 불꽃과 폭발이 일어났다.

펑! 펑! 펑! 펑!

부적에 담겨 있던 항마의 기운을 뒤집어쓴 영귀들이 괴성을 지르며 영체가 찢어지거나 사방으로 흩어졌다.

태수는 그사이에 다시 부적 수십 장을 소환해서 허공에 띄워 놓고 있었다. 가운동에서 엄청난 귀기를 흡수한 덕분에 기운이 넘치고 있었다.

태수가 앞쪽을 향해 물었다.

"신부님, 괜찮으세요?"

곧바로 강 신부의 반가운 대답이 들려왔다.

"그래, 나는 괜찮다."

이번에는 태수의 옆에서 현준이 주문을 읊었다.

"사하스라라!"

주문과 함께 정수리에서 배어 나온 보라색의 차크라가 현준의 손끝으로 모여들었다.

"차크라의 인줄!"

현준이 주문과 함께 손을 휘젓자 현준의 손끝에서 보라색의 차크라 수십 가닥이 거미줄처럼 변해서 빛처럼 날아가더니 영귀 대여섯 마리를 한꺼번에 옭아맸다.

현준이 집중력을 높이며 주문을 읊자 어둠 속 현준의 동공에서 신비한 광채가 흘러나왔다.

"사하스라라…… 사하스라라…… 사하스라라……."

차크라의 인줄이 점점 영귀의 영체를 붙잡아 조이며 압박해 들어갔고 마침내 영체가 찢어져서 허공으로 흩어졌다.

사방에서 퇴마사들의 공격을 받은 영귀들이 거대한 그림자처럼 승강장 안쪽 터널의 어둠 속으로 물러가기 시작했다.

태수와 현준, 강 신부 그리고 정체 모를 남자의 영력까지 더해지자 승강장 안에는 엄청난 항마력이 휘몰아쳤다.

퇴마사들에게 압도당한 영귀들 대부분이 터널 안쪽으로 달아났다. 영귀들이 물러가자 승강장에 남아 있던 몇 개의 전구에 불이 다시 들어왔다.

강 신부는 가장 먼저 구석에 웅크리고 있는 혜영에게 달려가서 물었다.

"괜찮아요?"

퇴마사들과 영귀들이 싸우는 동안 숨조차 쉬지 못한 채 공포에 떨고 있던 혜영이 간신히 고개를 끄덕였다. 하지만 너무나 엄청난 공포에 충격을 받은 탓인지 몸이 뻣뻣하게 굳어 있었고 숨도 제대로 쉬지 못한 채 헉헉거렸다.

태수가 혜영에게 다가가서는 옆에 앉으며 생기탐랑의 능을 발동시켰다. 태수의 손이 푸르스름한 생기탐랑의 기운으로 물들자 혜영에게 말했다.

"잠시 손을 잡을게요."

혜영이 고개를 끄덕였고 태수가 혜영의 손을 잡아 생기탐랑의 기운을 흘려보냈다. 푸르스름한 기운이 혜영의 손으로 건너가서 팔을 타고 심장으로 옮겨 가는 모습이 보였다.

이어서 창백하던 혜영의 얼굴에 비로소 생기가 조금씩 돌아왔다.

생기탐랑의 능은 사람의 감정을 조절하는 과정에서 나쁜 기억을 일부 지워 주는 힘도 있다.

정신이 돌아온 혜영은 자신이 지금 꿈을 꾸고 있다고 생각했다. 조금 전까지 분명 무시무시한 악몽 같은 일을 겪었는데 기억이 흐릿해서 잘 떠오르지 않았던 것이다.

극도의 공포로 심장이 얼어붙었는데 태수가 손을 잡자 말로 표현하기 힘든 이상한 기운이 넘어왔다. 그 이상한 기운은 손에서 팔로 올라오더니 심장으로 흘러 들어갔다.

그 기운은 극심한 공포에 얼어붙어서 잘 움직이지 않던 심장을 따스하게 녹였고 비로소 심장이 다시 박동을 시작했다.

불과 1미터도 되지 않는 눈앞에 영혼남 장태수가 있을 뿐만 아니라 자신이 지금 느끼는 따스한 기운이 태수의 것이란 생각을 하자 황홀한 현기증이 일었다.

그야말로 천국과 지옥을 오간 기분이랄까.

태수가 물었다.

"이제 괜찮아요?"

혜영이 간신히 고개를 끄덕이며 떨리는 목소리로 말했다.

"장태수…… 님이시죠?"

태수가 환하게 웃으면서 고개를 끄덕이자 두려움이 눈 녹듯이 사라졌다.

혜영이 안전한 걸 확인한 태수가 비로소 검을 들고 있는 남자를 돌아봤다.

나이는 30대 후반 정도고 생김새가 한국인이라기엔 상당히 이국적으로 생긴 남자였다. 남자가 들고 있는 검에선 딱히 주술을 걸지 않았는데도 항마력이 느껴질 정도로 신비한 기운이 흐르고 있었다.

한눈에 봐도 상당한 수준의 영능력을 가진 사람이란 걸 알수가 있었다.

태수가 강 신부를 돌아보며 말했다.

"신부님이 아시는 분이시면 소개 좀 해 주세요."

강 신부도 어색하게 웃으며 말했다.

"사실은 나도 아까부터 누군지 궁금해하던 참이네. 나와 여기 있는 이 아가씨의 목숨을 구해 줬고 악령들을 퇴마하는데도 큰 도움을 주신 분이야."

강 신부가 남자에게 고개를 살짝 숙이며 말했다.

"큰 도움을 주셨는데 인사가 늦었습니다. 강형진 신부라고 합니다."

남자가 웃으며 입을 열었다.

"유명한 분들을 이렇게 한꺼번에 만나게 돼서 영광입니다. 저는 시노두스라는 미국에 있는 퇴마 단체의 스티븐 유라고 합니다."

남자의 말에 강 신부가 눈을 크게 떴다.

"당신이 시노두스의 스티븐 유라고요?"

스티븐 유가 빙긋 웃으며 고개를 끄덕였다.

강 신부는 남자가 검기를 이용해 악령을 퇴마하는 모습을 보고 깜짝 놀라긴 했지만, 설마 이 남자가 전 세계의 영능력자들의 단체인 시노두스를 이끄는 스티븐 유라는 건 상상도 하지 못했다.

게다가 스티븐 유가 한국 사람이라니.

시노두스는 바티칸의 국제퇴마사협회와 함께 전 세계의 영적 전쟁을 수행하고 있는 퇴마사들의 양대 축이라고 할 수가 있었다.

시노두스라는 말은 라틴어로 '함께하는 여정'이란 의미로 교회에 닥친 문제를 해결하기 위해 함께 모여 토론하고 결정하는 사제단 회의가 모태다.

국제퇴마사협회가 바티칸의 구마사제들로 구성이 된 반면, 시노두스는 비록 이름은 종교적인 색깔을 띠고 있지만, 그 구성원들은 전 세계의 영능력자들로 구성된 명실공히 영능력자 다국적군이라고 할 수가 있었다.

스티븐 유는 시노두스의 일원일 뿐만 아니라 시노두스를

창시한 사람이자 현재 리더이기도 했다. 스티븐 유는 언론에 거의 노출이 되지 않은 인물로 얼굴은 외부에 공개된 적이 없어서 강 신부가 몰라본 것이다.

태수와 다른 일행도 남자가 시노두스의 리더 스티븐 유라는 사실에 깜짝 놀랐다.

시노두스는 퇴마를 하는 사람들의 단체이기에 당연히 관심이 많았고, 여러 방송과 기사를 통해 활동 소식도 자주 접했다. 시노두스의 리더인 스티븐 유에 대해서도 익히 소문을 들어서 알고 있었고.

강 신부가 물었다.

"근데 여긴 어떻게 알고? 설마 우연히 온 건 아니겠죠?"

스티븐 유가 웃으며 말했다.

"그럴 리가 있겠습니다. 저희 시노두스에 예지력을 가진 만디라 칸이라는 이름의 인도 영능력자가 한 분 계십니다. 그분이 얼마 전 예지를 봤다면서 제게 얘기를 하시더군요. 오늘 이 시각에 한국의 기수 역이라는 지하철 역 승강장에서 거대한 하람이 열리고, 그것을 막지 못한다면 세상이 혼돈에 빠질 것이라고. 지금까지 세상에 닥친 영적인 위험 중에서 가장 심각한 위험이라고 했습니다. 그 얘기를 듣고 시노두스의 정예 회원들을 데리고 함께 들어오려고 했는데, 만다라 칸이 그럴 필요가 없다고 하더군요."

강 신부가 놀랍다는 듯 물었다.

"그럼 그 예지를 믿고 이곳에서 노숙자처럼 변장하고 하람이 열리길 기다리고 있었던 겁니까?"

"사실 정말로 하람이 열릴지는 저도 확신을 못했어요. 근데 얼마 전 한 여자가 저 터널 안으로 걸어 들어가는 걸 봤습니다. 그 여자가 누군지는 모르겠지만 이번 사태와 관련이 있으리란 생각은 들더군요."

태수가 물었다.

"그 여자의 얼굴은 보셨나요?"

"아뇨, 얼굴을 못 봤지만 아직 터널 밖으로 나오지는 않았습니다. 혹시 그 여자에 대해 여러분은 알고 계십니까?"

태수는 귀사리에서 있었던 일과 설에 대한 얘기를 스티븐 유에게 간략하게 들려줬다.

스티븐 유의 입에서 탄식이 흘러나왔다.

"생각보다 훨씬 심각한 상황이네요. 사실 저희는 그동안 한국의 상황에 대해 꾸준히 모니터링을 하고 있었습니다. 전 세계에서 영적인 현상이 가장 왕성한 지역이니까요. 저희가 몇 번이나 지원을 하려고 했지만, 일이 생길 때마다 장태수 씨를 비롯한 퇴마사분들이 위기를 잘 극복하시는 모습을 보고 다들 감탄을 하고 있었습니다."

강 신부가 말했다.

"시노두스의 스티브 유가 한국분일 거라는 생각은 정말 못 했습니다."

스티븐 유가 웃으며 대답했다.

"저희 아버지가 한국 분이고 어머니는 미국 분이세요. 여러분을 뵙고 나니까 한국이라는 나라가 뛰어난 영능력자를 배출하는 비밀이라도 있는 것 같습니다."

정말로 스티븐 유는 태수와 강 신부, 현준을 만났다는 사실만으로도 가슴이 벅차올랐다.

비록 자신이 세계 영능력자들의 단체인 시노두스를 이끌고 있지만, 지금 눈앞의 세 사람은 스티븐 유가 그동안 너무도 만나고 싶었고 선망하던 사람들이었기 때문이다.

태수는 물론이고 현준과 강 신부까지 시노두스에서도 비교할 수 있는 영능력자가 없을 정도로 이들은 차원이 다른 영능력을 지닌 존재들이었다.

어떻게 한국이라는 작은 나라에서 그토록 뛰어난 능력자들이 동시에 여러 명이 나타날 수가 있는지 신기한 생각이 들 정도로.

스티븐 유는 퇴마사들을 돌아보며 자신도 한국인이라는 사실이 자랑스럽게 느껴졌다.

태수가 진행하는 〈영혼을 찾아서〉는 시노두스의 회원들이 가장 열렬히 애청하는 프로그램이어서 태수를 마주 보고 있으면 일반인이 유명인을 대하는 것 같은 느낌이 들었다.

현준 역시 어린 나이로 프로그램에서 보여 준 능력들 때문에 신비스러움을 가진 캐릭터로 시노두스 회원들 사이에 인기가 높았고, 강형진 신부는 파문당하기 전에 국제퇴마사협회의 구마사제들 사이에서 가장 뛰어난 능력을 가진 사제였기에 설명이 필요 없었다.

거의 사인검에만 의존하는 자신의 영능력이 이들 사이에 있으니 초라하게 느껴질 정도였다.

현준이 검에서 눈을 떼지 못하자 스티븐 유가 검을 들어 보이며 말했다.

"이건 사인참사검이라고 하고 줄여서 사인검이라고도 부르는 검이야. 퇴마사였던 우리 할아버지가 쓰던 검을 물려받은 거야."

스티븐 유의 집안은 대대로 퇴마사 집안으로, 사인검은 스티븐 유의 선조 할아버지가 왕실로부터 하사를 받아 대대로 물려받은 가보였다.

사인검은 조선 시대에 왕실과 궁중의 안전을 위해 제작한 검으로, 호랑이의 위력을 빌려 악귀를 물리치기 위해 12간지의 인(寅)이 네 번 겹치는 때, 즉 인년(寅年), 인월(寅月), 인일(寅日), 인시(寅時)를 택해 제작을 했다.

따라서 사인검은 12년에 한 번만 제작할 수가 있는 검이었다.

사인검은 검신의 한 면에 27자의 한자가 금상감되어 있고, 다른 한 면에는 191개의 별로 된 성좌가 역시 금상감되어 있는 보검 중의 보검이라고 할 수가 있다.

스티븐 유가 이곳에 오기 전부터 궁금해하던 질문을 했다.

"최근에 영적인 에너지가 한국으로 몰리는 현상이 발생하는데, 대체 요즘 이곳에서 무슨 일이 벌어지고 있는 겁니까?"

태수는 스티븐 유에게 최근 귀사리 사건부터 설에 대한 이야기까지 간략하게 설명을 해 줬다. 설명을 들은 스티븐 유가 자책하듯 물었다.

"그 정도로 심각한 상황인 줄은 몰랐습니다. 그럼 터널 안으로 들어간 그 여자가 설을 가진 여자였단 말인가요?"

태수가 고개를 끄덕이자 스티븐 유가 자책하듯 말했다.

"그런 줄 알았으면 터널 안으로 들어가기 전에 잡았어야 했는데."

강 신부가 말했다.

"그 또한 다 운명입니다. 문제는 지금부터죠."

강 신부가 터널을 돌아봤고 터널 안에서 검게 반짝이는 저승의 귀기가 안개처럼 밀려 나오는 모습이 보였다.

스티븐 유가 탄식처럼 중얼거렸다.

"맙소사, 지금까지 많은 영적 사건을 겪었지만 이런 귀기는 처음입니다."

태수가 대답했다.

"하람이 열리면서 저승에서 넘어온 귀기예요."

그때 뒤쪽에서 다급한 목소리가 들려왔다.

"큰일 났어요."

다들 돌아보니 설아가 벽을 짚고 서 있는 모습이 보였다.

"설아야!"

퇴마사들이 설아에게 달려가자 설아가 예지 영상을 보는 듯 몸을 부들부들 떨면서 말했다.

"설에 봉인되어 있던 요괴, 설희가 봉인을 풀고 나오려고 해요…… 설희가 설을 가지고 있던 여자의 몸을 빌어서…… 으으으…… 설희가 나오면 저승의 문을 열게 돼요…… "

스티븐 유는 눈을 휘둥그레 뜨고 설아를 돌아봤다.

"저분은 예지를 보는 겁니까?"

태수가 대답했다.

"네. 설아라고 예지 능력이 있는 소녀입니다."

스티븐 유가 놀라운 눈으로 설아를 돌아봤고 태수가 다급하게 말했다.

"서둘러서 터널 안으로 들어가서 설희의 봉인이 풀리는 걸 막아야만 할 것 같습니다."

그때 지하 승강장의 전등이 불안하게 껌뻑거리기 시작했고 사인검에서 철판이 휘어질 때 나는 것 같은 기이한 소리가 흘러나왔다.

스티븐 유가 말했다.

"검이 우는 걸 보니 상황이 많이 심각한 것 같습니다. 다들 서두르시죠."

태수가 휴대폰을 꺼내며 말했다.

"우선 오인하 팀장님한테 이쪽 지하철의 운행을 중단해 달라고 연락을 먼저 취해야……."

그때 설아가 소리쳤다.

"잠깐만, 전화하지 마세요!"

다들 의아한 표정으로 설아를 돌아봤다.

설아가 떨리는 음성으로 말했다.

"뭔가…… 뭔가 잘못된 것 같아요."

강 신부가 물었다.

"잘못되다니?"

"경찰들이…… 우리가 터널에 진입하는 걸 막을 것 같아요."

태수가 설아에게 물었다.

"그게 무슨 소리야? 경찰들이 우리를 왜 막아?"

그때 에스컬레이터 쪽 계단에서 요란한 발소리가 들려왔다.

태수와 퇴마사들이 돌아보자 EMP 수사대원들과 함께 중무장을 한 경찰 특공대 병력이 우르르 승강장으로 내려왔다.

병력을 이끌고 내려온 사람은 다름 아닌 EMP 수사대장 강일훈 치안감이었고, 오인하가 뒤를 따라왔다.

"이게 대체 무슨 일입니까?"

태수의 물음에 오인하가 앞으로 나오더니 침울한 표정으로 말했다.

"장태수 씨, 이곳의 일은 이제 우리 경찰이 맡을 테니 퇴마사분들은 빠져 주셨으면 합니다."

"팀장님, 지금 무슨 소리 하시는 거예요?"

"미안해요, 저희도 어쩔 수가 없어요."

오인하가 강일훈의 눈치를 살피며 현재의 상황을 설명했다.

사령자들을 태우고 이곳을 지나간 지하철이 다음 역인 정운 역에 정차하면서 지하철 역사가 아수라장이 됐다고 한다.

사령자들뿐만 아니라 이상한 괴물들까지 뛰쳐나와서 사람들을 습격하면서 그 장면들이 고스란히 전국에 방송이 되고 나라가 발칵 뒤집혔다는 것이다.

이상한 괴물은 아마도 영귀를 말하는 것 같았다. 영귀들은 영적인 존재인 동시에 물리적인 형태를 가진 특이한 악귀들이라서 일반 사람들도 눈으로 볼 수가 있었다.

덕분에 경찰청장은 물론이고 지역구 국회의원과 장관까지 현장에 나타나서 그 상황을 영적인 테러라고 규정하면서, EMP 수사대뿐만 아니라 모든 경찰 병력을 동원해서 상황을 제압하라는 명령이 떨어졌다.

근데 테이저건에 의해서만 진압이 되는 줄 알았던 사령자들이 경찰특공대의 집중사격에 제압이 됐다는 것이다.

태수가 어이가 없다는 표정으로 반박했다.

"팀장님, 그건 당연한 거예요. 사령자들은 영적인 존재가 아니라 사람의 육신에 귀기들이 들어가서 육신을 조종한 거란 말입니다. 가운동에서 경찰들 몇몇이 쏜 권총을 맞았을 때는 귀기의 힘으로 계속 살아났지만 수많은 총탄을 맞으면 당연히 죽게 되죠. 그렇게 되면 사령자가 된 사람들 중에서 생존자는 단 한 명도 나올 수가 없어요."

오인하가 말했다.

"지금은 대를 위해 소를 희생해야만 할 때예요. 사령자들이 계속 늘어나는데 저희 수사대의 인력만으로는 감당이 되지 않는다고요. 그리고 사람들이 공포를 느낀다는 게 문제예요."

"그럼 우리보고 빠지라는 얘기는 뭡니까? 지금 저 터널 안에서 어떤 일이 벌어지고 있는지 알기나 해요?"

"그 괴물도 경찰 특공대와 저희 수사대가 제압을 했어요."

오인하의 말에 태수가 미간을 좁히며 물었다.

"영귀들을 총과 테이저건으로 제압을 했다고요?"

오인하가 고개를 끄덕였다.

"네, 확실합니다."

재래식 무기로 영귀를 제압했다는 소리에 태수가 잠시 혼란스러운 표정으로 오인하를 보는데, 강 신부가 말했다.

"그건 그럴 수 있네. 영귀들은 영적인 존재이면서 동시에 물리적인 형태를 가진 악령들이니까 어쩌면 재래식 무기로도 타격을 입힐 수 있었을 거야. 하지만 오 팀장, 사령자나 영귀들을 제압하는 것과 저 터널 안에 있는 하람의 문을 닫게 만드는 건 전혀 다른 차원의 문제요. 하람은 재래식 무기나 테이저건 따위로 어떻게 할 수가 없어요."

오인하가 목소리를 낮춰서 말했다.

"중요한 건 윗분들이 재래식 무기로도 영적인 전쟁을 할 수 있다고 믿었다는 거예요. 그래서 터널 안으로 EMP탄을 쏘기로 했다는 거예요."

오인하의 말에 태수와 강 신부는 물론이고 스티븐 유까지 나서서 말했다.

"무슨 정신 나간 소리를 하는 겁니까? 하람이 열려 있는데 거기에 EMP탄을 쏘면, 압력의 불균형이 생겨서 저승의 귀기가 더 빠른 속도로 이승으로 넘어올 거예요. 아니, 자칫하다가는 그 충격으로 저승의 문이 열릴 수도 있어요."

그때 뒤쪽에서 짜증스러운 목소리가 들려왔다.

"여기서 뭣들 하는 거야? 일을 주둥이로 하나? EMP탄 발사 준비는 하고 있는 거야?"

태수가 오인하의 뒤쪽을 돌아보자 텔레비전에서 자주 보던 낯익은 얼굴이 나타났다. 어깨에 무궁화 네 개가 번쩍이는 제복을 입고 나타난 사람은 다름 아닌 박철운 경찰청장이었다.

태수가 경찰청장에게 다가가서 말했다.

"EMP탄을 쏘면 안 됩니다. 지금 EMP탄을 쏘게 되면……."

"지금까지 자네와 퇴마사들 활약에 대해서는 충분히 고맙게 생각하네. 이제부터는 귀신이든 뭐든 우리가 맡을 테니까 자네들은 빠져 주게."

"청장님, 만약……."

"계속 말을 듣지 않으면 공무집행방해죄로 잡아넣을 수밖에 없어."

옆에서 지켜보던 오인하가 나섰다.

"청장님, 장태수 씨와 퇴마사분들은 지금까지 우리 경찰이 하지 못하는 걸……."

박철운 청장이 눈꼬리를 올리며 소리를 빽 질렀다.

"그건 자네가 무능해서 그런 거 아닌가? 오늘 눈으로 보지 않았나, 제대로 대응을 하니까 그 영적인 존재라는 것들도 재래식 무기로 충분히 제압할 수 있다는 걸! 당장 EMP탄 준비해!"

"……알겠습니다."

오인하가 참담한 표정으로 태수를 향해 고개를 흔들고는 지나갔다. 이어서 몇몇 대원들이 EMP탄을 분해해서 아래로 옮기기 시작했다.

세상을 망치는 건 악귀가 아니라 현장에 대한 지식도 없이 이렇게 막무가내로 밀어붙이는 박철운 같은 사람들이란 생각에 분노와 허탈감이 느껴졌다.

태수가 막막한 얼굴로 강 신부와 스티븐 유를 돌아봤다.

"어떡하죠? 우리끼리 먼저 터널 안으로 들어갈까요?"

강 신부가 고개를 저었다.

"청장은 경우에 따라서 우리 등에 사격을 할 수도 있는 인물이야."

어느새 승강장에 EMP 발사대와 부속품들이 모두 도착을 해서 조립이 끝나 갈 무렵이었다.

현준이 승강장 안쪽을 가리키며 중얼거렸다.

"저기 안쪽을 보세요."

고개를 돌려 터널 쪽을 바라보던 퇴마사들의 입에서 탄식이 흘러나왔다.

터널 안쪽에서 엄청난 귀기가 몰려오는 모습이 보였던 것이다. 그것도 반짝거리는 윤기가 보이는 저승에서 넘어온 밀도가 높은 귀기였다.

머릿속에서 설아의 텔레파시가 들려왔다.

―경찰들이 있어서 텔레파시로 말할게요. 저 귀기들이 승강장에 들어차면 환술이 시작되고 많은 경찰들이 죽게 돼요. 하지만 저희가 경찰들을 도우면 함께 환술에 빠져들게 되고 그사이에 하람이 점점 커져서 결국엔 저승의 문이 열려요. 선택을 해야 할 것 같아요.

설아의 얘기에 퇴마사들이 충격을 받은 얼굴로 서로를 바라봤다. 다들 말을 하지 않아도 방금 설아가 한 얘기가 어떤 의미인지 너무도 잘 알고 있었다.

저승의 문이 열린다면 이곳은 물론이고 이승에 어떤 일이 벌어질지 상상하는 것조차 끔찍했다.

태수가 설아를 돌아보며 텔레파시로 말했다.

'설아야, 이쪽으로 와.'

설아까지 와서 퇴마사들이 한자리에 모이자 태수가 절박하게 말했다.

"환술이 시작되면 우린 곧장 터널 안으로 들어가서 하람을 파괴할 겁니다."

설아가 물었다.

"그럼 경찰들은요?"

"우리가 할 수 있는 일은 저들에게 이곳에서 나가라고 경고를 해 주는 정도야. 하지만 저들은 분명히 우리 얘기를 믿지 않을 거야. 그건 우리도 어쩔 수가 없어."

태수의 말에 스티븐 유가 동의했다.

"제 생각도 같습니다. 지금은 경찰들을 돌볼 여유가 없습니다. 자칫하면 세상이 위험에 빠질 수가 있어요."

다들 강 신부를 돌아봤고 강 신부도 참담한 표정으로 말했다.

"현재로서는 그것 외에는 다른 방법이 없을 것 같군. 최대한 빨리 하람을 파괴해서 경찰의 희생을 줄이는 게 그나마 최선일 것 같네."

일단 환술이 시작되면 그 안에서 빠져나오는 건 어렵다. 하지만 환술이 시작되기 전에는 부적만으로도 충분한 대비가 가능하다.

강 신부는 스스로 오오라를 발산시켜서 환술에 대비했고 태수는 주문을 읊어서 부적을 불러냈다.

"금귀부."

화르르르륵.

허공에 무형의 부적 네 장이 떠올랐고 태수는 그 부적을 자신을 비롯해 현준과 설아, 스티븐 유의 몸에 각각 심어 줬다.

태수가 한창 EMP탄을 준비하는 박철운 청장과 강일훈 치안감에게 다가가서 말했다.

"마지막으로 한 번 더 말씀드리겠습니다. EMP탄을 쏘면 돌이킬 수 없는 일이 벌어질 겁니다."

박철운이 비웃는 것처럼 말했다.

"자네는 내가 현장에서 떠나라고 했는데 아직까지 여기서 뭐 하는 건가?"

태수가 박철운의 말을 무시하며 말했다.

"잠시 후면 환술이 펼쳐질 겁니다."

청장이 미간을 좁히며 물었다.

"뭐라고?"

"어떤 환술인지는 모르지만 여러분들이 듣고 보는 모든 것들이 악귀에 의해서 왜곡될 겁니다. 어서 이곳을 떠나지 않

퇴마하는 톱스타

으면 많은 대원이 희생될 수 있어요."

박철운 청장이 어이가 없다는 듯 태수를 바라보며 말했다.

"지금 날 협박이라도 하는 건가?"

"협박이 아니라 충고하는 겁니다. 시간이 없습니다, 제가 주술로 보호를 해 드릴 테니⋯⋯."

"잘 들어. 난 지금까지 살면서 단 한 번도 누군가에게 속아 본 적이 없어, 환술 따위에는 더더욱 걸려 본 적이 없고. 그러니까 떠나려면 자네나 어서⋯⋯."

그때 조명등이 껌뻑거리더니 하나씩 터져 나가기 시작했다.

팟⋯⋯ 팟팟팟⋯⋯ 팟!

남아 있던 조명들이 모두 꺼지며 승강장이 순식간에 어둠에 잠겼다.

태수는 재빨리 야명주를 띄웠고 스티븐 유의 사인검에서도 빛이 흘러나왔다. 하지만 그 빛들은 모두 영적인 빛이라서 경찰들은 보지 못하고 퇴마사들만 볼 수가 있었다.

경찰들은 한순간 빛 한 점 없는 어둠 속에 갇혔다.

박철운이 소리쳤다.

"다들 뭐 하는 거야, 어서 불 켜!"

경찰들이 여기저기서 머리에 부착된 헤드램프를 켰고 몇 몇은 손에 들고 있던 랜턴을 켰다. 어둠 속에서 불빛 수십 개가 켜졌다.

경찰 특공대원 중에서 한 명이 겁먹은 목소리로 중얼거렸
다.

"뭔가 이상합니다. 여긴…… 방금 저희들이 있던 곳이 아
닌 것 같습니다."

불빛을 이리저리 비추던 다른 특공대원들과 EMP 수사대
원들이 웅성거리기 시작했다.

"여기가 어디야?"

"이것들이 다 뭐야? 이게 어떻게 된 거야?"

겁먹은 대원들의 목소리가 여기저기서 두서없이 튀어나왔
다.

불빛에 드러난 주변의 모습은 똑같은 지하철 승강장인데
어딘지 모르게 달라져 있었다.

마치 화재가 일어났던 것처럼 벽면이 검게 그을려 있을 뿐
만 아니라 엄청난 양의 피가 어느 광인의 행위 예술처럼 벽
면과 바닥에 흩뿌려져 있었던 것이다.

박철운 경찰청장 역시 랜턴으로 벽면을 보고는 미간을 좁
히며 중얼거렸다.

"이것들이 대체 다 뭐야?"

어지럽게 찍힌 붉은 손자국과 몸통 전체를 벽면에 내동댕
이친 것 같은 소름 끼치는 핏빛의 흔적들은 아무리 봐도 인
간이 저지른 범죄라는 생각이 들지 않았다.

그때 누군가 소리쳤다.

"으악! 바닥에…… 물이……."

다들 뒤늦게 바닥을 보니 언제부터였는지 시커먼 물이 무릎까지 차올라 있었다. 뿐만 아니라 그 물에 시체들이 둥둥 떠다니고 있었다.

경찰대원들 사이에서 비명이 터져 나왔고 박철운 역시 오싹하고 온몸에 소름이 끼쳤다. 물 위를 떠 내려온 시체가 정강이에 부딪혔던 것이다.

박철운이 놀라서 물러나다가 뒤로 벌렁 넘어지고 말았다.

첨벙!

물속에서 뒤로 주저앉은 박철운의 눈앞으로 반듯하게 천정을 보고 누운 시체가 둥둥 떠서 다가왔다.

"으헉!"

시체가 빤히 자신을 올려다보며 눈을 부릅뜨고 있었다.

게다가 그 시체는 강일훈 치안감과 흡사한 얼굴이었다. 아니, 제복이나 여러 정황들이 틀림없는 강일훈 치안감처럼 보였다.

"으아아악!"

박철운이 비명을 지르며 시체를 밀어내곤 물속에서 벌떡 일어났다.

하지만 박철운보다 더 놀란 사람은 진짜 강일훈이었다. 물 위에 둥둥 떠 있는 자신의 시체를 내려다보며 강일훈이 몸을 사시나무처럼 부들부들 떨었다.

시체의 동공엔 죽기 직전에 겪었을 정체 모를 극한의 공포가 담겨 있었다.

강일훈이 덜덜 떨리는 목소리로 말했다.

"청장님, 아무래도 여기서 빠져나가는 게 좋을 것 같습니다."

박철운이 기계처럼 고개를 끄덕이며 어둠을 향해 소리쳤다.

"처, 철수해. 어서 철수하라고!"

강일훈이 어둠 속 대원들을 향해 소리쳤다.

"철수한다, 다들 위로 올라가라!"

수십 개의 불빛이 어둠 속에서 분주하고 움직였고 잠시 후 강일훈의 무전기로 오인하의 불안한 음성이 들려왔다.

─치직…… 대장님…… 여길 빠져나갈 수가 없습니다…… 치직…… 마치 미로에 갇힌 것처럼…… 치직…… 출구를 찾을 수가 없습니다…….

그러곤 어둠 반대편에서 비명이 들려왔고 고막이 아플 정도로 요란한 총성이 이어졌다.

타타타타타탕!

이어서 무전기를 통해 들려오는 다급한 소음들.

─적의 습격을 받았다…… 치직…… 너무 어두워서 뭐가 뭔지 모르겠다…… 치직…… 사람이 아닌 거 같다…… 시발…… 대체 저게 뭐야…… 으아악…… 치직…….

타타타타타탕!

강일훈이 무전기에 대고 소리쳤다.

"오인하 어딨어? 오인하 팀장 바꿔!"

−치직…… 팀장…… 치직…… 으아아악…… 치직…….

강일훈이 무전기에 대고 말을 하려는 순간 박철운의 덜덜 떨리는 소리가 들려왔다.

"강 대장…… 여, 여기……."

강일훈이 고개를 돌리자 박철운의 바로 앞 어둠 속에서 노란 눈알이 번들거리는 게 보였다. 몸통은 어둠 속에 파묻혔고 눈알만 노랗게 동동 떠 있는 그런 모습이었다.

영귀였다.

영귀가 천천히 입을 벌리자 날카로운 이빨과 새빨간 혓바닥이 밖으로 밀려 나왔다.

키드드드득.

강일훈이 재빨리 권총을 빼서 영귀에게 발사했다.

탕! 탕! 탕! 탕!

하지만 영귀는 미동도 하지 않고 빤히 박철운을 노려봤다.

"이, 이봐. 강 대장……."

고개를 돌리던 강일훈의 입에서 침음이 흘러나왔다.

그들의 주위에 무수한 노란 눈알들이 에워싸고 있었던 것이다.

승강장에 전구가 나갔지만 퇴마사들에겐 야명주와 사인검

의 기운이 빛이 되어 앞을 밝혀 줬다.

귀기가 승강장을 가득 메우면서 눈앞에 있던 경찰청장과 오인하 팀장 등 경찰들이 눈앞에서 흐릿하게 사라졌다. 다들 환술에 걸렸다는 걸 알 수가 있었다.

"서둘러야 해요!"

태수가 승강장에서 철로로 뛰어내렸고 다른 퇴마사들도 태수의 뒤를 쫓았다.

자갈을 밟고 달려가는 퇴마사들의 등 뒤에서 환청처럼 아득하게 총소리와 경찰들의 비명 소리가 이어졌다.

강 신부가 달리면서 소리쳤다.

"희생자를 줄이는 방법은 최대한 빨리 하람을 파괴하는 길뿐이야."

정신없이 달려가던 태수와 퇴마사들이 멈춰 섰다.

전방 30여 미터 앞에 마치 블랙홀처럼 귀기의 소용돌이를 일으키는 있는 하람이 허공에 둥둥 떠서 앞을 가로막고 있었던 것이다.

하람은 직경이 거의 1미터는 될 것 같았고 조금만 지체하면 거대한 문으로 변할 것만 같았다. 게다가 그 하람 바로 앞에 한 여자가 양팔을 벌린 채 허공에 살짝 떠 있었다.

여자를 본 설아가 중얼거렸다.

"예지 속에서 귀기에 의해 가려졌던 여자의 얼굴이 이제 떠올랐어요. 저기 앞에 있는 여자가 설을 불던 여자예요."

실제로 숙희의 목에는 요괴의 기운을 뿜어내고 있는 설이 걸려 있었다.

태수가 말했다.

"설 안에 봉인된 요괴 설희가 저 여자의 몸을 빌어서 부활하려는 겁니다. 설희는 원래 저승의 요괴였기에 설희가 부활해서 피리를 불면 저승의 문이 활짝 열리게 돼요."

허공에 떠 있던 숙희의 몸이 파르르 떨리고 있었고 입에서 고통스러운 신음이 흘러나왔다.

설아가 말했다.

"사방에서 귀기가 우리를 에워싸고 있어요."

설아의 말이 끝나자마자 터널 벽과 바닥에 숨어 있던 영귀들이 노란 눈알을 번득이며 하나둘 모습을 드러냈다.

엄청난 수의 영귀들이 벽과 천장, 바닥에서 스며 나왔다.

키드드드득.

영귀들이 한꺼번에 퇴마사들을 에워싸며 다가오는데, 마치 거대한 괴물의 그림자가 덮쳐 오는 것처럼 보였다.

퇴마사들은 서로 등을 맞댄 채 각자의 주술로 전투태세를 갖췄다. 다들 최고의 영능력을 지닌 퇴마사들이라서 각자 할 일을 알고 있었고 딱히 별다른 말이 필요치 않았다.

태수는 수인을 맺은 후 부동명왕의 형상을 불러냈고 강 신부는 은십자가를 치켜들었다.

현준은 양손을 앞으로 뻗었고 양 손바닥에서 나온 황금빛 기운이 후광처럼 등 뒤에서 출렁거렸다. 출렁이는 기운은 모두 아홉 갈래였다.

곁에 있던 스티븐 유가 현준의 등에서 출렁이는 구미의 차크라를 보며 자못 놀라는 표정을 짓다가 이내 자신의 사인검을 치켜들었다.

사인검을 들고 수인을 맺으며 주문을 읊자 검신에 새겨진 스물일곱 글자에서 항마의 기운이 뿜어져 나왔다.

설아는 자신의 영력을 나머지 퇴마사들한테 골고루 나눠 주며 힘을 보탰다.

천정에서 수십 마리의 영귀들이 쏟아지는 것처럼 퇴마사들의 머리를 향해 달려들었다.

가장 먼저 반응한 건 현준의 차크라였다. 아홉 갈래의 차크라들이 보자기처럼 펼쳐지며 달려드는 영귀들을 감싸듯 집어삼켰다. 구미의 차크라에 휘감긴 영귀들이 비명을 지르며 영체가 찢겨 나갔다.

태수는 앞쪽에서 달려드는 영귀들을 향해 부동명왕의 오라를 쏟아 내며 항마진언을 함께 읊었다.

"옴 싯디 싯디 수싯디……."

항마진언이 더해진 눈부신 오라의 기운이 컴컴하던 터널을 환하게 밝혔고 오라를 뒤집어쓴 영귀들은 괴성을 지르며 녹아내렸다.

강 신부는 은십자가에 기도력을 모은 후에 주문을 읊었다.

퇴마하는
톱스타

"홀리 그레이스!"

퇴마사들을 중심으로 둥근 원의 형태로 신성한 빛이 바닥에서 솟구쳐 올라오며, 근처로 접근하던 영귀들의 영체가 찢어지거나 녹아내렸다.

스티븐 유는 사인검의 검기를 크게 부풀려서 영귀들을 향해 날리면서도 흥분된 기분을 억누를 수가 없었다. 자신의 눈앞에서 시전되는 퇴마사들의 눈부신 주술들이 일찍이 겪어 본 적이 없을 정도로 화려하고 강력했기 때문이었다.

컴컴한 터널 안이 항마의 오색 기운으로 대낮처럼 환하게 밝아졌다. 화려한 주술들이 연이어 폭발하면서 그 많던 영귀들이 삽시간에 소멸됐다.

설아가 소리쳤다.

"설희의 부활이 임박했어요. 서둘러야 해요!"

퇴마사들이 모든 힘을 하람에 집중시켰다.

설아의 말이 아니라도 허공에 매달린 숙희의 설에서 요기가 흘러나오는 형상이 곧 설희의 부활이 임박했음을 직감할 수가 있었다. 하람의 구멍 역시 부서질 것처럼 흔들리며 크기가 점점 커지고 있었다.

태수가 물었다.

"설아야, 우리가 어떻게 하는 게 최선일지 알 수가 있을까?"

눈을 감고 예지를 보던 설아가 눈을 번쩍 뜨고는 말했다.

"구자인법이에요."

구자인법은 아홉 가지의 손 모양, 즉 무드라라고도 하는 수인인 구자인의 힘을 이용하여 악을 물리치는 정통밀교의 성불수련법이다.

수인과 주문, 상념이 하나가 되었을 때 신성한 힘을 지닌 파동이 발생하는데, 이 파동을 사악함을 물리치는 파사의 법이라고도 부른다.

태수가 지체 없이 아홉 가지의 수인을 맺으며 주문을 외기 시작했다.

퇴마사들은 모든 영력을 태수에게 집중시켰고 진언이 울려 퍼지며 눈앞에 항마력으로 만들어진, 세차게 휘몰아치는 신성한 파동의 회오리가 생겨나기 시작했다.

회오리의 크기가 정점에 달했을 때 태수가 모든 퇴마사의 영력을 받아 구자인의 주문과 함께 양손을 앞으로 뻗었다.

"임. 병. 투. 자. 개. 진. 열. 재. 전!"

화아아아악!

항마력의 회오리가 앞으로 달려 나가더니 허공에 떠 있는 하람과 충돌했다. 두 가지의 상반된 거대한 에너지가 충돌하며 터널 안의 공기가 파도처럼 출렁거렸고 눈부신 빛이 어둠을 휩쓸고 지나갔다.

퇴마사들도 모두 눈을 감은 채 몸을 숙였을 정도였다.

잠시 후 고개를 들었을 때 눈앞에 하람이 사라졌고 허공에

퇴마하는 톱스타

떠 있던 숙희는 바닥에 쓰러져 있었다.

태수가 달려가서 쓰러진 숙희를 살폈지만 이미 숨을 거둔 다음이었다.

태수가 숙희의 목에 걸려 있는 설을 빼서 손에 움켜쥐자 터널 안에 남아 있던 엄청난 양의 귀기들이 태수에게 흡수되면서 허공에 메시지가 떠올랐다.

귀기를 흡수했습니다.

2년 후

　태수는 하람을 파괴한 후 숙희가 가지고 있던 설을 자신의
목에 걸어서 지니고 다녔다. 기본적으로 설은 파괴할 수가
없는 물건이기에 영능력을 가진 누군가가 계속 몸에 지닌 채
봉인을 유지하는 방법이 가장 최선이었다.

　설을 손에 넣은 날, 세상에 닥칠 뻔한 재앙은 막았지만 경
찰의 피해는 예상보다 컸다.

　경찰청장 박철운과 경찰 특공대원들 40여 명이 사망했고
EMP 수사대장 강일훈은 현재까지도 병원에 입원한 채로 의
식이 없는 상태였다.

　그나마 오인하 팀장을 비롯한 EMP 수사대원들은 테이저
건과 그동안 영적인 사건을 처리한 경험 덕분에 상대적으로

피해가 적었다.

하람을 파괴한 후 세상엔 심령 사건이 눈에 띄게 줄었고 대한민국에서는 거의 사라지다시피 했다. 덕분에 태수가 진행하던 〈영혼을 찾아서〉는 2년 전 마지막 방송을 끝으로 프로그램이 폐지됐다.

물론 방송은 이 세상에 다시 귀기가 밀려들고 영적인 사건들이 나타난다면 언제든 다시 부활시키겠다는 조건이 들어가 있었다.

태수는 그동안 학교를 졸업했고 넷플릭트와 계약한 다섯 편의 드라마를 모두 연출했다.

다섯 편 모두 넷플릭트 드라마 조회 순위 상위권에 진입하면서 감독으로서의 역량을 전 세계 넷플릭트 시청자들에게 인정받았다.

전 세계 넷플릭트 시청자들에게 '장태수'라는 이름은 이제 신작이 나오면 일부러 찾아봐야 할 정도로 신뢰를 주는 젊은 영화감독으로 각인이 됐다는 점에서 앞으로 무한한 가능성이 펼쳐지게 됐다.

넷플릭트에서 드라마를 비롯해 영화까지 포함하는 추가적인 계약을 제안했지만 태수는 당분간 영화 제작자의 길을 걷기 위해 제안을 거절했다.

지난 2년 동안 태수는 영화 제작자로 모두 네 편의 영화를 제작했고 모두 놀라운 성공을 거뒀다.

퇴마하는
톱스타

손익분기점이 80만 명인 신호철의 〈안개의 집〉은 최종 스코어 극장 관객 250만 명을 동원하면서 중박 이상의 성공을 거뒀다.

신호철의 〈안개의 집〉이 성공하자 제작사 고스트라인으로 시나리오들이 쏟아져 들어오기 시작했다.

태수의 영화사 고스트라인의 가장 큰 장점이라면 시나리오에 부족한 점이 있을 경우 시나리오 작가를 붙여서 수정하는 게 아니라 영화사 대표인 태수가 직접 각색한다는 점이다.

덕분에 아이디어가 좋고 가능성은 있지만 적당한 주인을 찾지 못해 몇 년 동안 충무로를 떠돌아다니던 시나리오가 태수의 손에서 보석으로 재탄생하는 경우가 많았다.

물론 제작사 고스트라인은 공포 영화 전문 제작사이기 때문에 그동안 제작한 영화들도 모두 공포 영화였다.

특히 퇴마를 소재로 한 공포 영화 〈죽음의 집〉은 극장 최종 관객 수 720만 명을 동원하면서 국내 공포 영화의 신기록을 세웠다.

연이은 영화의 흥행 덕분에 태수는 제작사를 강남으로 옮겼고 벽면 하나가 유리창으로 이루어진 제작사 대표실에 앉아서 강남 거리의 활기찬 모습을 내려다볼 수가 있었다.

강남은 대한민국에서 가장 변화가 빠르고 다양한 에너지가 모이는 곳이기에 거리 풍경을 보고 있으면 영감이 떠오를 때가 많다.

그래서인지 어느 순간부터 태수는 귀기의 도움을 받지 않고 완벽하게 혼자 힘으로 시나리오를 쓰고 영화 연출을 했다.

이번에 태수가 직접 연출할 영화의 시나리오인 〈설녀〉 역시 온전히 자신의 힘으로만 쓴 시나리오였다.

굳이 예지 영상을 떠올리지 않아도 시나리오가 어떻게 영상으로 구현이 될지 저절로 머리에 떠오른 데다 예지 영상을 보면 오히려 맥이 빠지고 작업하는 재미가 떨어졌다.

영화 〈설녀〉는 지금 태수의 목에 걸려 있는 설희의 피리, 설에서 영감을 얻은 작품이다.

설에 봉인되어 있는 설희는 눈 속에서 사람들을 홀려서 잡아먹는 요괴로 알려져 있는데, 그 요괴 캐릭터를 떠올리는 순간 근사한 영화적인 아이디어가 생각이 난 것이다.

며칠 후면 촬영에 들어갈 〈설녀〉는 태수의 실질적인 첫 극장 영화 연출 데뷔작이자 고스트라인의 첫 번째 해외 진출 작품이 될 예정이었다.

〈설녀〉는 위브라더스의 제안으로 기획 초기부터 국내와 할리우드에서 동시 개봉을 목표로 추진하는 글로벌 프로젝트였기 때문이다.

지금까지 할리우드에서 개봉한 한국 영화는 모두 국내에서 흥행을 한 작품들이었기에, 국내와 할리우드 동시 개봉을 추진하는 경우는 이번에 태수가 처음이었다.

그동안 할리우드에서 개봉한 한국 영화들은 성적이 좋지 않았는데, 그 이유가 문화적 이질감 외에 배급 마케팅을 진행하는 회사가 메이저가 아니라는 이유도 있었다.

하지만 이번 영화 〈설녀〉는 문화적 이질감이 상대적으로 적은 공포 장르인 데다 동양의 요괴 이야기라는 스토리 라인이 외국 관객들에게 충분히 호기심을 가질 수 있는 소재라는 장점을 가지고 있었다.

또한 투자 배급사도 워브라더스라서 할리우드 현지에서 배급과 프로모션을 하는 데 유리한 점이 있었고, 할리우드에 장태수 감독을 알고 있는 팬들이 많다는 점도 이번 프로젝트를 가능하게 만든 이유였다.

덕분에 〈설녀〉는 현재 충무로에서 가장 많은 관심을 받는 핫한 영화였고, 순제작비만 100억에 이를 정도로 규모가 커서 촬영에 들어가기 전 체크할 사항도 다른 영화보다 월등히 많았다.

설녀는 일본 올 로케이션으로 촬영하는 영화였다.

촬영지를 일본으로 선택한 이유는 '설녀'라는 소재의 특성상 눈이 중요하기 때문이다.

눈 장면 촬영을 위해 뉴질랜드와 홋카이도를 후보에 올리고 고민했지만 동양적인 아기자기한 느낌의 분위기가 나기를 바라는 태수의 의견에 따라 홋카이도가 최종 촬영지로 선정됐다.

〈설녀〉의 남자 주인공인 이영수 역할에는 여러 톱스타의 경쟁을 뚫고 강동운이 캐스팅했다.

태수가 강동운을 캐스팅한 이유는 인기와 연기력을 모두 갖춘 최고의 배우이기도 하지만 한국의 남자 배우 중에서 유일하게 신비로운 느낌을 간직한 배우라고 생각했기 때문이다.

그런 강동운의 이미지는 잔혹 동화 같은 설녀의 이미지와 잘 어울렸다.

영화 〈설녀〉에서 가장 중요한 배역이라고 할 수 있는 설녀, 서예인 역할에는 충무로의 내로라하는 톱 배우들이 서로 배역을 맡겠다고 연락을 해 올 정도로 경쟁이 뜨거웠다.

하지만 태수는 설녀 역에 일찌감치 송현주를 염두에 두고 있었다.

태수는 〈설녀〉 시나리오를 쓸 때부터 설녀 역할에는 당연히 송현주라고 생각하면서 시나리오를 썼다.

송현주는 현재 충무로에서 캐스팅 1순위로 떠오를 정도로 가장 핫한 여배우였다.

길거리에서 대한민국 최고의 여배우가 누구냐고 물으면 절반 이상이 송현주라고 답할 정도로 지난 2년 사이 송현주의 위상이 달라졌다.

송현주가 일약 톱스타로 올라선 계기는 태수가 처음으로

연출했던 〈앞집녀〉 덕분이라고 해도 과언이 아니다.

넷플릭트 드라마를 연출할 때 태수가 마지막 작품으로 〈앞집녀〉를 60분 드라마로 다시 만들었는데 그 주인공으로 송현주를 다시 캐스팅했던 것이다.

드라마 〈앞집에 사는 여자〉가 넷플릭트 시청자들에게 인기를 얻으면서 송현주도 자연스럽게 주목을 받았다.

원래 〈앞집녀〉에서 귀신 역할을 맡았을 때도 좋은 연기를 보였지만, 넷플릭트 드라마에서 송현주의 귀신 연기는 한층 안정된 연기력과 아름다워진 미모를 선보여 외국 시청자들한테 신비롭고 아름다운 동양 미인으로 폭발적인 반응을 얻었다.

덕분에 송현주는 할리우드 영화에도 조연급으로 출연을 했고 이후 관객 800만 명을 동원한 김지훈 감독의 스릴러 〈너의 시간〉에서 황룡영화상 신인여우상을 수상하면서 일약 톱스타의 반열에 올라선 것이다.

현재 제작되는 거의 모든 영화나 드라마에서도 송현주를 모셔 가기 위한 경쟁이 펼쳐지고 있었고 당연히 광고에서도 가장 핫한 스타로 최고의 전성기를 누리는 중이었다.

중요한 건 그런 송현주가 작년에 소속사와의 계약이 끝난 후 태수와 창호가 공동대표로 있는 네오엔터테인먼트와 새로운 계약을 체결했다는 점이다.

똑똑똑.

방문을 두드리는 노크 소리에 태수가 대답했다.

"네, 들어오세요."

방문이 빠끔하게 열리며 송현주가 고개를 들이밀고 물었다.

"혼자 있어요?"

"응, 혼자야. 들어와."

송현주가 대표실로 들어와서 소파에 털썩 주저앉더니 퉁명스럽게 태수를 불렀다.

"대표님!"

송현주는 회사에서는 태수를 대표님으로, 영화 촬영 현장에서는 감독님으로, 사석에서 만날 때는 예전처럼 편하게 오빠라고 불렀다.

송현주의 표정을 본 태수가 미리 방어막을 치면서 말했다.

"표정 보니까 무슨 소리 할지 괜히 겁나는데?"

"소속사 연예인 너무 빡세게 돌리는 거 아니에요? 아침부터 지금까지 광고 두 개, 인터뷰 하나, 저녁에는 드라마 촬영까지 있다고요."

송현주의 스케줄에 대해서는 거의 아는 게 없고 참견을 하지도 않지만 태수는 짐짓 놀라는 표정을 지어 보이며 말했다.

"진짜야? 우씨, 창호 형한테 얘기해야겠네. 널 힘들게 하

퇴마하는 톱스타

는 거 보면 요즘 나한테 불만이 많은 모양이네."

창호는 송현주와 태수의 비밀스러운 관계를 알고 있는 유일한 사람이었다.

태수의 말에 송현주가 눈을 흘겼다.

"오빠한테 불만이 있는데 왜 절 힘들게 해요?"

"창호 형은 널 힘들게 하면 내 마음이 아프다는 걸 아니까."

그제야 송현주의 얼굴에 배시시 미소가 떠올랐다.

"치이, 그런 게 어딨어."

태수가 커피를 두 잔 내려서 송현주 옆에 나란히 앉으며 말했다. 이전과는 달리 진지한 목소리였다.

"정말로 힘들면 얘기해. 내가 창호 형한테 얘기해서……."

"아니에요, 그냥 해 본 소리예요. 솔직히 지금처럼 불러 주는 사람이 많은 게 얼마나 행복한 건데. 열심히 해야죠."

"그래도 스케줄이 너무 빡빡하면 사람이 너무 기계적이 되지 않나? 그건 안 좋은 건데."

"그렇긴 해요. 광고나 드라마는 거의 기계처럼 연기를 하니까 계속 에너지를 소비하는 느낌이 들거든요. 그래도 괜찮아요. 설녀가 있으니까."

송현주가 기지개를 켜면서 말했다.

"아…… 빨리 홋카이도 눈 속으로 날아가서 설녀 촬영 들어가고 싶다. 나 요즘 설녀 생각만 하면 설레서 잠도 못자는 거 있죠. 설녀는 제가 항상 꿈꾸던 그런 캐릭터예요."

사실은 태수도 송현주 못지않게 마음이 설레었다. 송현주
가 긴 머리를 휘날리며 서늘한 눈빛의 설녀가 되어 눈 속에
서 있는 모습을 어서 보고 싶었던 것이다.

〈설녀〉크랭크인.

파우더처럼 고운 눈이 무릎 깊이까지 쌓여 있는 홋카이도
다이세쓰산국립공원.

영화 〈설녀〉의 오프닝 촬영을 위해 80여 명의 스태프와
배우들이 현장에 집결했다.

사실 이번 설녀의 주연은 강동운과 송현주지만 가장 중요
한 출연자는 따로 있었다.

바로 CG로 만들어질 '설녀요괴'였다.

태수는 설녀요괴를 얼굴은 여자의 얼굴인데 형태는 날다
람쥐와 북극곰의 중간쯤 되는 괴수의 모습으로 상상했다.
즉, 사람을 잡아먹을 때는 괴수로 변하고 평소엔 아름다운
여자 서예인으로 변하는 것이다.

따라서 설녀요괴는 서예인이라는 여자와 괴수의 두 가지
인격을 가진 캐릭터였다. 작품 속에서 서예인은 설녀요괴에
게 남자를 유혹해서 갖다 바치는 역할을 하는 여자이다.

스태프들이 눈 속에서 벌어질 액션 씬 촬영을 위해 크레인과 드론, 스테디캠 등의 장비를 설치하느라 고생을 하고 있었다.

아무래도 무릎까지 빠지는 눈 속에서 촬영을 하려다 보니 힘든 점이 한두 가지가 아니었다.

태수는 오프닝 장면에 잠깐 등장해서 설녀요괴에게 죽임을 당하는 '남자1'의 역할을 맡은 김찬과 촬영에 대한 얘기를 나눴다.

처음에 '남자1'은 일반 연기자를 캐스팅할 예정이었다. 근데 마침 천상천하의 리더이자 〈오늘도 연애〉에서 강혁의 라이벌로 출연해서 태수와 친분을 맺은 김찬한테서 연락이 온 것이다.

김찬과는 박보윤과 함께 가끔 만나서 술도 마시는 가까운 친구 사이로 발전을 했다.

김찬과 얘기를 나누다 보니 오프닝 촬영일에 일본에서 천상천하의 콘서트가 있다는 사실을 알게 된 태수가 덜컥 카메오로 출연해 달라고 매달리면서 김찬의 코가 꿰이고 만 것이다.

태수는 김찬과 함께 시나리오를 보면서 설녀요괴가 남자1을 쫓아가는 장면의 동선과 카메라 앵글에 대해 얘기를 나눴다. 아무래도 보이지 않는 설녀요괴가 눈앞에 있다고 상상을 하면서 연기를 해야 하기 때문에 쉬운 연기가 아니었다.

송현주는 오늘 촬영이 없는데 현장에 나와서 스태프들과 장난을 치며 일부러 분위기를 띄웠다.

　김찬이 적당히 눈발이 휘날리는 설원 위에 모든 준비를 마치고 위치했고 마침내 〈설녀〉의 첫 촬영이 시작됐다.
　연출부 막내의 우렁찬 외침이 하얀 설원을 쓸고 지나갔다.
　"슛 들어갑니다!"
　"카메라 롤! 씬 1-1!"
　태수가 모니터를 보고 있다가 확성기를 들고 외쳤다.
　"레디…… 액션!"

　드론이 파란 겨울 하늘을 날아가며 부감으로 촬영을 시작하자 눈발이 휘날리는 드넓은 설원이 하나 가득 모니터에 들어왔다.
　그리고 아래쪽으로 설원을 가로지르며 달리는 한 남자의 모습이 아득하게 보였다.
　남자1의 역할을 맡은 김찬이었다.
　김찬이 헉헉거리고 숨을 몰아쉬며 눈을 헤치며 달리고 있었다.
　드론 세 대와 스테디캠을 장착한 카메라가 그런 김찬을 쫓아가며 촬영을 했다.
　카메라에 비친 김찬의 얼굴은 그냥 달리는 게 아니라 뭔가로부터 도망치는 것처럼 공포가 가득하고 쉼 없이 뒤를 돌아보는 두 눈은 겁에 질려 있었다.

김찬이 눈 위에 쓰러졌다가 얼른 다시 일어나서 계속해서 달린다.

그때 어디선가 메아리처럼 야수의 울음 같은 괴이한 소리가 들려온다.

키이이이익~!

오디오에 소리를 녹음해서 들려준 소리인데, 설원에서 그 소리가 들려오자 정말로 어딘가에 요괴가 있는 것 같은 섬뜩한 느낌이 들었다.

요괴의 소리에 김찬이 멈춰 서서 동공이 튀어나올 것 같은 얼굴로 천천히 주위를 살핀다. 어지럽게 흩날리는 눈발 때문에 주위가 뿌옇게 흐리고 시야가 극도로 좁다.

태수는 모니터에 하나 가득 잡힌 김찬의 연기를 보면서 미소를 머금었다. 〈오늘도 연애〉 이후로 김찬의 연기력이 일취월장했다는 걸 알 수가 있었기 때문이다.

게다가 김찬의 천상천하가 일본에서 가장 인기 있는 보이그룹이라서 영화가 개봉되면 일본에서의 흥행에 꽤나 도움이 될 것 같았다.

공포에 사로잡혀 주위를 두리번거리는 김찬의 뒤쪽 설원에서 허공으로 솟구쳐 날아오르는 하얀빛의 뭔가가 있다.

이 장면에서는 아직 설녀요괴의 명확한 모습이 보이지 않는다.

　카메라는 정말로 괴수가 있는 것처럼 무빙과 앵글을 잡았고 김찬도 깜짝 놀라는 표정을 지으며 뒤를 돌아본다.

　그때 처음으로 설녀요괴의 모습이 화면에 등장한다.

　설녀요괴는 마치 하얀 하늘다람쥐(크기는 북극곰 정도)처럼 날개와 비슷한 비막(飛膜)을 가지고 허공을 가로지르며 김찬 쪽으로 날아오다가 설원 아래로 착지하며 사라진다.

　김찬이 놀라서 다시 돌아보면 설녀요괴가 어느새 사라지고 없다.

　두려움에 휩싸여 이리저리 살피는 김찬.

　그때 아주 가까운 곳에서 들려오는 괴수의 울음.

　키이이이익~!

　으헉!

　김찬이 두려운 눈으로 이리저리 고개를 돌리는데 갑자기 눈 속에서 뭔가가 김찬의 다리를 확 잡아당긴다.

　"으아아아악!"

　비명과 함께 김찬이 눈 속으로 들어가 무서운 속도로 끌려가기 시작한다. 드론에 장착된 카메라는 드넓은 설원에 기다란 고랑이 파이는 것처럼 김찬이 끌려가는 장면을 촬영했다.

　물론 이 장면은 나중에 CG 작업을 할 예정이다.

　이어서 드넓은 설원이 보이고 설원 어딘가에서 괴수의 으르렁거리는 소리와 김찬의 참혹한 비명이 이어진다.

잠시 후 정적이 찾아들다가 검붉은 핏물이 아래에서부터 배어 올라오는 것처럼 설원 위에 붉은 줄을 길게 남긴다.

그러곤 설녀요괴가 괴성을 지르며 허공으로 솟구쳐 오른다.

키이이이익~!

그때 어디선가 들려오는 세 발의 총성.

탕~! 탕~! 탕~!

카메라가 옆으로 앵글을 돌리면 무릎까지 빠지는 눈 속에 서서 설원을 향해 총을 쏘는 사냥꾼 홍수의 모습이 모니터에 등장한다.

태수는 홍수 역할에 장웅인을 캐스팅했다.

평생 설녀요괴를 잡으려고 설원을 헤맨 집념의 사냥꾼인 홍수는, 비록 비중은 많지 않지만 확실한 존재감을 보여 주는 매력이 있는 캐릭터였다.

태수는 아무리 고민을 해 봐도 사냥꾼 홍수의 집념 어린 눈빛을 장웅인보다 더 잘 표현할 수 있는 배우는 없다고 생각했다.

당시 태수는 비중이 적은 역할을 부탁해서 미안하다는 말과 역할을 맡지 않아도 서운해하지 않겠다는 말을 함께 전하며 시나리오를 건넸다.

태수가 시나리오를 보낸 지 반나절도 되지 않아서 장웅인이 전화를 걸어왔다.

-장 감독, 기억나? 예전에 〈모텔 파라다이스〉 촬영 마지막 날 모텔 앞에서 우리 둘이 새벽까지 얘기 나눴던 거.

태수가 빙긋 웃으며 대답했다.

"네, 기억나요."

당시 〈모텔 파라다이스〉의 시나리오를 태수가 각색해서 재촬영에 들어갔다. 우여곡절 끝에 촬영이 모두 끝나서 크랭크업을 하던 날 태수가 잠이 오지 않아서 새벽에 혼자 밖으로 나갔는데 마침 장웅인도 모텔 밖으로 나왔다.

당시 처음으로 영화라는 걸 접한 태수에게 장웅인은 편하게 대하는 것조차 쉽지 않은 유명 연예인이었다. 그런 장웅인이 태수에게 이런저런 속마음을 털어놓았고 그 기억은 이후로도 오랫동안 기억에 남아 있었다.

장웅인이 말했다.

-그때 내가 했던 말 기억나?

태수가 이번에도 혼자 빙긋 웃으면서 대답했다.

"제가 그때 선배님이 했던 얘기 기억해서 시나리오 보내드린 거예요. 선배님이 그러셨잖아요, 배우는 잊히는 게 제일 무섭다고. 그래서 분량이 많든 적든 상관없이 대중이 오랫동안 선배님을 기억할 수 있는 작품을 남기고 싶다고."

갑자기 휴대폰 너머에서 호탕한 웃음이 들려왔다.

-정말로 기억하고 있었네. 맞아, 난 분량이 적든 많든 대중에게 기억될 수 있는 작품을 남기고 싶어. 〈설녀〉의 흥수가 내겐 딱 그런 캐릭터

야. 이 작품 하고 싶어.

장웅인은 그렇게 〈설녀〉에 합류하게 됐다.

홍수가 설원을 헤치고 가서 보면 피가 흥건한 눈 속에 김찬이 눈을 부릅뜬 채 죽어 있다. 설녀요괴가 내장을 파먹어서 김찬의 복부가 찢어져서 열려 있는 모습이 보인다.

홍수가 눈을 들어 설녀요괴가 날아간 설원을 가만히 노려본다. 설원 위에 설녀요괴가 총에 맞은 듯 붉은 핏방울이 흩뿌려져 있는 모습이 보인다.

장웅인은 오랜 세월 설녀를 쫓아다닌 사냥꾼 홍수의 집념을 파르르 떨리는 눈빛으로 표현했다. 홍수는 설녀요괴가 자신이 쏜 총에 맞아 부상을 당했다는 걸 직감한 것이다.

홍수가 거친 숨을 몰아쉬며 설녀요괴가 흘린 핏방울을 따라서 뒤를 쫓기 시작한다.

핏방울을 쫓아서 드넓은 설원을 달리는 홍수를 드론이 부감으로 촬영했다. 추후 영화가 개봉하면 이 장면에서 타이틀이 뜰 예정이다.

홍수가 달려간 설원 위에 붉은 글자로 '설녀'라는 타이틀이 피처럼 눈 속에서 서서히 드러나게 된다.

"컷, 오케이!"

첫날은 오프닝 촬영만으로 하루가 다 갔다.

다음 날 다시 본격적인 촬영이 시작됐다.

영수 역할의 강동운이 등산복과 배낭을 둘러멘 차림으로 등장하자 여자 스태프들 사이에서 탄성이 흘러나왔다.

강동운은 화면 속에서도 신비한 분위기를 풍기지만 촬영장에서도 별로 말이 없어서 화면 속 이미지와 비슷했다.

강동운에 이어 송현주가 눈처럼 하얀 패딩을 입고 긴 생머리를 휘날리며 등장하자 이번에는 남자 스태프들 사이에서 소리 없는 탄성이 흘러나왔다.

물론 태수와 송현주가 사귀는 사이라는 걸 아는 스태프는 아무도 없었다.

송현주가 태수 옆으로 살짝 다가와서 속삭이듯 말했다.

"어제 오빠한테 전화하고 싶은 마음 겨우 참았어요."

"전화하지 그랬어, 어제 나도 계속 혼자 있었는데."

"누가 보기라도 하면 어떡해요? 그리고 잡념 생겨서 촬영에 방해될 수도 있고. 그래도 이렇게 좋은 곳에 와서 오빠랑 촬영한다고 생각하면 행복해요."

송현주가 활짝 웃으면서 분장을 위해 멀어졌다.

씬 2-1

이 씬에서는 눈 속에서 조난을 당한 영수가 부상을 입고 쓰러져 있는 서예인을 발견하는 장면이다.

송현주는 이 씬에서 처음으로 화면에 등장하게 된다.

강동운은 길을 잃고 눈 속을 헤매다가 지친 영수의 모습을 표현하기 위해 촬영 전부터 눈 속에서 계속 뜀박질을 했다.

　"레디…… 액션!"

　슛사인이 떨어지자 카메라 앵글 안으로 헉헉거리며 눈 속을 걷고 있는 강동운이 들어왔다.

　촬영 전부터 열심히 뜀박질을 한 덕분에 호흡은 가빴고 입에서는 쉴 새 없이 입김이 뿜어져 나와, 길을 잃고 눈 속을 헤맨 영수의 상황이 저절로 그려졌다.

　영수가 눈을 밟으며 힘겹게 나아가는데 앞쪽에 하얀 패딩을 입고 잠든 것처럼 나무에 기대앉아 있는 송현주, 즉 서예인이 보인다.

　송현주는 평소의 모습과 달리 화면 속에서는 서늘한 느낌을 주는 귀신의 이미지가 유독 잘 어울린다. 눈 속에 앉아 있는 송현주를 보고 있으면 어떤 남자라도 홀린다는 요괴 서예인의 미모에 수긍하며 고개를 끄덕이게 된다.

　영수가 하얀 눈 속에 앉아 있는 서예인에게 조심스럽게 다가가서 말을 건다.

　"저기요……."

　하지만 서예인은 눈을 감은 채 미동도 하지 않는다.

　영수가 손을 뻗어서 서예인의 어깨를 잡고 흔들며 다시 말한다.

　"저기요……."

순간 서예인이 눈을 번쩍 뜨고는 '악!' 비명을 지르며 영수의 손을 뿌리친다. 눈처럼 하얗게 질린 표정의 서예인이 자리에서 벌떡 일어나서 눈 속으로 달아나기 시작한다.

　　영수가 그런 서예인을 쫓아가며 소리친다.

　　"저기요, 잠깐만요! 이봐요!"

　　서예인이 비틀거리며 달아나다가 갑자기 눈 위에 푹 쓰러진다.

　　영수가 얼른 달려가서 보면 서예인이 일어나려고 안간힘을 쓰는데 잘 일어나지 못한다.

　　"가만있어요, 제가 도와줄게요."

　　영수가 패딩을 붙잡아서 서예인을 돌려 눕힌다.

　　서예인이 힘겹게 숨을 몰아쉬며 영수를 올려다보는데 눈이 부실 정도로 아름답다.

　　영수가 아름다움에 잠시 넋이 나간 사람처럼 보다가 서예인의 옆구리를 보고는 놀란다.

　　서예인의 옆구리 부근 옷이 피로 물들어 있었던 것이다.

　　"어쩌다가 이렇게⋯⋯?"

　　서예인이 영수를 바라보며 뭐라고 말을 하려다가 그대로 정신을 잃는다.

　　"저기요, 이봐요!"

　　하지만 서예인은 미동도 않고.

　　영수가 난감하게 서예인을 보다가 배낭에서 필요한 물품

들만 꺼내서 주머니에 집어넣고는, 서예인을 들쳐 업고 눈
속을 걷기 시작한다.

"컷, 오케이!"

다음 촬영은 대피소에서의 밤 씬이라서 일단 촬영을 접고
숙소로 이동했다.

일본에는 한국과 같은 밥차가 없기에 식사 때는 도시락이
나 식당을 예약해 놓고 끼니를 해결해야만 해서 불편했다.

반면에 숙소에는 노천탕이 있어서 눈 속에서 촬영하느라
꽁꽁 언 몸을 뜨거운 온천물에 담그고 녹일 수가 있어서 너
무 좋았다.

김이 뽀얗게 피어오르는 노천탕 바로 앞으로는 하얀 설원
이 아름답게 펼쳐져 있었다. 나중에 송현주와 단둘이 오면
얼마나 좋을까 하는 생각이 절로 들 정도였다.

해가 지자마자 밤 씬을 촬영하기 위해 다들 대피소로 이동
했다. 촬영은 다이세쓰산국립공원 인근에 있는 산장을 빌린
후 미술 팀이 대피소처럼 꾸며서 촬영을 진행했다.

"레디…… 액션!"

달빛이 비쳐 반짝거리는 밤의 설원은 묘한 분위기를 자아
냈다.

그런 컴컴한 설원 위를 기진맥진한 영수가 서예인을 업고

걷다 보면 앞쪽에 대피소가 보인다.

영수, 쓰러질 것처럼 걸어가서 대피소 앞에 주저앉은 후 서예인을 옆으로 눕힌다.

대피소 앞쪽에 흐릿하게 외등이 하나 밝혀져 있다.

영수, 일어나서 대피소 출입문 손잡이를 잡고 열어 보지만 안에서 잠겨 있는 듯 열리지 않는다.

영수가 쾅쾅 문을 두드리며 힘겹게 소리친다.

"저기요…… 문 좀 열어 주세요…… 저기요……!"

잠시 후 안에서 덜거덕거리는 소리가 들려오더니 문이 열리고 그 앞에 정욱 역할의 안연수가 서 있다.

무명의 연극배우로 활동하던 안연수는 태수의 단편 〈집착〉에 캐스팅된 후 드라마와 영화 쪽에서 조금씩 두각을 나타냈다.

그리고 태수의 단편 〈가족〉에서 퇴마하는 신부 역할로 다시 캐스팅된 후, 700만 관객을 동원한 스릴러 영화 〈범죄마을〉에서 조연으로 출연하며 관객에게 확실한 눈도장을 찍었다.

안연수는 사실상 태수가 배우의 길을 열어 줬다고 해도 과언이 아니었다. 태수의 작품에 출연하는 것도 이번이 벌써 세 번째고.

따라서 누구보다 영화감독 장태수의 의중을 잘 파악하는 배우라고 할 수가 있었다.

이번 〈설녀〉에서는 감옥에서 만난 선배인 희순과 함께 살인을 저지르고 산으로 도망왔다가, 폭설 때문에 대피소에 갇히는 정욱의 역할을 맡았다.

정욱의 감옥 선배로 출연하는 희순은 신호철의 영화 〈안개의 집〉에 출연해서 열연을 보여 준 인연으로 이번에도 캐스팅됐다.

태수는 김희순이라는 이름이 극중 인물의 이미지와 잘 맞는 것 같아서 극중 인물과 배우의 이름을 같은 김희순으로 정했다.

대피소 문이 열리자 영수가 안도하며 말했다.

"후…… 정말 다행이네요. 눈 속에서 죽는 줄 알았는데…… 고맙습니다."

정욱은 사람을 죽인 살인범이기에 영수를 경계심 어린 눈빛으로 훑어보며 물었다.

"혼자요?"

"아뇨, 저기……."

영수가 고개를 돌리면 빛이 없는 구석에 쓰러져 있는 서예인이 보인다. 천천히 다가가서 서예인을 살피는 정욱.

머리카락이 얼굴을 가리고 있지만 아름다운 서예인의 얼굴까지 가릴 수는 없다.

정욱의 표정에 욕망이 드러나고 말투도 살짝 거칠게 변

한다.

"뭐야, 죽은 거야?"

"아뇨, 좀 다쳤어요."

안연수는 정욱이 등장하는 첫 장면부터 야생성을 드러내 보이며 관객에게 앞으로 전개될 사건에 대한 불안감을 안겨주는 역할이라고 생각했다.

덕분에 관객들은 이 장면 하나로 영수와 예인이 함께 위험해질 수 있다는 불안감에 휩싸이게 된다.

영수가 서예인을 부축하려고 하면 정욱이 먼저 나서서 서예인을 번쩍 안고 대피소로 들어간다.

대피소.

흐릿하게 보이는 대피소 안의 모습.

천장에 매달린 희미한 백열등과 군대 내무반을 연상시키는 텅 빈 평상이 양쪽으로 늘어서 있다. 평상의 한쪽은 비어 있고 다른 한쪽에는 둥그스름하게 이불이 놓여 있는 게 보인다.

백열등 불빛이 미치는 공간을 제외한 주변부는 너무 어두워서 뭐가 있는지 알 수가 없다. 그 어둠 속에서 파카 차림의 김희순이 나타난다.

"뭐야?"

정욱이 서예인을 평상 위에 눕히고는 상처를 살피며 말한다.

"여잔데, 다쳤습니다."

희순이 옆으로 다가오더니 호기심 어린 표정으로 서예인을 내려다본다.

서예인의 아름다운 모습에 정욱과 의미심장한 미소를 주고받던 희순이 학교의 모범생 같은 영수를 힐끗 바라본다.

영수가 걱정스럽게 서예인의 상처를 살피고 있으면 희순이 툭 던지듯 묻는다.

"이 여자하고 관계가 어떻게 돼? 애인이야?"

영수는 희순이 다짜고짜 반말을 하자 살짝 당황한 표정을 짓다가 희순의 험악한 표정을 보고는 이내 고분고분하게 대답한다.

"아뇨, 산속에서 헤매다가 눈에 쓰러져 있는 걸 발견했습니다. 혹시 여기 구급약 없나요?"

정욱이 대피소 구석에서 구급약을 가져다준다.

영수, 구급함을 열어서 보고는 자신의 파카를 벗은 후 서예인의 파카도 벗긴다.

영수가 피 묻은 서예인의 셔츠를 걷어 올리면 옆구리에 총알이 스친 것 같은 상처가 보인다.

영수가 뚫어지게 보는 정욱과 희순를 보며 말한다.

"치료할 동안 잠시 저쪽으로 좀 가 계시죠."

그러자 희순이 험악하게 말한다.

"그냥 해."

"예?"

"그냥 하라고 새끼야. 너도 어차피 모르는 여자라며? 너는 봐도 되고 우린 보면 안 되냐?"

정욱도 험악한 표정으로 묻는다.

"너 뭐야? 의사야?"

"의사는 아니지만 응급처치는 할 줄 압니다."

"그럼 어서 해."

두 사람의 위세에 영수가 말을 못 하는데 정욱이 서예인의 브래지어가 드러나도록 셔츠를 위로 확 젖힌다. 덕분에 서예인의 하얀 살결과 브래지어가 드러난다.

정욱이 느끼하게 웃으면서 말한다.

"씨바, 기집애가 얼굴만 반반한 게 아니고 살결도 겁나 곱네. 안 그렇습니까, 형님?"

영수가 정욱을 노려보며 말한다.

"지금 뭐 하는 겁니까?"

"뭐 하긴? 도와주고 있잖아."

"옷 내리세요."

영수가 서예인의 셔츠를 잡아서 내리려고 하면 정욱이 영수의 멱살을 잡고 으르렁거린다.

"이 새끼가 죽고 싶어서 환장했나? 나한테 명령하지 마."

영수의 표정에 두려움이 떠오르면 희순이 다가와 서예인

의 상처를 살피며 말한다.

"이거 총에 맞은 상처 같은데?"

영수와 정욱이 놀라서 돌아본다.

그때 서예인이 신음과 함께 정신이 돌아오고 영수가 묻는다.

"이봐요, 괜찮아요?"

눈을 뜬 서예인이 영수와 정욱, 희순을 차례로 돌아본다.

이 장면에서 관객들은 서예인이 요괴라는 강한 확신을 가질 것이다. 왜냐하면 서예인이 세 사람을 바라보는 눈빛이 보통의 여자들과 다르기 때문이다.

태수는 시나리오에 서예인의 눈빛은 서늘한 신비감과 함께 색정적인 기운을 품고 있다고 지문으로 설명을 했다.

지금 송현주의 눈빛이 딱 그랬다.

낯선 남자를 앞에 두고도 서예인은 두려워하는 대신 도전적이고 색정적인 눈빛으로 세 사람을 바라봤고, 송현주는 그런 눈빛 연기를 너무도 잘 표현해 냈다.

태수는 평소에 송현주한테서 지금의 눈빛을 한 번도 본 적이 없다.

단지 서클렌즈 하나 꼈을 뿐인데, 눈빛 연기만으로 저렇게 다른 사람처럼 보인다는 사실이 새삼 놀라웠다.

서예인과 눈이 마주친 희순이 마른침을 꿀꺽 삼킨다.

영수가 얼른 말한다.

"안심해요, 여긴 대피소예요. 그쪽이 눈 위에 쓰러져 있어서 제가 여기로 옮긴 거예요."

서예인이 자신의 상처 난 옆구리를 보면 희순이 날카로운 눈빛으로 보며 묻는다.

"그 상처 총에 맞은 거 아냐? 대체 무슨 일이 있었기에 총에 맞은 거야?"

서예인이 기억이 나지 않는다는 듯 고개를 흔들며 말한다.

"모르겠어요. 어디선가 총소리가 났고 전 정신을 잃었어요."

서예인의 대답에 다들 묘한 표정으로 서예인을 바라보는데 태수가 소리쳤다.

"컷, 오케이!"

〈설녀〉의 모든 촬영은 설원과 대피소에서 이루어졌다.

등장인물도 영수, 서예인, 홍수, 희순, 정욱까지 다섯 명이고 장소도 한정이 돼서, 예전 태수의 드라마와 구성은 비슷하지만, 촬영이 일본에서 이루어지고 보이지 않는 가장 중요한 출연자가 한 명 더 있어서 제작비는 드라마와 비교도할 수 없을 정도로 많이 올라갔다.

보이지 않는 출연자는 나중에 CG로 만들어질 설녀요괴였다.

〈설녀〉는 8회 차에 폭설이 쏟아져서 이틀을 쉰 것 말고는 큰 사고 없이 촬영이 잘 진행됐다. 서예인이 깨어나는 6회 차부터는 영화의 긴장감이 확실히 살아났다.

관객들은 이미 오프닝 장면을 봤기 때문에 서예인이 설녀 요괴가 아닐까 의심을 하게 되고, 깨어난 서예인의 반응을 보고는 거의 확신을 하게 된다.

8회 차 촬영이 끝난 후에는 제작진 회식이 있었다.

열흘이 넘게 눈 속에서 힘든 촬영을 하느라 다들 지칠 시점이어서 휴식이 필요했다.

마침 숙소에 노래방 기기가 있어서 배우들 중에서는 강동운이 맨 먼저 마이크를 잡았다. 강동운이 태수와 스태프를 바라보며 말했다.

"좋은 작품에 참여하게 해 주신 장태수 감독님한테 감사드리고 좋은 스태프들과 함께 할 수 있어서 정말정말 행복하게 생각합니다."

강동운이 멋지게 노래를 끝낸 후 이번에는 배우들 중에 홍일점인 송현주에게 마이크를 넘겼다.

송현주는 예전 광란의 노래방 때의 모습하고는 전혀 다른 느낌으로 애잔한 발라드를 불러서 사람들의 환호성을 이끌어 냈다.

송현주가 노래를 부른 후에 마이크를 잡고 말했다.

"제가 진짜 노래를 듣고 싶은 분이 있습니다. 우리 장태수 감독님!"

태수의 노래는 좀처럼 들을 수가 없는 레어 템이라서 다들 우레와 같은 박수를 쳤고 태수가 어쩔 수 없이 자리에서 일어났다.

"지금까지 무사히 촬영이 잘 진행된 것 같아서 감사드립니다. 남은 촬영도 사고 없이 안전하게 잘 진행되기를 바랍니다."

태수가 부른 노래는 〈오늘도 연애〉의 OST인 '이번 생에 다시 만나서'였다.

당신을 처음 본 순간 운명이라 생각했어요. 이 생이 아니라면 다음 생에서……중략…… 이제 우린 어떡하나요…… 모든 게 내 잘못 같아요……중략…… 그 사람이 나라고 말할 수가 없네요~

애잔한 멜로디와 가사가 고음으로 올라갈수록 감정이 점점 더 고조됐고, 다들 태수의 감미로운 목소리에 취해 행복한 감정에 빠져들었다. 특히 송현주의 두 눈에는 남모르게 눈물이 촉촉하게 고이고 있었다.

9회 차부터는 대피소에서 서예인에게 흑심을 품고 점점 분위기를 점점 험악하게 만들어 가는 희순과 정욱의 도발과, 그런 두 사람 사이에서 서예인을 지키려는 영수의 상황이 영화의 긴장감을 높여 갔다.

"카메라 롤!"

"레디…… 액션!"

영수가 구석에 웅크리고 앉아서 정욱과 희순을 보고 있는 서예인에게 묻는다.

"이름이 뭐예요?"

"……서예인."

"난 영수예요. 이영수."

서예인이 자리에서 일어나 신발을 신으면 영수가 놀라서 묻는다.

"어디 가려고요?"

"화장실요."

"혼자서 괜찮겠어요?"

서예인이 고개를 끄덕이면 정욱이 일어나며 말한다.

"이렇게 험한 날씨에 다친 여자를 혼자 내보내면 안 되지. 내가 데리고 갔다 올 테니까 걱정하지 말라고. 아가씨, 갈까?"

"혼자 갈 수 있다잖아요. 그냥 혼자 가게……."

영수가 도와주려는데 오히려 서예인이 여유로운 표정으로 말한다.

"괜찮아요. 절 생각해서 같이 가 주겠다는데."

묘한 표정으로 웃는 서예인을 바라보며 영수가 얼떨떨한 표정을 짓는 반면에 정욱은 비릿하게 웃으며 대사를 한다.

"거봐. 우린 말이 통하는 사이라니까, 헤헤."

두 사람, 대피소를 나간다.

대피소 밖.

바깥은 바람이 심해지면서 폭설이 휘몰아치고 있다. 밖으로 나와서 화장실로 가는 서예인을 뒤에서 와락 끌어안는 정욱.

"그쪽도 마음이 있나 본데 우리 서로 좋은 게 좋은 거라고…… 무슨 말인지 알지?"

서예인이 웃으면서 정욱의 손을 살짝 풀더니 폭설이 쏟아지는 눈발 속으로 걸어 들어가서는 뒷걸음질 치면서 유혹하듯 말한다.

"내가 좋은 곳을 알고 있는데……."

정욱이 그런 서예인을 따라 폭설 속으로 들어간다. 보일 듯 말 듯 폭설 속으로 앞장서서 걸어가는 서예인과 그녀를 쫓아가는 정욱.

"이봐! 어디까지 가는 거야?"

눈조차 제대로 뜰 수 없는 눈발에 서예인의 모습이 점점 흐릿해지다가 시야에서 사라진다.

정욱이 주변을 두리번거리는데 어디가 어디인지 도무지 알 수가 없다.

그때 눈 속에서 들려오는 야수의 소리.

크르르르르.

정욱이 놀라서 돌아보면 눈 속에서 붉은 눈알 두 개가 스윽 나타난다.

물론 이 장면 역시 CG로 만들어질 장면이다. 얼굴은 긴 머리의 여자 얼굴인데 몸은 곰 같은 하얀 요괴다.

그런데 요괴의 얼굴이 서예인을 닮아서 더욱 섬뜩하다.

요괴가 천천히 입을 벌리면 날카로운 이빨이 드러나고.

"으으으…… 으아악!"

정욱이 비명을 지르며 달아나면 설녀요괴가 뒤를 쫓는다. 방향감각을 상실한 채 눈 속을 헤매는 정욱.

그때 바로 등 뒤에서 요괴의 소리가 들려오면 정욱이 흠칫 멈춘다.

정욱이 천천히 고개를 돌리면 언제 다가왔는지 바로 곁에 설녀요괴가 이빨을 드러낸 채 노려보고 있다. 마치 서예인을 마주 보고 있는 것 같은 느낌이다.

정욱이 비명을 지르는 순간 요괴가 덥석 목을 물고 흔들다가 폭설 속으로 집어 던진다. 폭설 속에서 이리저리 날아다니는 정욱의 육신.

하얀 설원 위에 검붉은 피가 점점 넓게 퍼져 나간다.

대피소.

서예인과 정욱이 돌아오지 않자 초조하게 대피소 안을 서

성거리는 김희순. 영수도 왠지 불안한 마음에 자리에 앉아 있을 수가 없다.

참다못한 영수가 대피소를 나가려는데 마침 서예인이 문을 열고 들어온다.

서예인이 비틀거리며 들어오는데 패딩에 피가 잔뜩 묻어 있다.

영수가 놀라서 묻는다.

"거봐요, 상처가 더 심해졌잖아요."

서예인이 평상에 앉으며 괜찮다고 하면 김희순이 날카로운 눈으로 묻는다.

"정욱인? 정욱인 어디 갔어?"

서예인이 무슨 소리냐는 듯 묻는다.

"그 아저씨…… 먼저 들어오지 않았나요?"

김희순이 서예인을 노려보다가 대피소 문을 박차고 나간다.

대피소 밖.

김희순이 화장실을 비롯해서 대피소 주변을 다니며 정욱을 찾는다. 김희순이 사납게 휘몰아치는 폭설을 노려보다가 소리친다.

"박정욱! 박정욱 어딨어?"

폭설 속에서 사람의 목소리 같은 소리가 바람결에 들려온다.

김희순이 품에서 칼을 꺼내더니 폭설 속으로 걸어간다. 계속 걸어가다 보면 바닥에 피가 흥건하고, 그 피를 따라가다 보면 배가 열린 채 내장이 뜯어 먹힌 정욱의 모습이 보인다.

대피소.

영수가 구급상자를 가져온다.

"어디 상처 좀 봐요. 이 정도로 피를 많이 흘린 걸 보면…….."

"괜찮아요. 전 아무렇지도 않아요."

"그게 말이 돼요? 지금 치료하지 않으면 감염이 돼서 큰일 난다고요. 여기서 언제 나갈 수 있을지도 모르는데. 어디 좀 봐요."

괜찮다는 서예인의 손을 뿌리치고 옆구리를 살피던 영수의 표정이 변한다. 총알이 스쳐 지나갔던 상처가 어느새 거의 다 아물어 있었던 것이다.

"어? 이게…….."

영수가 놀란 표정으로 서예인을 보는데 김희순이 대피소 문을 박차고 들어온다.

흥분한 표정의 김희순이 서예인에게 다가가서 다그친다.

"어떻게 된 거야? 대체 밖에서 무슨 일이 있었던 거야?"

김희순이 평상 위에 놓여 있던 서예인의 피투성이 패딩

을 집어 들고 보더니 다짜고짜 서예인의 멱살을 잡고서 다그친다.

"이 피! 이거 어디서 묻은 거야? 어디서 묻은 거냐고!"

서예인이 가만히 바라보면서 대답을 하지 않으면 멱살을 잡고 끌고 나간다.

"따라와!"

지켜보던 영수가 끼어들어서 말린다.

"이 여자가 뭘 어쨌다고 그래요? 이거 놓고 말해요."

영수가 팔을 잡으면 김희순이 주먹을 휘두르고, 주먹에 맞은 영수가 쓰러지면 김희순이 발로 걷어찬다. 영수가 웅크리며 비명을 지른다.

김희순이 서예인을 끌고 대피소를 나간다.

쓰러졌던 영수가 자리에서 일어난다. 김희순에게 맞아서 입술에서 피가 흐른다.

영수가 구석에 있던 쇠막대기를 집어 들고 비틀거리며 대피소를 나간다.

대피소 밖.

대피소 주변을 살펴본 영수가 폭설이 쏟아지는 눈을 향해 소리친다.

"예인 씨! 예인 씨 어디 있어요?"

그때 폭설 속에서 요괴의 울음소리가 들려온다.

퇴마하는
톱스타

키이이이익~!

영수가 쇠막대기를 움켜쥐고 소리가 들려온 방향으로 걸어간다. 다가갈수록 요괴의 으르렁거리는 소리가 점점 커진다.

이윽고 폭설 속에서 뭔가를 먹고 있는 요괴의 모습이 흐릿하게 나타난다. 가만히 보면 바닥에 희순이 쓰러져 있고 희순의 복부에 머리를 처박은 채 내장을 먹고 있는 설녀요괴가 보인다.

영수가 그 모습을 보고 부들부들 떠는데 설녀요괴가 영수를 향해 고개를 휙 돌린다. 입 주위가 피투성이인 설녀요괴의 얼굴이 다름 아닌 서예인이다.

두 사람의 눈빛이 묘하게 교차가 되고.

공포에 질린 영수가 뒷걸음질을 치다가 돌아서서 달아난다.

대피소.

영수, 대피소 안으로 들어와서 문을 닫아걸고 평상 위에 웅크린 채 몸을 부들부들 떤다.

잠시 후 누군가가 대피소 문을 두드린다.

쿵쿵쿵!

영수, 쇠막대기를 집어 들고 대피소 문을 노려본다. 문밖에서 서예인의 목소리가 들려온다.

"영수 씨…… 나예요. 문 좀 열어 줘요."

영수, 쇠막대기를 들고 고개를 흔들며 혼자 중얼거린다.

"열면 안 돼. 분명히 그 여자 얼굴이었어. 그 여자가 괴물이었다고."

쿵쿵쿵!

"영수 씨…… 왜 그래요? 나 지금 너무 추워요. 제발 문 좀 열어 줘요."

영수, 갈등하다가 문 앞으로 다가가서 문을 열기 위해 팔을 뻗다가 다시 뒤로 물러나서는 스스로에게 중얼거린다.

"열면 안 돼."

문밖에서 더욱 애틋하게 들려오는 서예인의 목소리.

"영수 씨…… 다른 사람은 몰라도 전 영수 씨는 믿었어요. 대체 나한테 왜 이래요?"

영수가 어쩔 수 없이 소리친다.

"이유는 당신이 더 잘 알지 않나요? 더 이상 아무 얘기도 하지 말고 그냥 다른 곳으로 가요, 제발!"

영수, 벽에 기댄 채 눈을 감는다.

잠시 후 서예인의 목소리가 들려온다.

"알았어요. 영수 씨가 저한테 왜 이러는지 모르겠지만 정 그렇다면 다른 곳으로 갈게요. 그래도 전 영수 씨를 원망하지 않아요. 영수 씨가 아니었다면 전 이렇게 살아 있지 못했을 테니까. 영수 씨를 알게 돼서 좋았어요."

영수, 벽에 등을 기댄 채 갈등하다가 눈을 번쩍 뜨고는 문을 열고 나간다.

대피소 밖.

영수, 문을 열고 밖으로 나오면 폭설 속으로 걸어가고 있는 서예인의 뒷모습이 보인다.

"저기요…… 가지 말아요!"

서예인이 돌아보면 영수가 한 번 더 소리친다.

"가지 말아요. 이렇게 폭설이 쏟아지는데 어디로 가겠다는 거예요? 가지 말고 그냥 나하고 같이 있어요."

서예인이 웃으면서 영수를 향해 걸어온다.

영수가 서예인의 옷에 잔뜩 묻어 있는 피를 보며 흠칫 뒤로 물러난다.

서예인이 영수에게 얼굴을 바싹 들이대면 흠칫 놀라며 물러서는 영수.

서예인이 짓궂은 표정으로 속삭이듯 묻는다.

"제가…… 무서워요?"

"예? 아, 아뇨. 내가 왜?"

서예인이 영수가 들고 있는 쇠막대기를 내려다보면……
영수, 놀라서 쇠막대기를 버린다. 서예인이 대피소 안으로 들어가면 뒤따라 들어가는 영수.

대피소.

서예인이 평상에 앉아 있으면 눈치를 보며 멀찌감치 떨어져 앉는 영수.

이 장면에서 서예인은 장난스러운 표정으로 영수를 바라보며 호감을 나타낸다.

송현주와 강동운 두 사람의 케미도 의외로 좋아서 마치 공포가 아닌 순수한 성인 동화를 보는 것 같은 느낌이 들 정도로 전체적인 분위기가 따스했다.

서예인이 재미있다는 듯 그런 영수를 바라보며 말한다.

"지금까지 제가 만나 본 사람들은 모두 나쁜 사람들뿐이었는데, 영수 씨는 착한 사람 같아요."

"……."

"남자와 여자는 사랑이란 걸 하잖아요. 사랑하면 항상 같이 있고 보고 싶고 그렇다고 하던데…… 영수 씨도 사랑을 해 봤어요?"

"아뇨, 아직."

서예인이 흥미롭게 바라보며 묻는다.

"정말요? 사람들이 모두 다 사랑을 하는 건 아닌가 봐요?"

영수가 조심스럽게 말한다.

"그쪽은 마치 사람이 아닌 것처럼 말을 하네요."

서예인의 표정이 순간 싸늘한 표정으로 노려보자 영수가 흠칫 놀라며 시선을 피한다.

서예인이 혼자서 가만히 노래를 흥얼거린다.

노래는 영화 첨밀밀의 주제곡으로 사용된 '월량대표아적심'으로, 노래의 제목은 '저 달빛이 내 마음을 대신하네요.'라는 의미이다.

서예인이 노래를 흥얼거리는 이 장면은 인간이 되고 싶어하는 설녀의 마음을 보여 주기 위해 시나리오에 집어넣었다.

노래를 흥얼거리던 서예인이 문득 허공을 바라보며 혼잣말처럼 중얼거린다.

"예전부터 여기 설산에는 설녀라는 요괴가 살았다는 전설이 있어요."

"……."

영수가 흠칫하며 서예인을 돌아본다.

"그 요괴는 춥고 차가운 눈 속에서 외롭게 혼자 사는 게 싫어서 항상 인간이 되고 싶어 했대요. 근데 요괴가 인간이 되려면 살인을 하면 안 돼요. 그래서 요괴는 살인을 하지 않겠다고 마음을 먹지만, 나쁜 인간 때문에 결국 살인을 하게 돼요."

영수가 물었다.

"나쁜 사람을 만났다고 해서 꼭 살인할 필요는 없지 않아요?"

"설녀요괴는…… 인격이 두 개래요. 설녀와 요괴. 설녀는 인간이 되고 싶어 하지만 요괴는 그냥 계속 요괴로 살고 싶어 해요. 근데 설녀요괴를 화나게 하면 설녀의 인격은 사라지고 요괴의 인격이 나타나는 거예요. 설녀가 아무리 살인을 막으려고 해도 멈출 수가 없대요."

영수가 돌아보면 서예인의 두 눈에 얼핏 물기가 고이는 게 보인다.

그때 대피소 문이 쾅 하고 열리며 사냥꾼 홍수가 총을 겨누며 안으로 들어선다.

놀란 영수가 손을 들고 벌떡 일어나면 홍수가 대피소 안을 천천히 살핀다.

홍수, 평상에 앉아 있는 서예인에게 총을 겨눈다. 서예인이 가만히 홍수를 바라보면 홍수가 천천히 총을 내린다.

홍수가 영수를 돌아보고 묻는다.

"여기 요괴가 찾아오지 않았나?"

"요, 요괴요?"

"그래, 요괴."

영수가 잠시 서예인을 바라보면서 갈등을 하고 서예인은 영수에게 애틋한 눈빛을 보낸다. 홍수가 영수에게 다시 총을 올려서 겨누며 소리친다.

"똑바로 말해. 요괴가 왔다가 갔지?"

영수가 다시 손을 번쩍 올리며 고개를 흔든다.

"아, 아뇨. 요괴 같은 거 오지 않았습니다."

"그럼 밖에 있는 시체들은 뭐야? 분명히 설녀요괴가 얼마 전에 뜯어 먹은 시첸데."

"아무튼 요괴 같은 건 여기에 오지 않았어요. 만약 그랬다면 저도 죽었겠죠."

흥수가 노려보다가 천천히 총을 내리고는 평상에 털썩 주저앉는다.

"요괴는 어쩌면…… 여자의 모습으로 나타났을지도 몰라. 요괴는 언제나 아름다운 여자의 모습으로 나타나서 남자를 눈 속으로 유혹한 후에 잡아먹거든."

흥수의 날카로운 시선이 다시 서예인을 향한다.

흥수가 서예인이 뒤쪽에 벗어 놓은 패딩을 보고는 자리에서 벌떡 일어난다.

피가 잔뜩 묻은 패딩을 유심히 살펴보더니 서예인에게 다그치는 흥수.

"이거 네 옷이야?"

서예인이 고개를 끄덕이면 흥수, 총을 겨누며 명령한다.

"자리에서 일어나."

서예인이 일어나고.

"셔츠 올려 봐."

영수 숨을 죽인 채 바라보고 있고 서예인이 머뭇거리면 흥수가 총구를 더욱 바싹 갖다 대며 소리친다.

"어서 올리라고!"

서예인이 어쩔 수 없이 셔츠를 올리려는데 영수가 다급하게 총구 앞으로 끼어든다.

"잠깐만요."

"너 뭐 하는 거야? 비켜!"

"당신이야말로 내 여자 친구한테 지금 뭐 하는 짓입니까?"

"뭐? 여자 친구?"

서예인이 놀라서 돌아보면 영수가 단호하게 말한다.

"예인이는 제 여자 친구예요. 우린 함께 등산을 왔다가 폭설 때문에 길을 잃어서 여기 갇힌 겁니다."

홍수가 가만히 서예인을 노려보며 묻는다.

"맞아?"

서예인이 영수를 보고는 고개를 끄덕이며 어색하게 말한다.

"맞아요. 우린…… 사랑하는 사이예요."

이번에는 영수가 놀라서 서예인을 돌아보고.

"그럼 옷에 묻은 피는 어떻게 된 거야?"

이번에도 영수가 대답한다.

"옷의 피는 밖에서 죽은 사람을 안으로 데려오려다가 묻은 거예요. 밖에 있는 그 사람들 상처를 입었어도 얼마 전까지는 살아 있었거든요. 근데 갑자기 무서운 소리가 들려서 어쩔 수 없이 우리 둘만 대피소로 도망 온 겁니다. 그쪽 얘기를 듣고 보니까 그 소리가 요괴 소리였나 보네요."

그러면서 영수가 서예인을 힐끗 보면 홍수가 비로소 총구를 내리고 평상에 주저앉는다.

(시간 경과 – 폭설이 쏟아지는 대피소 전경)

영수와 서예인이 나란히 평상에 앉아 있고 흥수는 조금 떨어진 곳에 앉아서 총을 닦고 있다. 흥수가 총을 닦다가 두 사람을 힐끗 보며 말한다.

"둘이 사랑하는 사이라며?"

영수가 더듬거리며 대답한다.

"그, 그런데요?"

"사랑하는 사이라면서 싸운 사람들 같아 보이는데?"

"그래요? 우리가 원래 좀⋯⋯."

영수가 더듬거리며 대답을 하려는데 서예인이 영수의 어깨에 머리를 기대 온다. 영수가 살짝 당황하다가 이내 얼굴이 빨개진다.

흥수가 그런 영수를 보다가 피식 웃으며 계속 총을 닦으며 대사를 한다.

"사실은 내가 어제 그 설녀요괴를 거의 잡을 뻔했는데 놓쳐 버렸어. 20년이 넘도록 설녀요괴를 잡으려고 설산을 돌아다녔지만 어제처럼 좋은 기회가 없었지. 아마 그 요괴⋯⋯ 옆구리에 분명히 총을 맞은 흔적이 남아 있을 거야."

흥수의 말에 영수가 갑자기 자리에서 벌떡 일어나면 어깨에 머리를 기대고 있던 서예인이 평상으로 쿵 쓰러진다.

흥수가 의아하게 보면 영수가 서예인한테서 멀찌감치 떨

어진다.

이 장면은 순진하면서도 겁이 많은 영수의 캐릭터를 보여 주는 장면이기도 하고 영화를 보던 관객들에게 작은 웃음을 줘서 잠시 호흡을 가다듬을 시간을 주려는 의도도 있었다.

서예인이 자리에서 일어나 대피소를 나가려고 하면 홍수가 묻는다.

"어디 가는 거야?"

"화장실요."

서예인이 대피소를 나가려는데 그녀의 등에 대고 홍수가 말한다.

"그거 아나? 설녀요괴는 실내에 오래 머물지를 못하거든. 눈을 벗어나면 대략 1시간 이상을 버티지 못한다고."

영수가 걱정스러운 눈빛으로 서예인을 보면 홍수가 계속 말한다.

"둘이 정말로 연인 관계인지 아닌지 모르겠지만 난 좀 더 확실하게 확인을 해야겠어. 1시간 정도 화장실 가지 않는다고 큰일이 일어나진 않겠지? 거기에 그대로 앉아."

서예인이 홍수를 노려보다가 말했다.

"좋아요, 그럼. 당신 말대로 옆구리에 상처가 없다면 요괴가 아닌 거죠?"

서예인이 스스로 셔츠를 들춰서 옆구리를 보여 준다. 놀랍게도 옆구리의 상처가 완전히 아물어서 아무렇지도 않다.

갑자기 흥수가 웃음을 터뜨리며 말한다.

"확인해 줘서 고맙긴 한데 그것만으로는 요괴가 아니라는 증거가 되지 않아. 밖에 죽어 있는 두 명을 요괴가 먹어 치웠다면 그 정도의 상처는 순식간에 아물었을 테니까."

흥수가 총을 들고 겨누며 말한다.

"괜히 사람 피곤하게 하지 말고 자리에 앉아."

서예인이 어쩔 수 없이 자리에 앉으면 흥수가 총을 들고 그런 서예인을 감시한다.

사실 흥수는 영수가 둘이 연인 사이라고 했을 때부터 확실하게 믿지를 않았다. 영수와 서예인의 모습이 연인 사이로 보이지도 않았고, 이 부분에 대한 흥수의 심리는 시나리오에도 분명하게 적혀 있었다.

흥수는 처음부터 영수와 서예인이 연인 사이가 아니라는 걸 짐작하고 서예인을 계속 감시한다. 라고.

(시간 경과)

서예인과 흥수, 영수 세 사람 사이에 팽팽한 긴장감이 흐르고 있다. 서예인보다 더 긴장한 사람은 오히려 영수다.

영수가 손톱을 물어뜯으며 초조하게 흥수와 서예인을 번갈아 보고 있다. 왠지 흥수의 말이 맞을 것 같아서 겁이 나는 것이다.

별다른 변화가 없이 앉아 있던 서예인의 얼굴에 마침내 식은땀이 흐르고 서예인이 힘들어하는 모습이 보이기 시작한다.

그런 서예인의 변화를 보면서 평상에 내려놓았던 사냥총으로 손을 가져가는 홍수.

마침내 서예인이 바닥에 쓰러져서 숨을 헐떡거리면 홍수가 총을 들고 겨눈다.

홍수가 흥분된 목소리로 말한다.

"설마 했는데…… 세상에. 내 눈앞에 설녀요괴가 있다니."

바닥에 쓰러져 꺽꺽거리던 서예인이 홍수를 올려다보며 노려본다.

홍수가 그런 서예인의 머리에 총구를 겨누면서 말한다.

"이렇게 예쁜 여자로 변신해서 유혹을 하니까 멍청한 사내놈들이 안 넘어가고 배기나. 내 동생까지 포함해서 말이야."

영수는 물론이고 서예인의 눈빛도 꿈틀하고 번뜩인다.

"물론 20년 전의 일이니까 넌 기억도 못 하겠지만, 아닌가? 눈빛을 보니까 기억을 하고 있는 모양인데? 어때, 내 얼굴을 잘 보면 기억이 날지도 몰라. 내 동생하고 난 일란성쌍둥이였거든."

고통스럽게 몸을 뒤트는 서예인의 입에서 요괴의 으르렁거리는 소리가 흘러나온다.

"그래, 그래야 요괴답지. 자그마치 20년이야. 20년 동안 쫓아다닌 우리 둘의 질긴 악연을 이제야 끊을 수가 있게 됐군."

홍수가 방아쇠를 당기려는 순간 영수가 소리친다.

"그 여자가 아니에요!"

"뭐라고?"

"그 여자가 사람들을 죽인 게 아니라고요. 여자의 모습을 한 설녀는 인간이 되고 싶어 했어요. 그래서 살인을 원치 않았지만 인간들이 요괴를 화나게 하는 바람에……."

"무슨 미친 소리를 하는 거야? 정신 똑바로 차리고 봐! 여기 있는 이 괴물은 여자가 아니라 사람을 잡아먹는 요괴라고, 요괴!"

홍수가 다시 서예인을 향해 총을 쏘려는 순간 영수가 앞으로 끼어든다.

"안 돼요!"

"비켜! 너도 죽고 싶지 않으면 어서 비켜!"

"저 여자가 아니라고요!"

그때 영수의 뒤에 가려져 있던 서예인이 비틀거리며 대피소 문을 향해 걸어가면 홍수가 총구를 돌려서 서예인을 겨냥한다.

영수, 그런 홍수에게 달려들어 총을 붙잡는 순간……

탕!

총이 발사되지만 총알이 빗나간다.

그사이 서예인이 비틀거리며 대피소 문을 열고 달아나면

홍수가 개머리판으로 영수의 턱을 올려친다.

영수, 그 자리에 쓰러지고 홍수가 총을 들고 밖으로 달려
나간다.

대피소 밖.

홍수, 대피소에서 달려 나오면 멀리 폭설 속으로 빠르게
사라지는 서예인의 모습이 보인다. 홍수가 급하게 총을 들고
겨냥하는데 달려가는 서예인이 요괴로 변해 간다.

탕!

총을 쏘자마자 허공으로 솟구치는 설녀요괴.

홍수가 허공을 향해 계속 총을 쏜다.

탕! 탕! 탕! 탕!

대피소 안.

영수가 바닥에 쓰러져 있으면 밖에서 계속 총소리가 들려
온다.

영수, 멍하니 허공을 보고 있으면 대피소 문이 열리면서
홍수가 식식거리며 들어온다.

홍수, 영수를 향해 총을 겨누고는 다가와서 방아쇠를 당긴
다.

철컥…… 철컥…… 철컥!

총에 총알이 없어서 철컥거리는 소리만 난다. 물론 홍수도

총알이 없다는 걸 알고 방아쇠를 당긴다는 부분이 지문으로 설명이 되어 있다.

손으로 얼굴을 가렸다가 천천히 팔을 내리고 홍수를 올려다보는 영수.

홍수가 총을 저만치 던지고는 평상에 허탈하게 털썩 주저앉으며 말한다.

"너는 방금 내 20년의 세월을 날려 버렸어."

"……."

"총알이 없으니 이제 우린 꼼짝 없이 여기에 갇힌 거야. 그나마 다행이라면 요괴는 눈이 없는 곳에서는 변신을 못 하기 때문에 밖으로 나가지만 않으면 요괴한테 죽을 일은 없다는 거지."

홍수가 피곤한 듯 평상 위에 드러누우면 영수도 눈을 감으면서 화면이 블랙으로 변한다.

블랙에서 자막이 뜬다.

1년 후.

1년 후의 장면들은 모두 일본 촬영을 끝내고 서울로 넘어와서 촬영한 씬들이다.

서울의 어느 클럽.

스테이지에서 남녀가 서로 뒤엉켜서 춤을 추고 있다.

영수가 그들을 보면서 대학 동기인 기찬과 술을 마시고 있다.

기찬이 묻는다.

"여기도 마음에 드는 여자 없어?"

영수가 씁쓸하게 웃으며 고개를 젓는다.

"너 혹시…… 아직도 그 요괴 여자를 못 잊는 거냐?"

기찬의 물음에 영수, 피식 웃으며 술잔을 들이킨다.

"참나, 요괴가 얼마나 예뻤길래. 나 화장실 좀 갔다 올 테니까 여기 잘 찾아봐. 이 근처에서 물 제일 좋다니까."

기찬이 영수의 어깨를 툭툭 두드리고는 화장실을 간다.

영수, 스테이지에서 춤을 추는 남녀들을 멍하니 바라본다.

음악이 블루스로 바뀌면 젊은 남녀들이 서로를 끌어안고 흐느적거리며 춤을 춘다.

그리고 들려오는, 블루스에 어울리는 끈적거리는 여자의 노랫소리.

영수, 노랫소리에 이끌리듯 고개를 돌려 보면 스테이지 구석에서 어떤 여자가 마이크를 잡고 노래를 부르고 있다.

영수가 여자를 보곤 자신의 눈을 의심한다.

노래를 부르는 여자는 다름 아닌 서예인이다.

영수, 매력적인 목소리로 노래를 부르는 서예인을 넋을 잃고 바라본다.

퇴마하는 툰스타

기찬, 화장실에서 돌아와 자리에 앉다가 역시 서예인을 보고는 중얼거린다.

"와~ 대박, 저 여자 누구냐? 진짜 예쁘네."

영수가 뭔가에 홀린 듯 자리에서 일어나서 서예인에게 걸어간다.

영수가 노래하는 서예인의 앞에 서서 그녀를 뚫어지게 바라본다.

서예인, 노래를 하면서…… 자신을 빤히 바라보는 영수를 마주 바라보며 웃는다.

영수를 마주 바라보면서 계속 노래를 하는 서예인.

서예인의 노래가 끝나고 박수와 함께 여기저기서 휘파람 소리가 들려온다.

서예인이 서둘러 클럽을 나가면 영수가 뒤따라서 나간다.

기찬이 황당한 표정으로 그런 영수를 바라보고.

도심의 밤거리.

앞장서서 걸어가는 서예인을 졸졸 따라가는 영수. 노래를 흥얼거리면서 걸어가던 서예인이 제자리에 멈춰 선다.

서예인이 돌아서면 영수도 멈칫하고 그 자리에 선다.

"혹시 저한테 무슨 할 말 있으세요?"

영수가 망설이다가 다가가서 조심스럽게 묻는다.

"저기 혹시…… 저 모르시겠어요?"

서예인이 고개를 갸웃하면서 영수를 바라본다.

"제가 그쪽을 알아야 해요? 알아야 할 만한 특별한 이유라도 있나요?"

영수가 서예인을 빤히 바라보다가 묻는다.

"혹시 이름이…… 서예인 씨 아닌가요?"

여자가 어이가 없다는 듯 피식 웃으며 대답한다.

"사람을 잘못 보셨나 봐요. 제 이름은 효진인데. 김효진. 지금 이러는 거 요즘 새롭게 유행하는 남자들 접근 방법인가? 얼떨결에 제 이름까지 알려 줬네요."

혼란스럽던 영수의 표정에 허탈함과 안도감이 동시에 느껴진다.

"아, 네. 제가 사람을 잘못 봤나 봐요."

효진이 돌아서면 영수가 황급히 말한다.

"저기요…… 이것도 인연인데 혹시 시간 있으시면…… 같이 차 한잔하실래요?"

효진이 어이가 없다는 듯 피식 웃더니 돌아서서 말한다.

"이렇게 보니까…… 어딘지 모르게 낯이 좀 익긴 하네요. 좋아요, 어차피 저도 혼자니까."

효진이 돌아서서 걸어가면 영수가 멍하니 보다가 얼른 옆으로 다가가서 함께 걸어간다.

나란히 걸어가며 대화를 나누는 두 사람의 뒷모습을 지켜보던 태수가 외쳤다.

"컷! 오케이!"

시나리오를 읽은 많은 사람들, 스태프는 물론이고 배우들까지 이 장면에서 태수에게 질문을 했다. 효진이 서예인과 동일인물인지 아닌지.

태수는 자신도 모르겠다고 대답했다. 강동운과 송현주도 이 마지막 장면은 모호한 느낌으로 연기하는 게 좋겠다고 생각했기 때문에 분명한 답을 하지 않았다.

하지만 태수는 효진이 서예인이라는 힌트를 영화 속에 숨겨 놓았고 강동운과 송현주도 답을 알고 있었다.

클럽을 나온 서예인이 밤거리를 혼자 걸어가며 나지막하게 흥얼거리는 노래가 바로 '월량대표아적심'이기 때문이다.

기술 시사회는 영화의 최종 편집이 끝나고 극장에 개봉하기 전 내부 제작사와 투자사, 배우와 주요 스태프들이 모여서 처음으로 완성된 영화를 보는 자리다.

감독의 입장에서는 언론 시사회보다 오히려 기술 시사회가 더욱 긴장되는 이유고 영화의 완성도에 대한 사실상의 평가를 받는 자리라고 생각하면 된다.

촬영이 끝난 영화가 개봉을 하지 않고 1년, 2년 개봉이 뒤로 밀리면서 묵히는 경우가 바로 이 기술 시사회에서 평가가 좋지 않게 나왔기 때문이다.

다른 영화보다 〈설녀〉의 기술 시사회가 중요한 이유는

CG가 많이 들어갔기 때문이다. 요즘엔 현장에서 촬영을 하면서 가편집까지 하기 때문에 일반 영화는 현장에서 영화적 완성도를 대충 예측할 수 가 있다.

반면 〈설녀〉처럼 CG가 많은 영화는 최종 편집본이 나오기 전에는 예측이 거의 어렵다. 배우의 연기뿐만 아니라 CG의 완성도에 따라서 영화의 완성도가 결정되기 때문이다.

원래 계획은 투자사인 위브라더스의 시사실에서 기술 시사를 진행하기로 했지만 참여하는 사람들의 수가 늘어나면서 아예 극장을 한 관 빌리는 걸로 계획이 변경됐다.

덕분에 시사회는 새벽 1시가 가까워지는 시각에 여의도의 극장에서 진행이 됐다.

극장을 빌려서 시사를 하는 경우에는 큰 스크린에서 영화를 볼 수 있다는 장점이 있지만 외부로 영화에 대한 정보가 새 나갈 우려가 있어서 비밀 유지가 중요했다.

게다가 〈설녀〉의 경우 전 세계 42개국에서 동시 개봉이 확정된 데다 국내 관객들이 초미의 관심을 가지고 기다리는 영화였다.

덕분에 국내 취재진은 영화의 아주 작은 정보라도 얻기 위해 전방위로 뛰어다니고 있어서 위브라더스에서는 기술 시사회에 경호 회사의 경호 인력을 지원받아 혹시라도 발생할 수 있는 정보 유출에 대비했다.

극장 내부의 VIP룸으로 참석자들이 속속 도착했다.

참석자는 위브라더스의 한국 지사장 마틴 김과 투자 3팀의 황태식 팀장, 배급팀 박일영 과장, 홍보 대행사 영화홀릭의 송혜진 대표 등이 모두 참석했고, CG업체 대표와 창호와 조진호 대표를 비롯해서 제작진 스태프들도 다수 참석했다.

배우들 중에서는 송현주를 비롯해서 강동운과 장웅인, 김희순, 안연수 등이 설레는 표정으로 룸에 들어서서 관계자들과 인사를 나눴다.

송현주를 제외하면 다들 촬영이 끝난 후 오랜만에 보는 얼굴들이라서 더욱 반가웠다.

마침내 참석자들이 모두 도착해서 극장으로 입장해서 각자 편한 자리에 앉아 영화가 시작되기를 기다렸다.

역시나 가장 긴장되는 사람은 태수 자신이었다.

이번 영화는 시나리오를 쓸 때부터 귀기를 전혀 사용하지 않았고, 영화를 편집할 때도 예지 영상을 떠올리지 않고 오로지 자신의 감으로 편집을 했다.

모든 영화감독이 같은 심정이겠지만 편집실에 틀어박혀서 두세 달 동안 하루 종일 같은 영화만 보면서 편집을 하다 보면 나중엔 객관적인 시선을 잃어버리곤 한다.

태수도 후반으로 갈수록 영화의 완성도에 대한 불안감이 점점 커졌다. 게다가 그동안 사용하던 귀기를 전혀 사용하지 않았기 때문에 더더욱 그랬다.

마침내 블랙의 화면이 열리면서 커다란 스크린에 눈이 부실 것 같은 하얀 설원이 펼쳐지면서 영화가 시작됐다.

드론이 부감으로 촬영한 화면 아래서 김찬이 눈을 헤치며 도망가는 모습이 보였다.

설녀요괴의 소름 끼치는 울음이 영화관을 울렸고 공포에 사로잡힌 김찬의 얼굴이 화면을 가득 채웠다.

화면을 바라보는 태수의 손에 저도 모르게 땀이 차올랐다.

바로 다음 장면에 처음으로 CG 작업을 거친 설녀요괴가 모습을 드러내기 때문이다.

키이이이익~!

울음소리와 함께 콘티상의 그림으로만 보던 하얀 하늘다람쥐 같은 설녀요괴가 허공으로 솟구쳐 오르는 모습이 스크린에 하나 가득 나타나자 객석 여기저기서 탄성이 흘러나왔다.

날개를 닮은 하얀 비막을 펼치고 하늘을 날아가던 요괴가 김찬의 뒤쪽으로 사뿐히 내려앉았다.

이제 한국 CG업체의 완성도는 할리우드와 경쟁을 해도 절대 뒤지지 않을 정도로 완성도가 높았다. 화면을 보고 있으면 설산에 정말로 저런 요괴가 살고 있지 않을까 착각이 들 정도였다.

요괴가 김찬을 공격해서 눈 속으로 끌고 가는 장면도 역시 CG로 만들어졌는데, 눈 속으로 긴 고랑이 만들어지는 장면은 정말로 김찬이 눈 속으로 끌려 들어가는 것처럼 실감이 났다.

영화 〈설녀〉는 제한된 공간에서 일어나는 판타지 공포지만 끊임없이 사건이 발생하고 인물들의 심리가 계속 아슬아슬하게 긴장을 유지하면서 관객들은 거의 지루할 틈을 느낄 수가 없었다.

또한 설녀요괴가 등장할 때와 마찬가지로 서예인 역할의 송현주가 하얀 패딩을 입고 스크린에 등장하는 장면에서도 어김없이 탄성이 흘러나왔다.

그야말로 눈속의 요괴라는 수식어가 전혀 부족하지 않을 정도로 송현주의 차가운 미모가 눈을 시원하게 만들어 줬기 때문이다.

언제 시간이 흐른 줄도 모르게 영화가 끝이 났을 때 객석에서 누가 먼저랄 것도 없이 열렬한 박수가 터져 나왔다.

가장 먼저 위브라더스의 마틴 김이 달려와서 태수에게 손을 내밀면서 말했다.

"장 감독님, 기대 이상입니다. 지금껏 제가 봤던 그 어떤 판타지 영화보다 무섭고 아름다운 영화예요."

다른 관계자들도 모두 태수에게 다가와서 축하의 인사를 건넸다.

통상적으로 영화가 잘 나왔다는 수준이 아니라 다들 극찬을 아끼지 않았고, 적지 않은 관계자들이 여전히 영화의 여운에서 빠져나오지 못한 채 흥분된 얼굴을 감추질 못했다.

배우 강동운도 그런 사람 중 한 명이었다. 강동운은 태수를 보자마자 다짜고짜 끌어안으며 목이 메는 음성으로 같은 말을 반복했다.

"고맙습니다, 감독님. 정말 고맙습니다."

장웅인도 선뜻 자리에서 일어나지 못한 채 태수에게 엄지를 치켜들었다.

누군가 태수의 어깨를 두드려서 돌아보니 송현주가 눈앞에 있었다.

"어, 현주야…… 영화 잘 봤……."

태수가 말을 끝맺기도 전에 송현주가 태수의 목을 끌어안았다.

송현주가 감동한 음성으로 태수의 귀에 대고 속삭였다.

"사랑해요. 정말로."

통상 시사회에서 여배우들이 감독과 포옹하는 경우는 낯선 장면이 아니다. 둘 사이의 관계를 알고 있는 창호를 제외한 다른 관계자들은 다들 그런 시선으로 둘을 바라보며 웃었다.

기술 시사회가 끝나고 위브라더스는 배급 마케팅의 P&A 비용을 처음에 계획했던 것보다 두 배 가까이 올려서 공격적인 마케팅을 시작했다.

미국에서는 역대 한국 영화 최대 스크린인 3천 개의 개봉관을 확보해 와이드 릴리즈 방식으로 개봉이 결정됐다.

지금까지 미국에서 개봉한 한국 영화 대부분은 와이드 릴리즈 방식이 아닌 10개 내외의 적은 개봉관에서 개봉을 해서 관객 반응에 따라 개봉관을 점차적으로 늘려 가는 개봉 방식을 취했는데, 350개 관까지 늘렸던 봉준호 감독의 〈설국열차〉가 그나마 가장 성공한 케이스였다.

실질적인 와이드 릴리즈 방식을 취한 유일한 한국 영화는 말도 많고 탈도 많았던 심형래 감독의 〈디워〉였다.

〈디워〉는 미국에서 약 2,200여 개 개봉관에서 개봉을 했지만 흥행에도 실패했고 평단의 반응도 좋지 않았다.

그런 점에서 〈설녀〉의 3천 개 스크린 확보는 영화에 대한 위브라더스의 자신감을 보여 주는 수치라고 할 수가 있었다.

기술 시사회에서 부족한 점을 일부 수정하는 동안 〈설녀〉의 예고편이 공개됐다.

예고편에는 설녀요괴가 잠깐 등장했음에도 사람들의 반응과 기대는 폭발적이었다.

기존에 한국 영화에서 보지 못했던 비주얼과 소재인 데다 CG의 완성도가 놀라웠기 때문이다.

또한 미국에서 한국 영화 역대 최다인 3천 개 개봉관에서 개봉을 하고 세계 42개국에 이미 영화가 판매되어, 국내에서 150만 관객만 돌파해도 이미 손익분기점을 넘어서게 된다는 보도가 국내 영화 팬들을 흥분하게 만들었다.

〈설녀〉 언론 시사회 현장.

위브라더스는 〈설녀〉를 국내보다 미국에서 먼저 시사회를 진행했다. 그야말로 영화에 대한 역대급 자신감이 있기에 가능한 일이었다.

영화에 대한 반응만 좋다면 할리우드 영화처럼 미국에서 먼저 반응이 나오고 국내 언론사가 그 반응을 받아서 전하기 때문에 웬만한 마케팅보다 훨씬 파급력이 클 수가 있다.

미국에서 시사회가 끝난 후 반응들이 속속 트위터에 올라오기 시작했고 반응은 예상을 훌쩍 뛰어넘었다.

동양의 신비로운 판타지 공포에 매료되었다는 반응이 가장 많았고, 공포물임에도 설원에서 펼쳐지는 영상미가 아름다웠다는 칭찬의 글들이 이어졌다.

소년 같은 강동운의 연기에 대한 칭찬도 많았지만 설희 역을 맡은 송현주의 아름다움에 대한 역대급 반응에는 비할 바가 아니었다.

물론 그 모든 호평의 중심에는 영화의 연출과 제작을 맡은 태수에 대한 극찬이 빠지지 않았다.

대부분의 언론 매체에서 〈설녀〉의 미국 개봉 주말 박스오피스 1위를 예측했고 로튼토마토의 신선도도 역대급으로 96퍼센트에 달했다.

몇몇 언론은 할리우드에서 기획 중인 몇몇 블록버스터 영화의 연출을 태수에게 맡겨야만 한다는 성급한 조언까지도 쏟아 냈다.

퇴마하는 톱스타

미국에서 날아온 호평 덕분에 국내 언론 시사회장은 발 디딜 틈이 없을 정도로 많은 취재진이 밀려들었다.

태수는 시사회가 열리는 상영관 가장 구석 자리에 앉아서 기자들의 반응을 지켜봤다.

아무리 재미있는 영화를 봐도 반응을 잘 드러내지 않는 언론 시사회에서 연신 탄성이 흘러나왔고, 시사회가 끝난 다음에는 〈설녀〉에 대한 기사로 포털이 도배가 될 정도였다.

그런 역대급 반응 덕분일까.

개방 첫 주 〈설녀〉가 확보한 상영관 수는 무려 2천 개를 넘었다. 그런데도 많은 극장들이 〈설녀〉를 상영하고 싶다고 요청을 하는 바람에 스크린 독과점에 대한 논란까지 생겨날 정도였다.

개봉 첫 주에만 국내 관객 수가 300만 명을 넘어섰고 북미에서는 주말 수익이 $51,117,379, 월드 와이드 누적 수익은 $93,217,379로 개봉 첫 주에만 이미 제작비의 몇 배가 넘는 수익을 벌어들였다.

국내 그 어떤 영화도 상상하기 힘든 액수를 〈설녀〉가 개봉 첫 주에 벌어들인 것이다.

태수는 고스트라인 대표실에 앉아 사람들이 북적이는 강

남 거리를 내려다보며 커피를 마시고 있었다.

오전부터 인터뷰와 여러 행사에 참석하느라 이렇게 혼자만 있는 시간이 그 어느 때보다 소중하게 느껴졌다.

책상에는 고스트라인의 선택을 기다리는 수많은 시나리오가 쌓여 있었다. 그중에는 할리우드 스튜디오에서 보내온 시나리오도 있었다.

거리를 지나가는 사람들 사이로 한 청년의 모습이 유독 태수의 시야에 들어왔다.

나이는 20대 초반 정도였고 청년은 전단지 돌리는 아르바이트를 하고 있었다.

청년은 지나가는 사람들한테 일일이 인사를 건네며 전단지를 건넸다.

왜 유독 저 청년에게 자꾸 눈길이 가는지 태수도 알 수가 없었다.

그때 오랜만에 노인의 목소리가 들려왔다.

-이제 때가 온 것 같네.

'그게 무슨 말씀이세요?'

-칠성문 퇴마사의 업을 전수해 줄 후보를 찾았다는 말이네.

태수는 노인이 하는 말이 무슨 의미인지 바로 깨달았다.

그렇지 않아도 요즘 계속 그 생각을 하고 있었다. 자신은 요즘 귀기를 거의 사용하지 않았고 귀기를 사용할 필요도 없었다. 귀기 없이도 원하는 모든 걸 이룰 수가 있으니까.

하지만 앞으로 언제 또 악귀들이 날뛰는 때가 닥칠지는 아무도 모른다. 따라서 자신을 대신해서 악귀를 퇴치하고 세상의 귀기를 흡수해 사용할 누군가가 필요했다.

노인이 말했다.

─저 청년의 기운이라면 자네를 이어서 칠성문 퇴마사의 임무를 잘 수행할 수 있을 것 같아.

'그럼 어르신께서는 어떻게 되는 겁니까?'

─나야 뭐…… 어쩔 수 없이 저 청년에게로 넘어가야 하지 않겠나? 왜, 날 보내기가 싫은가?

'당연하지 않습니까? 그동안 늘 어르신이 뒤에 계시다는 생각을 하면 든든했는데.'

─걱정하지 말게. 자네라면 내가 없어도 모든 걸 알아서 잘할 수 있을 테니까. 세상에 칠성문의 업을 이어받은 퇴마사가 한 명이라도 더 생기면 좋은 일 아닌가, 허허.

태수가 전단지를 돌리는 청년을 내려다보다가 자리에서 일어났다.

태수가 사무실을 나와서 거리로 나서자 갑자기 여기저기서 환호성이 울렸고 휴대폰을 든 사람들이 몰려들었다.

태수가 눈을 동그랗게 뜨고 자신을 바라보는 청년을 향해 다가갔다. 노인의 말대로 청년의 눈빛은 맑았고 좋은 기운을 품고 있다는 걸 직감으로 느낄 수가 있었다.

청년 앞에 선 태수가 말했다.

"전단지 한 장만 주세요."

"네? 아, 예."

전단지를 내미는 청년의 손과 태수의 손이 닿았고 순간 몸에서 뭔가가 빠져나가는 서늘한 기분이 느껴졌다. 더불어 늘 느껴지던 노인의 존재감도 사라졌다.

청년이 뭔가에 감전된 것처럼 눈을 동그랗게 뜨고는 태수를 바라봤다.

태수가 명함을 건네주며 말했다.

"갑자기 마음속에서 어떤 노인의 목소리가 들려오더라도 너무 놀라지 말아요, 좋은 분이니까. 그리고 혹시라도 궁금한 게 있으면 연락해요."

태수의 말에 청년의 눈이 더욱 커졌다.

청년이 어떤 사람인지 궁금했지만 굳이 물어보지 않았다. 노인이 어련히 알아서 잘 선택을 했을까 싶었다.

태수는 넋이 나간 표정으로 바라보는 청년을 뒤로하고 돌아섰다. 아마도 머지않아 청년한테서 전화가 오리라는 예감이 강하게 들었다.

막상 퇴마사의 능력이 빠져나가자 홀가분하면서도 서운한 마음이 함께 들었다.

'이젠 영능력도 사라졌겠지?'

자신을 찍고 있는 수많은 사람과 휴대전화 사이를 지나가는데 서늘한 한기가 느껴지며 누군가 말을 걸어왔다.

-태수 님…… 저 보이시죠? 저 좀 도와주세요.

태수가 돌아보니 온몸이 피투성이인 여자가 서 있었다. 여자는 주변의 다른 사람들하고 확연하게 구분이 되도록 몸이 투명했다.

태수가 눈을 비비고 다시 쳐다봤지만 여자는 틀림없는 영혼이었다.

'이상하다? 분명히 칠성문 퇴마사의 업을 청년에게 물려줬는데?'

그때 문득 노인이 마지막 순간에 했던 묘한 얘기가 머릿속에 떠올랐다.

-걱정하지 말게. 자네라면 내가 없어도 모든 걸 알아서 잘할 수 있을 테니까. 세상에 칠성문의 업을 이어받은 퇴마사가 한 명이라도 더 생기면 좋은 일 아닌가, 허허.

그제야 태수의 얼굴에 미소가 감돌았다.

노인은 한 번 칠성문 퇴마사의 업을 수행했던 사람은 그 업을 다른 사람에게 물려줘도 기본적인 영능력은 계속 보유할 수 있다는 얘기를 했던 것이다.

다만 귀기만 흡수할 수 없을 뿐.

게다가 예전에는 영혼을 보려면 항상 주문을 외워야 했지만 지금은 저절로 보였다. 오히려 더 완벽한 영능력자가 된 것이다.

　태수가 돌아서서 길 건너편 청년을 바라봤다.

　청년이 전단지를 돌리다 말고 멍하니 허공을 바라보는 모습이 보였다. 태수는 청년이 왜 저러는지 알 것 같았다.

　태수가 청년을 바라보며 중얼거렸다.

　'감사합니다, 영감님.'

퇴마하는 톱스타 마칩니다

창귀무쌍

송장벌레 신무협 장편소설

귀신같은 창귀槍鬼가 돌아왔다,
때 묻지 않은 어린 시절의 몸으로!

피로 몸을 씻던 전장의 말단 독종
구르고 굴러 지고의 경지까지 올랐으나……

혈교의 혈겁을 막기 위한 회귀인가
의형제의 복수를 위한 회귀인가
알 수 없다
전생에서 그를 막던 모든 것을 치울 뿐

"내 의형의 가슴팍을 칼로 도려내기도 했고?"
"무, 무슨 소리야…… 그런 적 없어!"
"그런 적 있어. 기억은 안 나겠지만."

매 걸음마다 피도 눈물도 없는 전투
세상 모든 것이 그를 꺾으려 든다!

꿈의 도약, 로크에서 하십시오
(주)로크미디어에서 신인 작가를 모십니다

즐거운 세상, 로크미디어는 꿈을 사랑하고 도전을 두려워하지 않는 작가 분들의 참신한 작품을 기다리고 있습니다. 21세기 장르 문학계를 이끌어 갈 차세대 선두 주자 (주)로크미디어에서 여러분의 나래를 활짝 펴 보시길 바랍니다.

모집 분야 판타지와 무협을 포함한 장르 문학
모집 대상 아마추어 작가, 인터넷 작가
모집 기한 수시 모집
   작품 접수 시 유의 사항
   1. 파일명은 작가명_작품명.hwp형식을 갖춰 주십시오.
   1. 파일에 들어갈 내용은 다음과 같습니다.
      − 성명(필명인 경우 실명을 밝혀 주세요), 연락처, 이메일 주소
      − 제목, 기획 의도
      − A4용지 1장 분량의 등장인물 소개
      − A4용지 2장 분량의 전체 줄거리
      − 본문
   1. 작품이 인터넷에 연재되고 있다면, 게시판명과 사이트의 구체적이고 정확한 주소를 기재해 주십시오.

선택된 작품은 정식 계약 후 출판물로 간행되어 전국 서점에 유통됩니다.
작가 분은 (주)로크미디어의 전폭적인 지원하에 전속 작가로 활동하시게 됩니다.
※ 자세한 내용은 로크미디어 홈페이지(rokmedia.com)를 참조하세요.

(04167)서울시 마포구 마포대로 45 일진빌딩 6층
(주)로크미디어 편집부 신간 기획 담당자 앞
전화 : 02) 3273-5135
www.rokmedia.com   이메일 : rokmedia@empas.com